三晋百部
长篇小说
文 · 库
北岳风
中国原创
长篇小说

回头峰

孟繁信——著

山西出版传媒集团 北岳文艺出版社
BEIYUE LITERATURE & ART PUBLISHING HOUSE
·太原·

图书在版编目（CIP）数据

回头峰 / 孟繁信著. — 太原：北岳文艺出版社，2020.7

ISBN 978-7-5378-6211-0

Ⅰ. ①回… Ⅱ. ①孟… Ⅲ. ①长篇小说－中国－当代 Ⅳ. ①I247.5

中国版本图书馆CIP数据核字（2020）第084702号

回头峰

孟繁信 / 著

//

项目负责人
陈学清

责任编辑
李向丽

装帧设计
张永文

印装监制
郭勇

出版发行：山西出版传媒集团·北岳文艺出版社
地址：山西省太原市并州南路57号　邮编：030012
电话：0351-5628696（发行部）　0351-5628688（总编室）
传真：0351-5628680
网址：http://www.bywy.com　E-mail：bywycbs@163.com
经销商：新华书店
印刷装订：山西人民印刷有限责任公司

开本：787mm × 1092mm　1/16
字数：204千字
印张：13.75
版次：2020年7月第1版
印次：2020年7月山西第1次印刷
书号：ISBN　978-7-5378-6211-0
定价：68.00元

《三晋百部长篇小说文库》组织机构

题材的选择与艺术的精神（代序）

——关于《北岳风·中国原创长篇小说》系列丛书

杨占平

由山西省委宣传部指导，山西省作家协会和山西出版传媒集团主持，北岳文艺出版社编辑出版的《三晋百部长篇小说文库》，是一项意义深远、里程碑式的文化德政工程，也是当代山西文学史上规模较大的一项文学基础建设工程，更是展示山西文化实力、文学魅力的自信工程。

山西长篇小说创作，在当代中国长篇小说格局中占有重要位置，是山西作为文化、文学大省的重要标志之一。以赵树理、马烽等为骨干的“山药蛋派”作家，在长篇小说创作上成绩显著，新时期以成一、李锐、柯云路等为主将的“晋军”作家，代表作也都是长篇小说。从张平的长篇小说《抉择》获“茅盾文学奖”为标志的山西第三次创作高潮，到以刘慈欣、葛水平、李骏虎等为代表的一批中青年作家频频摘得国内外文学大奖，都进一步巩固了山西长篇小说创作作为中国文学重镇的地位。近年来，一批充满朝气、富有理想、敢于探索的生机勃勃的“80后”“90后”作家，也都有长篇小说新作问世，表明山西长篇小说创作后继有人。

《三晋百部长篇小说文库》出版工程，坚持正确的方向，务实创新，去伪存真，从2014年启动，三年来具体实施，已经出版了赵树理、马烽、成一等作家的近三十部经典力作，唐晋、浦歌等中青年作家的原创作品近十部。可以说，这些作品比较全面、客观、真实地反映了近百年山西长篇小说创作轨迹，集中展示了山西长篇小说创作实力，在文学界和广大读者中产生了良好的影响。

在实际运作中，有一个环节是公开征集原创长篇小说，作家们出乎意料地踊跃，三年时间竟有一百多部作品应征，作者都是山西省内的老中青作家，显示出大家创作长篇小说的积极性。这么多作品经过专家组的认真审读，只能有十几部入选原创作品之中出版，还有不少作品质量已经达到正常出版水平，却离《三晋百部长篇小说文库》的原创要求有一些距离。为了尊重广大作家的创作热情和付出的努力，专家组经过充分讨论，提出可以将这些达到正常出版水平的作品，以《北岳风·中国原创长篇小说》系列丛书方式出版。省作协党组同意这个建议，于是，第一批共十部长篇小说入选，经过规范化审读和编辑程序，现在，这套书将出版发行。

一

创作最能体现作家对某一个社会进程生活经历深刻思考和昭示作家艺术追求的长篇小说，是每一位踏上文学写作道路者的良好愿望；而文学史家、批评家和阅读界对某一位作家的成就和价值的评估，长篇小说无疑是重要的一个尺度和参照依据；后代人们评价某个历史时期的文学成就高低，也是要看那个时期是否有一批高质量的长篇小说。因此，近些年来，山西大多数在中、短篇创作上有过一定业绩的作家，都转入了长篇小说的构筑。据有关资料介绍，仅就进入新世纪以来的这些年，每年全国出版或发表的长篇小说大约有近千部，山西省也有几十部。从数量上看，是改革开放以来最为活跃和创纪录的时期；从作者队伍看，中年作家是主力，老作家中也有不少新贡献，青年作家则初露锋芒。

我认为，长篇小说创作出现这种繁荣现象，应该说是文学创作内部发展规律的必然走向。当然，读者对文学的热情逐渐减退和各种文娱形式的兴盛，也促使作家们不必再追赶阅读潮流写短平快作品而沉下来做长篇大活。从创作内部发展规律分析，“文革”十年的严重摧残，使得整个文艺创作园地一派凋零；进入新时期以后，随着社会政策的拨乱反正，作家们爆发出前所未有的热情，显示了十分旺盛的活力，大家多年积蓄的生活感受汹涌喷发，短篇小说自然首先得宠，成为作家们表现形式的最好选择。几年过去后，作家们似乎感觉到短篇小说难以将他们对人性的深层思考和对探索艺术的愿望全部承载，于是，中篇小说以从未有过的显赫登上文坛，为作家们纷飞的思绪和艺术创新的热情提供了最佳工具，也为读者逐步增长的阅读要求提供了机会。随着文学作品在文艺形式中一枝独秀的局面开始衰微，同时，作家们经过十来年的左冲右突，把过去的体验大都宣泄于尽，探索新的艺术表现方法的热情也告一段落，意识到认真地思考一些社会问题和确立自己艺术风格的时候到了，而这种“思考”和“确定”的结果，非长篇小说表现不行，所以，长篇小说创作开始走俏。从20世纪90年代至今，假如你碰到任何一位有过一段创作经历的小说作家，询问他的创作计划，无疑，都会以正在写长篇作答。

从外部条件分析，读者经过十几年的时间，对阅读文学作品的热情逐渐减弱，只当作一种业余生活的消遣方式。随着科技的发展和社会的进步，尤其是互联网横空出世后，娱乐形式越来越丰富多彩，人们的注意力被分散，阅读文学作品一家独大的局面不复存在。再加上现代生活节奏加快，市场经济冲击着一切领域，人们都在为了生计奔波，休闲或余暇时间只想轻松愉快一些，而阅读小说是很难做到这一点的，尤其是新潮小说中所追求的深沉、探索、寓含、意识流、时空交叉等等，让许多读者感觉不是在消遣娱乐而是增加疲惫。另一方面，随着人们观念的改变和与国际交流的加强，大多数人的主动参与意识不断增强，被动地接受作家的思想已经让他们不喜欢，他们也要参与创作，比如风靡一时的卡拉OK、网络小说，就是因为给人们提供了参与自娱的条件，所以倍受欢迎。这些外部条件虽然不是专门为对付文学作品而出现的，但是，它们对作家的自尊、清高、以我为中心等多年形成的意识，却是一个不小的打击，作家的崇高地位开始动摇，职业的优越性转向了危机感。如此，促使作家们开始冷静地思考文学的热情减退之后，创作应当采取什么对策，进而认识到应该从艺术的角度多表现些人生、历史的实在内容，让读者在为了消遣娱乐而阅读文学作品的同时，也不无某种生活的启示。长篇小说的基本属性契合了作家的意愿和社会发展的要求，因此，也就从中、短篇转到了长篇创作。

二

（一）题材丰富多彩

选择何种题材进行创作，是每一位长篇小说家进入写作前必须有的程序。近年来，一些作家和理论家对于题材理论有些异议，认为创作不必拘泥于题材的限制，可以完全凭着感觉和意识去驰骋，宣泄思想是不管题材的。我认为，这种看法对于某些情感型作家突发灵感后进行创作，有时是正确的；而且，也只有写短篇小说或个别中篇小说适合这种理论。相对而言，长篇小说的创作，如果不强调题材的作用，或者有意回避题材界限，那么，作者是很难驾驭整部作品和整个创作过程的，就我迄今阅读到的古今中外长篇小说而言，很少有难以确定题材归属的作品。我之所以特别强调题材这个问题，是因为宏观上研究某一段时期某个地域或者某个文学刊物或者某家出版社长篇小说的走向，首先应当从题材角度去审视，这样，才可能得出合理的结论。

纵观这次出版的《北岳风·中国原创长篇小说》系列丛书，从题材上看，可以说是丰富多彩，多点开花。传统的农村题材、城市题材自然还是占有重要位置，而历史题材、知识分子题材、风俗小说、爱情小说等等，都各具特点，自成体系，构成社会生活的各个方面，都有作品予以反映。无疑，题材的丰富和广泛是值得肯定的，这也是整个国内长篇小说创作在这三十年的一个特点。出现这种现象，最基本的原因是社会生活呈现出前所未有的活跃和多姿，置身于任何一个行业的人们，都有丰富的生活感受，有复杂的人生思考，有变化着的人际关系需要处理，有不断袭来的观念需要更新，这些都为长篇小说创作提供了非常厚实的内容，生活在任何一个职业中间的作家，都会获得他所希望得到的创作素材。

（二）农村题材为主导

在丰富多姿的题材中，农村题材一直占据着山西长篇小说的主导位置。这是因为，中国是一个农业大国，农民，包括工作在城市的农民工，占总人口的一多半，农村社会的变迁和农民思想的动荡，影响着整个国家的发展，标志着民族的文明程度，体现着进步与落后的水平。中国历史上的每一次重大变革，绝大多数是从农村发生、发展，然后才走向城市的。因此，作为社会生活和人类情感全面反映的长篇小说创作，绝对不能不以农村题材为主要选择对象。另外，我们都应当承认的一个事实，当今中国的众多小说作家，特别是山西作家，基本上是以农村为基础成长起来的。他们中的一部分是生在农村、长在农村，以后由于种种原因进了城，写起了小说，但无法抹杀农民的习惯、农民的心理，甚至农民的生活方式；也有一部分作家虽然生长在城市，可他们的父辈却是农民出身，他们跟农村有着千丝万缕的联系，骨子里流动的依然是农民的血液；还有一部分较为年轻的作家，从来没有离开过城市，可是我们都应当承认，中国的几百座城市中，属于真正意义上的城市只是有数的个别几座，大多数城市人的生活传统、思维习性，尤其是文化心理，仍然是农民式的。这几类作家由于上述特点，决定了他们写农村题材小说会感觉轻车熟路，非常顺手，而他们无疑是中国作家群体的主要组成部分。这套《北岳风·中国原创长篇小说》系列丛书中，像《肥田粉》《玉香》《柳暗花明》等，都是典型的农村题材。

（三）城市题材的典型性

与农村题材长篇小说占主导地位相比，这套书中城市题材长篇小说是偏少的，只有《天上有太阳》一部。面对三十年中国城市快速发展现状和内涵丰富的现代工业社会的形成过程，长篇小说创作的步履显得比较乏力。从全国范围看，也很难列举出一系列在读者中引发轰动效应，或者在文学圈子内引人注目的长篇小说的篇目。实际人口已经超过总人口一半的城市人，阅读不到多少真正反映他们丰富生活、复杂感情、追求希冀的长篇佳作。应当说，大多数市民是具有阅读能力和阅读要求的，他们的文化基础已经和他们的前辈不同，不必围在一起听别人读，阅读的选择性越来越明显。

我以为，城市题材长篇小说创作之所以不尽如人意，关键是众多作家对快速发展的城市生活有一种隔膜感，他们还停留在传统的、单调的老式城市生活认知层面，这样，自然难以激发出创作时具备的热烈情绪、流动意识、审美感受等等，人们在现代文明与传统观念发生撞击时爆发出的火花，负载到城市题材中，似乎还进入不了熟悉的境界。另一方面，我们也不排除一个事实：由于熟悉写作对象，作家们更乐于去农村或者历史生活中寻求较为捷径的创作素材，去相对于稳定的农民和古人心态中挖掘民族文化特色，而动荡不定的现代城市生活，让作家们在短时间内就思考出较为深刻的内容来，显然是勉为其难的。这种现象也反映到《北岳风·中国原创长篇小说系列》丛书作品中。

（四）历史题材的启示性

历史题材长篇小说的创作，一直是小说家投入较多的一个方面。这是因为，相对于现实生活的变幻莫测，历史题材更容易被作家们所把握，已经成为历史的人物或者事件，可以承载小说家的诸多艺术手段的尝试，承载小说家关于民族、关于社会、关于人生的多方思考。另一方面，读者对历史题材有着陌生感，求新、求奇的心理，驱使他们对历史题材小说不能不产生兴趣，这种阅读心理自然是作家熟悉的，也就要多在这个题材领域下点功夫。这一点也体现在了《北岳风·中国原创长篇小说》系列丛书作品中，从《中国丈夫》《中国劳工》等几部作品可以看出，作家们都是用新的历史观表现历史人物或历史事件，能够产生较强的启示现代的作用。

三

三十多年来，整个国内长篇小说创作，比较趋向一致的艺术主张，可以概括为：追求平实的叙事风格，直面社会，冷静表达，强调故事的感染力，注意可读性，让读者阅读之后能够获得某种对人生、对社会、对历史，甚至对未来的启示或联想。事实上，这也是山西长篇小说创作的基本艺术特色。

我理解，这种艺术现象表明了这一代长篇小说作家已经开始走向成熟，他们似乎要寻找一条既能充分显示自己关于人生、关于生活、关于艺术的探索，又能唤起读者的阅读兴趣的写作途径。这样的途径按说是不难寻找的，然而，几十年来的长篇小说创作总是把握得不够准确。由于20世纪50年代、60年代是被动地适应读者的阅读能力而忽视作家自己的理解，导致80年代、90年代则偏向重视作家个人主体意识的宣泄而忽视读者阅读要求的一端，造成创作与阅读的隔膜。长篇小说创作属于艺术生产的一种方式，存在着生产与消费的过程，如果处理不好生产与消费的关系，会影响到作品的传播力。可喜的是，经过一段时期的探索，长篇小说创作的艺术走向，越来越适应阅读的需求，找到了一条合理的道路。

从《北岳风·中国原创长篇小说》系列丛书作品中可以看出，这些年来作家们切入的角度，往往是凡人俗事较多，更接近普通老百姓的日常生活。我们在20世纪50年代、60年代长篇小说中常常读到的悲壮、英雄、理想主题和宏阔的大场面大冲突等等，已经很少出现在当今的作品中，让读者阅读到的主要是逼真的生活过程，逼真的细枝末节，逼真的人物心态，逼真的文化氛围。

由《北岳风·中国原创长篇小说》系列丛书艺术特点，我产生了一点关于长篇小说创作艺术精神的思考。近三十年来山西的长篇小说创作，数量是创纪录的，一些代表性作家在创作方法上的有益探索也是值得赞赏的。但是，如果我们站在文学史的位置上观照，就会明显地感觉到，真正可以称得上具有突破性意义的扛鼎之作还是少数，大多数作品属于探索之作。

为什么会出现这种乐观的数量与有待提高的质量共存的现象呢？我以为，简单地概括其直接原因，不外乎作家生活经历简单，人生体验不够深刻，感情投入不彻底，艺术积累不厚实等几个方面。实际上，这些直接原因的基本症结在于，作家缺乏一种博大精深的艺术精神。这种艺术精神决定着作家在理解人生、透视历史、叙述故事等过程中，能否具有不同于别人的独特风范。

不难确认，在大多数小说家的思维里，虽然不能说没有急功近利的意念，但是，他们总还是希望自己的作品能跳出平庸的圈子，用艺术的魅力感染读者。那种就事论事的思维方式，那种肤浅单一的生活判断，那种直奔主题的建构形态，都不可能是作家在创作长篇小说时愿意出现的景况。我不否认，由于整个国家的社会环境的冲击，例如随着经济体制改革的不断推进而强化了人们的务实精神，商品经济大潮的席卷使许多人转向了“向钱看”的实惠主义，国外各种思潮的渗透致使部分人的价值观出现了某些失落，等等，这些都会对作家产生一定的影响。但是，长篇小说创作毕竟是一种艺术精神的活动，不能让外界的干扰过多。所以，能否写出优秀作品，关键还是艺术精神本身的体现。

从明、清时期的《红楼梦》《三国演义》《水浒传》等经典大作，到“五四”以来茅盾、巴金、郁达夫、老舍、钱锺书等文学泰斗的长篇代表巨著，之所以能够成为传世之作，成为中国文学发展史上的一个个辉煌纪录，成为长篇小说创作永远的楷模，最根本的一点，就是这些作品有着一种悠远而充满了生命力的博大艺术精神的缘故。当代长篇小说作者，必须要在生活阅历、艺术修养、思想基础、情感投入等方面向经典作家学习，才能逐渐树立自己的艺术精神和品味，创作出优秀作品来。

2017年5月

（杨占平，山西省作家协会原副主席、《三晋百部长篇小说文库》专家组组长）

一座刀片似的山峰，突兀兀地从汾河边生出来，让阳光的照射出现明显的分叉。山这头，林草丰茂，长河翻波，开阔明朗，一眼就能看到几里地远的县城。山那头，寒风凛冽，怪石横卧，低洼阴冷，一条深沟曲里拐弯地被一些残雪野灌覆盖着。一个村庄散落分布在离沟不远的阳坡上，村里的人长年过着半阴半阳的日子。村边不远处有一条古道，顺着深沟的方向越走越淡。本来距离县城只有一步之遥，村里人进城却要绕过一个十里地的大弯。也有一条从崖石壁上凿出来的小路，但体弱胆小的人轻易不敢去走。

方师傅就是从这条小路来到回头峰村的。

方师傅是一个镖师，来到回头峰村以后，被几个热爱学拳的村人留住，再后来，村人的后代有几个成为他的得意门徒，这个拳种被县文化局确定为战功拳。

方师傅闲余时间问几个小徒弟，这个村为什么叫回头峰？

森森讲，被一家村人救活的一只幼虎，在村边从狼背上救回一只小羊，就在幼虎准备倒口用小羊解饥填肚时，主人把自己的脖子伸在幼虎面前。幼虎掉转身走出村庄，再没有回来。有人说幼虎就住在村子对面的深沟里，村子里隔三岔五常被野狼拱鸡窝、掏猪圈的事情，再没有发生过。

小撇子讲，村子里以前走西口的一个商人，几年以后带着二房小妾生的一个孩子回到村里，看见一直在家伺候爹娘的媳妇，再不外出了。这个孩子一直把他俩养老送终。

大马司讲，光照不足的村里人，脸都是黑黢黢的，每天收完庄稼回到院门，都能回头看见对面那架山顶上蹲着一只黑鹞子。

方师傅的这三个徒弟，后来都进了县城。

一

森森披了件满是油渍的黄大衣来到丰盛昌公司，被两个门卫拦住了。

两个门卫个头一大一小，大个头的长得五大三粗，小个头的长得精致玲珑，高低仰抑，十分自得。大个子像墙一样挡在森森面前，一脸的蛮横，问："你找谁？"

森森个头也有一米七八，在对方面前却显得细瘦单薄，他回答对方："找小撇子。"说着，就要推开对方进门。

对方挪动脚步再一次挡在他面前，并且告诉森森："我们公司没有这个名字，请你放尊重点。"

凭感觉，森森知道那小个子才真正是个硬茬儿，没练过几下，手上不可能有那么大的力量。小个子看森森来头不小，问："你有啥事？"

森森被两个门卫搞得这样狼狈，火气一下子冒上来。眼里露出凶光，他挣开两人的拉拽，用手指着他俩，说："你俩给我听着，再动手，我割下你俩的狗头喂猪，信不信！你俩看清我这个眉眼，以后我要随进随出这个大门，多问一句打一次。小撇子就是你们的总经理赵成武，赵成武就是小撇子。"

这两个被森森说得一头雾水，一时不知所措。眼看着森森朝办公楼走去。大个子尾随着森森，小个子忙回到门房往里打电话。

一楼正中是公司办公室，主任是个看上去文质彬彬的白面书生。白面书生手里攥着两个看上去像大理石的蛋蛋转着，眼睛并不直看森森，嘴上却是与森森的对话："找赵经理有什么事？"森森说："有大事。"对方问："告我吧，我给你转达。"森森看着办公室主任不屑搭理他的样子，就走到靠房门的墙边，举了一把大锤，朝门外走去。办公室主任告诉身边两个年轻人："收拾住这个无赖！"两个后生便很脱跳地奔出门去，截住了刚出门的森森。其中一个口气更冲:“你也不了解一下这是谁的地盘,想找死?”话没说完,拳脚相跟着就上来了,森森一转身把这后生的耳朵拧住,摁在了地上;另一个后生还没来得及动手,当胸已挨了一脚,向后退了几步,勉强站住了。森森拾起大锤,往院子里一辆崭新的本田轿车走去,举起大锤要向小车的车盖上砸,胳膊却被已经赶到身边的办公室主任架住了。

办公楼的二楼上飞下一个声音:“真是一个英雄啊,放开他的手,让他砸!”

森森回头一看,是小撇子,口上就骂起来:“王八蛋小撇子,成你妈什么大人物了,敢这样对老爷?再敢这样对你爷,老子连你祖宗三代都灭了。”

周围一院子的人,见来人敢这样对老板,都不再有任何举动。办公室主任对院子里的人喊:“平时养着你们这些没用的东西,关键时刻都死光了?都过来,把这小子掰扯了!”

一院子的人这才反应过来,一起向森森拥过来。

“站住,谁也别动!”二楼上喊下话来,“快把这位爷给请上来!”

森森并不买账,对着居高临下的赵成武说:“爷今天不上去,赶快打发人给爷送下十万块钱来!马上!现在!”

时间不长,赵成武让那个大个子门卫送下十万块钱来,交给森森。森森掂了掂那装钱的袋子,并不道谢,把钱往肩上一背,转头就走。临出大门,回头向楼上喊去:“你狗日的小撇子,赶紧来老温澡堂找我!”

二

县城中心的十字街通往火车站的路上,有一座桥,桥侧有一处澡堂。澡堂在二十世纪七八十年代很盛行过一段时间,到二十世纪九十年代以后就渐渐退化了。到二〇〇〇年之后,就更不行了,有一搭没一搭的,偶尔也有一些老年人还留恋那种在澡堂的享受,一搭脚就进来了。

热腾腾的池水,光身赤臂地泡进去,泡到微醺欲醉的状态,跳出来让人搓身,冲过,然后再理发洗头,也有先理发洗头再泡澡搓身的。来到两床相隔一小几的白布铺前，轻松地躺下，盖上一帘薄毯，斟上一壶新茶，慢慢地享用。困累忙碌了几天的人有不少就在这里舒舒服服地睡着了，直到天黑以后才回家。也有午餐在这里用的，澡堂里专门有人给送小吃之类的，吃着，喝着，聊着，一天也就基本上过去了。上班一族的中年人，每到周末，就到这里消受来了，既有身体上的舒适，又有朋友间的相见。社会上的大小事也有一个相互传播的空间。好像这就是天堂一般的享受，后来，也有些棋友，把象棋也摆到了小几上。大家各得其乐，各取其妙。

澡堂负责人姓温，人称老温。性如其姓，是个温善之人，遇急不怒，逢难知解，与前来消受的各位顾客相处得很融洽，别人要求做的事他尽可能给办好，总能让你有一个好心情。

老温的儿子小温，从小在澡堂里长大，跑上跑下的，又淘气又勤快，谁使唤也行，有时也很淘气地给熟识的顾客搓几把澡，你要是心情好又吃耍，他的手也不听使唤地在你胳肢窝下挠痒两把，撩逗出一串一串的笑声，小温就闪身跑远了。光屁股，大脑袋，小鸡鸡，蹦蹦跳跳的，一刻也不安宁，大家都挺喜欢这个小主人。有好事的人，捏住小温的小鸡鸡，问他："想不想要个媳妇妇？"小温回答："想要。"又问："想要个漂亮的还是丑的？"回答："漂亮的。"又问："可漂亮媳妇妇不爱见你怎么办？"回答："等长到你这么大就有媳妇妇爱见了。"小温说着，指了指这个大男人的裆部。大家便笑作一团。接着又有人问："你爹老温爱见不爱见媳妇妇？"这是个难题，小温想了想，说："爱见吧。"又觉得说得不太合适，补充道："你问老温去吧。"大家又是一阵哄笑。老温这时走近大家，并不发火，说："告诉叔叔伯伯们，长大要找一个世上最漂亮的媳妇妇。"大家便纷纷口头承诺，一定给我们这个好小伙子找个最漂亮的媳妇妇。小温就一蹦三尺高，高高兴兴地玩去了。说过笑过，各自散去，大家继续享受澡堂的舒适。

小温再也享受不到世上最漂亮的媳妇妇了。

就在小温快过十八岁生日的前两天，让一辆放野的工具车压死了。

车祸就发生在过汾河大桥县交警大队门口的一级公路上，等交警发现尸体时，肇事司机与肇事车辆已跑得不见踪影了。正好那段时间停电了，打开摄像头一看,摄像头里一片空白。交警根据现场留下的痕迹推断,肇事车辆好像是一辆工具车。因事故发生在傍晚时分,尸体已经过不少来往车辆的反复碾压,所以一时难以判定准确的肇事者。在交警大队门前发生这样的事,大队领导感到是一种极大的耻辱,立马部署所有能出动的警力,迅速向周边路段延伸搜索,并通知加大出县路口和本县各个与一级路相通口站的监控力度。

老温赶到现场时,现场已处理完毕,他只在县人民医院的太平间里看到了自己儿子血肉模糊的尸体,当即就软成一团,昏厥过去。老温的女人还想去看儿子时,被人们拦住了。老温的女人身患多种疾病,要真看到儿子的惨状,不气死才怪。

亲戚朋友聚了一大堆,帮忙也不知从哪里下手。说是澡堂老板,实际老温并没赚了多少钱。他为人厚道,又乐于助人,加上每天爱喝二两,确实没多少余钱,这一点从他家的摆设家什上就能看出来。遇上这种天外横祸,关键是要有拿得出手的硬货——钱。

森森是出事的第二天才赶到的。

森森是一家商场的小职员,有事没事爱到澡堂来和老温聚聚,有时是洗澡,有时是和老温小酌两杯。森森对老温的称呼是"叔哥",按年龄,老温属长一辈的,称"叔"合适;论关系,两个人说话从不讲究,粗话脏话随口就来,什么样的玩笑也开,称"哥"也可以。于是二者折中,就有一个新词"叔哥"随造出来,作为他俩交流的代词。

森森长得高杨细柳式的,看上去是一个白面文弱书生的样子,怎么看都不像是一个能打好斗的人。

森森的父亲在县二轻局当着一个不大不小的干部,一个礼拜才回家一次。森森兄弟几个跟着母亲在村里生活,多少年一直是欠粮款户。父亲那点工资,除过自已的生活费,剩余不了几个钱,每年村里年底结算,给村里缴纳粮款时,他家有时钱紧张,就缴不全。母子几个在村里,人前人后,听了不少闲话。森森兄弟出门见人,低三下四的,不多说话。森森在小学同学中,长得矮小细瘦,学习却老排在前面。那时学生少,老师也少,几个年级同在一个教室上课。老师先给低年级学生讲，布置作业之后，再给高年级学生讲新课。森森很快便完成了老师布置的作业，对高年级的课也最先能领会，很轻松就把第二批、第三批布置的作业做了出来。结果，他连跳两级，从二年级跃过三年级，直接上了四年级。父亲见森森体弱瘦小，就把他介绍给村里的拳师方师傅，想让他身子强壮健硕一些。谁也没想到，森森练拳还不到一年，不仅身体变得敏捷跳脱了许多，而且个头呼呼地往上长，成为同龄人中的大个子，像变了一个人似的。继续保持腼腆低沉性格的同时，森森内在里平添了不少英气。家里的水缸，再不用等父亲回来一周才能添满一次了，每天天不亮，他就把水桶摇响在村边的井口了。家里大大小小的事，他都能为母亲做不少。

一年秋季，生产队在山田里给各家分红薯，队长手里把着花名册念名字，保管和会计站在地秤前称量，分到户的，各家就装筐入袋，肩扛担挑，然后回家。天近黄昏时，队长催促着各家要加快进度。就在这时，事情出现麻烦。一个叫马向途的人提出，他家的红薯要靠后一位才分，要不行，就等到明天再分。原因很简单，轮到他家的这块地面红薯块头不算太大。队长好说歹说，反正说不通。正好森森父亲这天也在场，在单位他最见不得不公平的事，于是他顺着队长的话，说了几句马向途。这马向途一见是欠粮款户在帮腔，气就不打一处来，脏话狠话一齐向森森父亲泼来。“你他娘一个欠粮款户，在这儿喳喳什么？平时队里你啥事也不参与，现在管起老爷来了？”森森父亲还嘴：“欠粮户咋啦？每年缴生产队的粮款，你没花过？”双方各不服软，架势越来越大。最后两人竟然扑在一起，要动武。马向途的儿子“大马司”出面了，他用一个拳术动作把父亲挡在后头，瞪圆双眼逼视着对方。森森见势不妙，也上前把父亲挡在了后面。这一对从小同玩、一起练武的少年，现在各为其父做主，对峙在一起。正在分红薯的人都停下手头的活儿，围过来看热闹。半天，谁也没敢再往下发作。这时，另几个师兄弟拥着方师傅走到两人面前。方师傅指着大马司说：“你家有理啦？你动手啊？你不是会要两下？”几个师兄弟同时围住大马司，看上去早已怒不可遏，只等师傅一句话。大马司顿时脸红脖子粗，被师傅的话噎得崩不出半个屁来。突然，他回过头来，对父亲斥骂起来：“撑吧，撑吧，你这根硬柴撑裂了吧？那些小红薯能把你吃成傻子？”父亲见众人都向着对方，嘴里嘟囔着，没有再发作，向后撤出人群。事情很快收场。观者纷纷散去，继续分红薯。

事后，解仇为友，森森与大马司更加友好了。没几天，加上赵成武，三人仿着桃园三结义，跪天拜地，成了结盟弟兄。

森森心事重，通过这事，他再不想被村人小瞧了，他想着，没有什么公平不公平，谁的拳头硬，谁就有说话权。暗自痛下苦功，白天黑夜都想着拳脚功夫。自制了沙袋，绑在腿肚上，增加脚底定力。在院角挖了一个土坑，站在里面往上蹲跳，隔几天再把坑里的土石掏挖出几锹，练轻身飞燕。院子里的一棵槐树，成为他挥臂击打的靶子，练就了一双铁砂掌。方师傅劝他，万不可走火入魔，练功有科学方法。可他暗中却忍着泪水，与自己较劲。村里人都有所耳闻，再见到他和他的家人，都不敢说欠粮款的事了。

上初中时，森森离开回头峰村，来到县城，住在城郊小码头，跟着父亲上学。森森长着一颗善悟的脑袋，在石城一中，言行上表现出持重内敛，思维却十分灵敏过人，属于老师爱见、同学敬重的一类。在校园里，人们常常能看到森森腋下夹着一本书，隔几天，就到学校图书馆另换一本。他吃饭的时候，准备两个凳子，高凳上放着面碗，碗后面立着一本书，人坐在低凳上，一手拨面进嘴，另一只手扶着碗后面的书。透过热雾，视线通向书页。功课之外，他读了不少的书，文学类的、科普类的、历史地理类等，不厌其烦，越读越有兴趣。另有一项业余爱好，也一直坚持着，连父亲也不知道，就是他黎明起床后，一个人走到离家不远的一块开阔场地，飞身踢腿，马步冲拳，程序似的走完自己给自己规定的训练项目，才往学校走。

因森森学习成绩好，也引来不少人妒恨，班里几个官二代子弟的这一关就不好过。以代做作业为由，遭到拒绝后，就怀恨在心，逮住机会就要嘲讽凌辱他一顿。森森自己给自己安排的时间很紧，不愿意在这些班赖学霸面前多惹事，常避着忍着，一下课赶紧回家。直到有一次彻底解决问题，几个缠着他不放的人才善罢甘休。

在暑假汾河滩玩水时，森森被几个恃富逞霸的官二代子弟围住，要和他“算帐”。这一次，森森是躲不过了。在村里，方师傅教给的那些战功拳套路，被他破解得很有心得，每个动作都是镖师千锤百炼的结晶，“梅花掌”打的是攻中有防，“十二快手”打的是防中有攻。这个看上去瘦高文弱的森森，动起来却如疾风烈马，出手与移步都十分敏捷，没几分钟，他就打退了寻事闹事者。几个被森森打得屁滚尿流的官二代，自然不甘心，隔了几天又一次纠结了更多的人在汾河滩上找森森的麻烦。

森森没有惧怕，面对十几个人的围堵，他知道一旦要被缠身会有危险，便迅速退到背临汾河水面的沙滩前，别人看上去是面临绝境，而他的想法是防止腹背受敌，必要时还可以入水逃遁。他看准先上来的一位，一闪身就拽住了对方的一条腿，迅急在腋下冲出两拳后，一摆手把对方扔进了汾河。已经被这两拳打痛的落水者，一下子失去了四肢划水的气力，死尸似的向下漂去。要不是有人及时捞了上来，后果不堪设想。等这一群再一次围住森森要玩命时，小撇子和大马司赶了过来，护在了他身边。对方见势不妙，才草草收了场。三个小时的朋友，突然见面，又是惊喜，又是稀罕。一问，森森才知道他俩已经在县城混两年了。因为身手不错，也常在小码头与那些小青年们有不少的接触。隔几天，也会回到村里住住。最后相互留了联系地址，才分开。

县城中心往北过桥就是小码头，小码头的孩子有聚伙打架的习气。小码头往古里说，有很多的深宅老院，小街上商铺林立，曾是南来北往客旅必经之地。入街石牌坊上刻有四字：码头古镇。镇街长达五里有余，地势比相邻同向的汾河低下很多。据老人讲，码头北街有一块天降陨石，似石似铁，周身油亮坚硬，是抗灾保福的镇村之宝，多少年来，汾河也曾巨浪拍岸，狂虐发威，码头村镇却安然无恙。站在比汾河河床低下一个人身的古街，听着浪涛声声，商贸买卖依然如常进行。据老人们讲，早年汾水浩渺浑黄，晃晃悠悠流到码头这一段后，水势平稳涌动，水面常有商船客轮经过。码头再往下，汾河的河床突然变窄变陡，而且多有礁石，有明显的“禁止通行”的警戒标志。这样，这里就成为水运的一个终点站。

特殊的地理环境，让码头小镇成为一个十分繁华的地段。岸口公私码头鳞次栉比，船桅风帆高低错落。古镇街道两旁，经营金银首饰的，开设风味小吃的，熟皮子的，玩古书画的，卖布匹的，要把戏卖艺的，演皮影戏的，说书唱小曲的，开当铺的，卖百货杂店的，拉洋车的，骡马店，黑客栈，妓院，赌场，云烟房，都有。白天，车马行人川流不息；夜晚，挑楼灯火满天通明。特殊的地域，自然有特殊的人士出入，各路文武人群，甚至皇宫相府的人也常有路过。这里的流动人员很多，西太后的轿子、东征红军的部队，小码头的人都见过。

在码头长大的孩子，自视熟人惯，到处跑窜，免不了惹是生非，欺生辱弱，结群捣乱。偶有遇到镖师武士，也常有鼻青脸肿的时候，但恶习难改，事过之后，新一轮更新鲜、更诡秘的邪乱之事就又会在这一群小赖皮小混混中发生。商贸景象因时代变迁，那些曾经的商贸繁荣早已过气，但码头那些喜欢作奸犯科的孩子，却一茬接一茬延续下来。

火车站修成于二十世纪五十年代，随着附近的煤矿、石膏矿迅速扩展，装货的站台上黑面子、白面子整天纷纷扬扬，整列整列的车皮白天黑夜穿梭不断，呈现出另一番纷杂繁闹景象。码头的意义依然存在。曾经热闹的街巷客栈，如今破败不堪，成为孩子们开火打仗的好去处。常有路过的人，头部被暗墙里飞出的石子击中，却连个人影都找不见。县城大街上，说不准哪一刻就有一群小码头的孩子闹事，等公安警察赶到时，只能看见小码头桥边的一蓬灰烟。谁也知道是小码头的孩子做的坏事，但谁也指认不出是哪一个。电影院里，集会摊前，谁看见这群孩子都躲得远远的，生怕惹上一身的不干净。

小码头的孩子常做一些撩鸡逗狗的坏事，警察对他们很头痛，抓起来关监狱吧，作案性质不算太严重，离触犯法律还远些，又都不满十八周岁，所以只能睁一只眼闭一只眼。平时，单独一个警察碰到这些孩子，也不愿惹事，只能绕道离开。只有等到统一布置、集体出警时，才能解决问题。但这样的机会并没有出现。

二十世纪八十年代，上峰下令，突击严打，这群孩子正好也刚长到十七八岁，先后有几个被判了刑，算是暂时稳定了一方社会秩序。其中有一件事是一个做手表生意的南方人告发的。这个南方人，并没有固定的店铺，而是在县城大街上流动销售。他身上背着一个包，里面装着各式各样的手表。森森当时正在县城上高中，有一次在下学回家的路上，正好和小撇子遇到一起，见到了躲在街头一角这个卖手表的。看到外包装很精致的手表，小撇子就想买一块。于是站在当街上开始议价，双方经过讨价还价，最后商定二十元成交。小撇子把手表戴在胳膊上，象征性地在身上掏钱，没掏出来，他向森森使了眼色，随后撒腿就跑。在小撇子看来，森森跟着他一跑，那块手表就归自己了。

可森森不这样想，森森做事，爱讲个道理，虽然在小码头孩子对他这种爱讲道理的习性都很反感，但这是他自己做人做事的准则。小孩子聚在一起做坏事或好事，就是一刹那决定的，哪有那么多道理可讲呢，可后来一遇事情还是想听听他的意见，他总能像模像样地给孩子们讲出些道理来。他读的书多，好多道理都是从书上学来的。南方人看到小撇子这些泼皮无赖，打又打不过，追又追不上，当时眼里已流出可怜的泪水。这更让森森心生怜悯，于是他对南方人说："你这表走得准不准？"南方人把自己的衣袖一下捋起来，整个胳膊上都套着手表，他让森森挨个看每块表的指针，说："你看准不准，不准我就把这所有的手表全白给你。"森森身上正装着爹娘给的准备上高中缴书费和学费的五十元钱。他狠狠心掏出四十元，又要了一块表，等于两人两块表的钱由他一个人付齐了。

下午，森森在小码头显摆自己漂亮的手表时，被大家奚落了好一阵子。原来他的那块表已经停摆了。再一看小撇子的那块，也不走了。他俩买了两块假表。这时，森森的父亲找到他们，当场就扇了森森几个耳光，同时勒令：明天再不去上课，回家后就用绳子捆起来鞭打。随后去学校重新给森森缴了书费和学费。小撇子看着朋友因为自己惹事而被连累，立时怒火中烧，扬言一定要给南方人些厉害瞧瞧。当晚，他就召集了码头伙伴，在南街一个小巷里找到了那个南方人的住处，不仅痛打了这个售假表的南方人，而且还把所有的手表全都抢走了。

南方人一气之下，连夜向公安局报了案，自己也跑得不见踪影了。

第二天，小撇子一伙作案人便被公安一网打尽。正赶上国家"从重从快从严"的判案形势，没几天，公判大会就宣判了他们几个的罪行，几个同案犯以"抢劫罪"定性，主犯重判，次犯严罚，三年、五年等，以罪论处。这样，刚开始人生之春的小撇子等过上了铁窗生活。森森虽躲过了这一劫，却从心底里觉得有愧，毕竟，这事与自己有直接关系。以后，逢年过节，他都要回村里去这些发小朋友的家里走走,送些简单的礼品,出力流汗的活儿尽量多做一些。

三

小撇子从里面出来是最晚的一个,已是近三十岁的年龄了,就这,也算幸运,他差点加了刑。监狱里那些年有狱霸,正像人们知道的一样,一个狱室的囚犯都是有潜规则的,特别是对刚进来的年轻囚犯,必须经过驯服期。蹲在墙角,众人朝着你撒尿,跪着向头儿喊爷爷,重活脏活都是你干,想解气就朝着你扇耳光,等等。小撇子不懂这些,自然遭遇了更为严重的欺负。能当头儿的人,都长得五大三粗,且有能置人于死地的胆量。小撇子虽长得不怎么彪悍,却在小码头是个出手又快又狠的主儿,比他个头高力气大的人也占不了他的便宜。在当了一段时间的缩头乌龟后,小撇子就再也忍不住了。终于找到一次与头儿一决高下的机会,就在头儿让他倒马桶的时候,一举手就把一桶屎尿全都扣在头儿的脑袋上,随后一手抓住头儿的大胡子,一手卡住头儿的脖子,要往死里掐。幸亏及时来狱警,才避免了一场大祸发生。狱警刚一走,小撇子继续对头儿实施暴打,直到对方喊爹叫娘彻底软瘫在那儿,小撇子才肯喘出一口气。等头儿稍稍缓过来一些的时候,小撇子再一次走到对方面前,再一次抓住对方的长胡须,问他服不服,在对方俯首称臣之后,小撇子临了还是揪下一把对方的胡须。

别的囚犯从此以小撇子为头儿。也正是因此,警方开始在他加刑的问题上做出研究。后来,他所在的狱室,囚犯在他的带领和影响下,做出了全狱最好的业绩,每个同室囚犯都有上佳的表现,甚至有几个做了减刑处理。这样,小撇子的加刑决定才取消了。不过,小撇子好像有了一种顿悟,像变了一个人,人们再也看不见他称霸斗强的势头了。到最后出狱时,整个人像缩了一圈似的,看上去低矮猥琐,走路时连步子都迈得细密短小了。

人的一生,是用加法与减法构成的。好多人从童年、少年到青年,一直到四十岁都是加法,分量在加,年龄在加,衣服在加,经历在加,知识在加。到四十岁以后,牙开始掉,头发开始稀疏,力量开始降低,父母也有的开始老去,是减法了。对小撇子而言，刚到三十岁，锐气减了，身重减了，却有一点加了，唇沿下的脸帮，长出了一颗黑豆大的黡子。黡子中间无端长出一根长须。情绪不好时，长须往下披着，兴致高时就上扬。他对人说：这是狱中送给他的唯一的加法礼物。

森森高中毕业后，父亲安排他在二轻局属下的五一大楼做小职员，但天生灵泛的他，是个八面神通的人物，人称“城乡路”，同时也被私下一些人入列县城“十大路”之一。“十大路”历数如下：之一，“通天路”，是一个既通官道又通民道的人士，专门做一些一般人难办到的事情；之二，“钻地路”，此人专门做不走正规渠道的一些事；之三，“盘山路”，一个专门靠做林木买卖生意发财致富的人；之四，“海底路”，是一个明开发廊暗设妓院的大胖子；之五，“土地路”，是以开发房地产建楼发家的南方人；之六，“阴府路”，是指专营花圈、寿木、墓碑、祭文的小老板；之七，“过河路”，是政府机关第一个下海经商却最终无功告退的“精明人”；之八，“笑天路”，一个整天胡转乱侃爱编故事、爱损亲朋的闲懒之人；之九，“鸳鸯路”，一个娶了六房女人还养着小情妇的大色鬼；之十，“城乡路”，就是森森了，在商贸公司做着一份不值一提的工作，眼睛却盯着四面八方，县城里没有他不清楚又做不了的事。

“十大路”当中，数森森年龄最小，名字却起得最霸气，最有宽度。其他各“路”，人们明着暗着都叫得挺响，唯有森森不一样。顺心时叫叫也无所谓，不顺心时立即制止，甚至手脚相跟着揍你一顿，所以一般人只敢背着他叫。森森无心在工作上细钻深研，凑合能完成任务为原则，在要求进步方面也不做努力。也许与他看书太多有关，对单位的事得过且过。因为有他父亲这个上属的面子，领导和同事也不为难他。反倒是他的道理比领导讲得还多，他的规则比单位的制度还全。父亲曾多次劝他，做出些业绩证明自己，日后好有个被提拔升职的机会。可他明上应承，背过父亲仍游里摆外的，过着很闲适自由的生活。一有机会，就把着一本书看。

这天傍晚，小撇子裹着脏破的棉大衣来到森森家，像个落寞的乞丐似的，一进大门就被森森家照门的黄狗吼叫住，不得前行。森森父亲打开院门，一看见是小撇子，忙把他引进院子的西房。西房是准备给大儿子森森结婚用的一间平房，房子已装修过，家具电器一应俱全地摆了满满一屋子。此时，森森一个人蜷在绵软的沙发上正看着一部电视剧。

打发走父亲，森森把小撇子推坐到沙发上，自己一个人一声不吭地出去了。不一会儿，森森提回两瓶白酒和几个小菜来，展开小菜塑料袋摆在茶几上，又把酒盖打开，一人一瓶。森森的意思是，不用酒杯，各自往各自的喉咙里倒，俗称“掌号”。没用多长时间，两人的酒已灌至瓶底。突然之间，森森发现了小撇子的一根须，很有感慨地说：“不知道你在里边长了见识没有，胡子倒是多长了一根，再粗一点，就是吸酒的小管了。”小撇子眨了眨眼，回应：“回来几天了，它一直往下长，见到你开始向上长了，我知道它遇到福音了。这不，我还没醉，它先醉得蹦蹦直跳了。”森森细一看，果真见那一根胡须左右颤抖，就伸手去摸了一下。那长须跳得更欢了。森森嘿嘿一笑，问小撇子：“回来准备做些啥活儿？”小撇子说：“只要能给碗饭吃的活儿就干。”森森一锤定音：“不能再走邪了，你的事我包了。”

当晚，两人便来到桥头老温澡堂。

“叔哥，这是我朋友，刚从里边出来，明天开始正式在你这澡堂上班。”

老温正在犹豫，森森一股火气上来，话头把老温往死里摁：“我这是高看你老不死的哩，没有商量的余地，不仅班要上，活儿还不能太累，工资还要是员工里最高的。就这样吧，定了！”

老温只好顺着森森说：“上就上吧，还用你这小老爷发这么大的火。”

森森顺势倒软：“叔哥，对不住了，是我不好，让您生气了。”

这一个常不用的“您”字，把老温和小撇子一下子逗乐了。气氛一下子多云转晴。

与此同时，“定了”这个词也成了老温每每见到森森的一句口头禅。

就这样，小撇子开始在桥头澡堂上班，且一干就是两年。

四

期间，发生了不少事情。最让森森纠结的一件事是：小撇子父亲的去世。

也与小撇子坐监有一定的关系，父亲的病是有气根的。为了让小撇子尽快归拢身心，父亲在小撇子回来的一两年，四处托人让给自己的儿子找对象，可人家一听说这小伙子是从监狱里出来的，都摇着头避开了。连穷乡僻壤的姑娘们，都没有一个答应要嫁给他的。眼看着小撇子的年龄一天一天地大踏步地迈到了三十的门槛。有两个二婚女人，还都带着孩子，在到过一次小撇子的家以后，就再无下文了。

小撇子的两个弟弟在等了一段哥哥的婚事之后，也不再敢耽搁了，先后都结婚成家了。小撇子索性不再着急，心甘情愿地做着一个剩男的角色。父母心里生着气，背着小撇子常常唉声叹气，却不愿在小撇子面前再给这个大儿子添堵加怨。这一前一后的憋屈，把两个老人积攒出了气血不顺、内脏失调的毛病。

父母多年前就体弱多病，哼哼唧唧的，家里穷困不堪，家外缺力少气。孩子却一个一个接着出生，大的抱着小的，小的拽着幼的，鼻涕口水，补丁疙瘩，冬天没个棉的，夏天没个单的，吃饭时，大大小小排成一溜。睡觉时，长长短短滚满一炕。一个大锅，倒进粗粮和杂菜，抓进一把盐，熬成熟饭，一碗一碗地端走，蹲在院外拨进嘴里，饱了没饱，不管，没有第二碗了。父母轮到最后，有多少吃多少，实在饿得不行，去酸菜缸里夹一筷子酸菜，加些热水，喝进肚里，就算一顿饭。一个大炕，就那样两张大被子，女的一张，男的一张，从上往下一盖，都有了。哪个半夜被挤出被窝了，就早点穿衣服起炕，再在哪个角落靠靠，迷迷糊糊地等天亮。枕头是那种两米长的圆柱体，没有枕巾，油亮油亮的。炕上的一张油布，被尿渍汗湿浸得起皮，有几处已经开洞，能看见下面垫着的破席。富家宝贝一颗颗，穷人孩子一窝窝。兔脑脑一个个跳进蹦出，谁穿了谁的衣服，谁抢了谁的吃食，没有人维持公道。刚还痛哭流涕地争闹，一会就含着泪蛋蛋戏耍。真要有哪个不在，有时父母也不一定知道。就这，粮菜也常出现断顿，衣服也连补丁都漏洞。原本困逼的生活，因添人加口就更加贫穷。镇痛片，止疼药，随处放着，有时吃错了，也不知是谁吃的。连吃穿都难维持，哪有余钱到大医院看病，就那样头疼治头牙痛医牙地凑合着。每年年终，他家都能被评为救济户。父母见人低人一等，凡事不争。有善心有慈悲的人，常帮衬他家。队里过节分肉，发放的人总要给个秤上的高头。谁家有剩余棉衣、布鞋，也主动送去一些。村里长舌妇人要说起玩笑话，也爱从他家开谈。

小撇子少年时，主动找到方师傅加入村里的拳帮，学得很入窍。再大一点时，越来越不想回到家里了。公社赶会唱戏，他一个人就跑去了。从人挤人的老街，穿过一条小巷，他来到开阔的广场，见一群人正围着一个南方人，就凑了过去。这南方人长得文静高挑，眼前架着一副眼镜，正在给学校的一位老师治牙疼。一边用一根筷子在老师嘴里拨弄，一边向围观的人讲述。南方人对观众说："这是一颗虫牙，虫牙虫牙，就是牙里有虫，所以疼起来要命。"说着说着，南方人把筷子慢慢从老师嘴里移出嘴边。让老师和跟前的几个人细看，果真，筷子尖有小白虫蠕动。站在小撇子跟前的一个青年悄悄说："假的，骗人的，肯定筷子里有文章。"小撇子一时性急，就冲过去，指着南方人说："你要卖药到别处卖，不要在这里糊弄人。"南方人争辩："啥叫糊弄人，我这是治病救人哩。"这时有不少人想把小撇子推出圈外，还有人骂他乱搅局。那位老师也摆起了对学生的样子，字正腔圆地训斥小撇子。很快，小撇子就被众人逐出圈外，脸上还不知被谁打出五个指印。也不知从哪儿来的一股蛮力，小撇子爬起来，冲进人群，夺下南方人手中的那根筷子，一掰两瓣。原来，筷子是空心的，里边装满了白色小虫子。大家这才恍然大悟。这个江湖骗子，一下子瘫倒在地。人群里站着的几个民兵，很快就把这个南方人捆绑起来，押回公社去了。

这一下，小撇子出名了。一个赶会场上，到处都在讲他惩治江湖骗子的故事。同时，小撇子被几个当地"主事人"收留，顺便让他维持了几天的社会秩序，走到哪儿，都有人称赞他。各种特色小吃摊，都抢着争着想让他尝尝美食。那时，人们对"英雄"的概念特别强，他小撇子就是看得见摸得着的现实中的英雄。此后，他在乡里也成为人见人熟的好人强人。那些被哄骗了的穷人，那些被偷盗了的弱者，总要找到他去明辨是非，摆平麻烦。他从心底里有一种平民情结。这些事情被传扬着，好多人对他竖起拇指。在回头峰村，有人给他父母讲这些事时，家人都不相信这是真的。他一反父母为人做事的常态，另立起一副主持公平正义的形象。

小撇子进城后，遇见小码头的痞霸淘主，几个开口便说"早有耳闻"，很快就融为一体。小撇子心里有数，这些人重情重义，却没轻没重，笑贫不笑娼，劫富不济穷，相处不可太疏，也不可太密。回头峰离城不远，两头隔时走动。抢表一事，是他看到发小好友森森受气，一时头脑发热，做出了傻事。这教训，他终生难忘。

这天，小撇子正要下班回家，被老温叫住了。他随着老温来到澡堂的一间办公室，里面坐着一个女人。这女人蓬头垢面，看上去有三四十岁，一脸凄楚。老温说："这是我的一个外甥女，这两天寻死觅活的，这不，现在找到我头上了，我要再不帮，就有可能出大事。我正想和你与森森商量商量，该怎么办？"

小撇子赶忙给森森拨通了电话，要他尽快来一下。

森森来到澡堂，马上与老温和小撇子躲在一间小屋里商量对策。

这女人叫史双莉，是回头峰行政村属下的一个自然村的，村名叫黄坡，只有几户人家。小撇子他们小的时候听说过这个村有个小美女史双莉，但没等史双莉来回头峰小学念书，他们就都进城了。史双莉的娘与老温女人是姨姊妹。史双莉父亲过世后，有一个男人来到她家，甜言蜜语地说服了她娘，成了她的继父。生活过一段日子后，才知道这男人有一身的坏毛病，最要命的是他嗜赌成性，整夜整夜地不归家。有钱没钱，什么样的赌局都敢上。没钱先赊着，改天再变卖家产还上，把本来还有点积余的家，折腾得四壁徒空。她娘虽然也是一个干净利落的女人，自从男人去世后，家里失去了顶梁柱，对待一切事态，老表现出逆来顺受，眼睁睁看着这只入室之狼把生活一步步逼向绝境。

这次，继父手气大败，却恼羞着不愿离开赌场。身无分文，赌场的人谁也不愿与他搭茬。情急之下，口出狂言，要拿女儿史双莉作为赌注，一把定输赢，赢了对方押在桌上的五百元归他，输了自家年轻貌美的女儿归对方。当场立了字据，各位赌徒作证。对方是个大赌家，赌中诡诈烂熟于心，先前也常以输局吸引不少赌徒上瘾入伙，关键赌局才貌似意外地一网打尽。这一赌，以大额人质为赌注，他自然不会粗心大意。结果可想而知。还在睡梦中熟睡的史双莉，就神不知鬼不觉地已经成为一个男人的桌上菜了。

突然之间，那赌徒领着一班打手来娶史双莉，当然，遭遇了母女俩的拼死抵抗。母亲一条腿被打折，再往下发展，很可能命都难保，无奈之下，史双莉屈从随嫁。结婚那个晚上，史双莉坚守贞洁，尽管被对方打得遍体鳞伤，仍不屈从。第二天过门回家，她便再也不跟着男人回去了。男人单枪匹马，不便再逞凶发威，觉得此事再闹下去，不仅得不到人，还怕出现更多的麻烦，临走放下狠话：五天以后，要么史双莉顺利跟他回去，要么把那五百元钱退还出来。那男人走后，按娘的吩咐，史双莉进城找姨父老温帮忙。

听完老温的讲述，小撇子和森森都火气冲天，现在都什么年代了，还有这逼亲抢人的事发生！表示一定要把身处水深火热之中的史双莉救出来。两人摩拳擦掌地抖擞了一番，要对这个十恶不赦的赌徒继父惩治一下。思来想去，赌债立了字据，虽然性质恶劣，可白纸黑字写在那儿，走到哪儿，这理好像也说不过去。于是，三人就在这五百元上做起文章来。五百元，差不多是当时公职人员一年的薪水啊，从哪儿借？而且只有五天的期限。

也是天助人心，连小撇子和森森都没想到，两人只用了一天时间，就把五百元借到手了。两人分头行动，所到之处，都没有空跑，毛票整票，零零拉拉地硬着凑够了五百元。老温十分感激，有这两个朋友帮忙，他也让自己的老婆正儿八经地骄傲了一回。这样，史双莉就被顺利地赎回来了。

事后，老温与老婆商量，想把史双莉介绍给小撇子做媳妇，两人一拍即合。再与史双莉娘俩一碰头，都觉得可以。与小撇子合计，小撇子却摇头否决，说这是乘人之危，别人还以为咱这解救史双莉原来是别有用心。再与森森协商，森森的意思和小撇子差不多，不过留下一个话口，他让史双莉先养伤，如果有更合适的人选，史双莉可以为自己一生的幸福考虑择偶。五百元的事，由他和小撇子共同承受，不必把这个当成一个负担。真要是小撇子的姻缘，也不会跑掉的。

这话，说得史双莉一把鼻涕一把泪的，她娘也十分感动。此后一段时间，史双莉便来到老温的澡堂，一边养伤，一边也帮忙做些事。与小撇子也就有了比较多的接触和了解。

森森看着两人的关系越来越亲近，就单独与史双莉认真谈了一次。他毫不隐讳地谈了小撇子的许多缺点和不足。然后带着史双莉来到小撇子的家。在毫无准备的情况下，小撇子家里的贫困窘迫和老弱双亲的一番景象就一览无余地展现在了史双莉面前。从森森这个角度来讲,是想来个彻底了断,真实的情况如此,你史双莉真要是从心里爱小撇子,要和这个坐过监的人过一辈子,就必须要有受苦受累的心理准备。原先见到史双莉时,蓬头垢面的像个三四十岁的女人,稍作梳理装扮之后,才知她是一个很有姿色的姑娘。小撇子的父母见森森带着一个姑娘来到他家,一下子乱了阵脚,手忙脚乱地找蜂蜜寻糖果,但被森森阻止住了。小撇子没想到森森突然来了这样一手,心里恼恨却不便发作,很不自在地愣在一旁,直用眼光观察史双莉的表情。

从小撇子家回来,史双莉蒙头大哭了一场。

好几天,史双莉不想和人说话,常常一个人孤闷着。小撇子见到森森,也表现出不冷不热,与史双莉的关系也暂时"停电"了。这种事不必牵强,小撇子也没有再去和史双莉多接触,两人见面,都低着头匆匆走过。

史双莉没有和老温打招呼,突然不见了。大家都觉得她回到村里了。老温当天就打发老婆回了一趟村里,老婆晚上回来告诉老温,说没见史双莉。正在老温着急之际,小撇子告诉他,史双莉在回头峰小撇子的家。

晚上,史双莉回到澡堂住宿,一大早就又跑到回头峰村了。她在小撇子家给二老收拾家务,洗碗刷锅,像个亲闺女似的里里外外地忙个不停,并且一口一个"爹"一口一个"娘"地叫上了。

森森见此情景,又找到史双莉交谈。

"你这样不明不白地在小撇子家劳累,又叫爹又叫娘的,算个什么角色呢?"

"小撇子这个家,父母体弱多病,家境这么差,合起来也值顶不了五百元,他能用一颗心来暖我救我,我就不能做点自己能做的事?"

"那你要名正言顺地嫁给小撇子,才能让事情有个结局。"

"我的举动还证明不了我的心思?人家不吐口,我也不能强迫人家吧?"

"这个狗日的小撇子,真是一只笨熊,打着灯笼也找不到这么漂亮贤惠的媳妇,还摆什么架子哩!这事就这么定了,我来操办。"

森森见到小撇子先是一顿臭骂,接下来谈结婚办喜事的具体事宜。小撇子没有立马答应森森,他另有想法。森森口上骂着小撇子,话头却不再往谈婚弄嫁上接茬了。这种事是一辈子的大事,强拉硬扯也不合适。

小撇子虽然命运不济,坐监出来,又在社会最底层的澡堂工作,但他骨子里有股孤傲之气。史双莉这种际遇,是值得同情,但这样主动跑到小撇子家操劳而且又叫爹又叫娘的举动, 很有点逼婚的意味。谁知道她以前的经历又有什么样的污点呢?

史双莉的娘见姑娘这边进展不大,就跑来县城老温澡堂,想了解一下情况,适逢一个穿着花枝招展的城市姑娘也来到这里。双莉娘还没见到老温和姨妹,先遭到这城市姑娘的一番歧视。又听说是和小撇子相亲的,双莉娘就先堵了一肚子的疙瘩。第一眼见到史双莉时,心里就更不好受。双莉还是那样纯朴实在,与这位城市姑娘形成一个鲜明的对比。话没说了一句,她拉着双莉就往澡堂外走。

在临街的门口,娘俩才碰到老温的女人。双莉娘拒绝了姨妹的热情,执意要拉着双莉走。

史双莉被娘拽着,脚下却使着劲拖着。双莉娘喊:"这城里人咱不稀罕,光景再穷,咱自己过,回家吧。"

史双莉哭着对娘说:"再穷再累我也不怕,可那五百块钱,我要还人家呀。你先回,等我还完了钱,就回去了。"

就这样,双莉娘连一口水也没喝,一个人掉头走了。

那城市姑娘早听说过史双莉的事,她追上史双莉的背影,说:"你也不照照镜子看看自己是个什么货色,凭一张脸蛋蛋就能在城里混?"

史双莉并不搭话,急匆匆地往澡堂外走,正好碰上刚从门外走进来的森森。森森把史双莉挡回来,当着她的面与城市姑娘对话。

"谁介绍你来的?有何贵干?"

"我和小撇子有过交往,今天是来和他相亲的。"

"小撇子刚和我说过,他家里还有五万块钱的外债,城里的姑娘就不做重点考虑了。除非你先拿上五万块钱来,先还上外债,再说。"

"哟哟哟,这么多呢,没听他说过,我哪有那么多钱呢?"

"忘告你了,他身上还背着一桩人命官司呢,现在公安正要找他呢,要不你进去先等等，也许马上就能见到他。”

“你是他什么人？这么清楚情况？”

“我是他哥，这一点你不要怀疑。”

“那好吧，我就先不等他了，下次来再说吧。”

说完话，城市姑娘一阵风似的飘走了。

森森对史双莉说：“你别看她穿着花里胡哨的，实际长着一身臭肉，看着都恶心。”

史双莉对森森说：“森森哥，你是个好人，小撇子真有五万块的外债？还背着一桩人命官司？”

森森回答：“你也真是的，我不那样说，那城市姑娘能马上走开？”

史双莉说：“欠你和小撇子的钱，我会想办法还上的。”随后跑出了澡堂。

当天傍晚，森森把小撇子叫到回头峰村。在村边的树荫下，两人拉开阵势谈婚事。

“今天下午，那位有名的城市花来找你了，说要与你相亲。这潭臭水，污染了不少人，包括那些爱寻花问柳的国家干部和有钱老板，这下，找住你了，你就蹚这潭浑水吧。”

“这个不要脸的女人，谁招她惹她了？”

“我不管你招过她惹过她没有，反正现在人家缠住你了。你说怎么办吧？她在澡堂羞辱了史双莉，差点没把双莉气死，被我撵走了。现在，这两个女人你选一个吧。”

“你是不是把我看成一堆牛屎了，非要娶这个败家城市花？”

“我不知道这史双莉要想什么办法，她说她一定要还上那五百块钱，你要真不喜欢她，给我一个痛快话，不要这样不死不活的。现在史双莉喜不喜欢你，还是两可，我也没踩准人家的心思。”

“妖里妖气的城市花，肯定不是我的选择。双莉这边，我也说不上来，人是个好人，可……”

“不要可什么了，行还是不行？”

小撇子嗫嚅着，靨上的长胡须乱抖，不知该说什么好。

两人一边说一边走，凉风呼呼地吹着。

这时对面走过三个人来，走到跟前一看，是小撇子的娘和史双莉正搀着他爹在村边遛弯。

看见一直也没什么好生活的父亲现在变成这个样子，小撇子一时心痛，就地一下跪在二老面前。

森森走到史双莉面前，说："你也不要再这样受苦受累了，对我们，你也实在做得够意思了，你也不要再想还什么五百块钱的事了。明天，你就回家吧，找个比小撇子更有出息的人嫁出去吧。"

说着，森森拉着史双莉离开了两位老人，向相反的方向走去。

失去搀扶的老人，一下子跌坐在地上，一只手却无力地伸向史双莉。

小撇子站起来，上前一步，去搀扶父亲，被父亲一个巴掌打过来，力量虽然不大，声音却响得脆亮。

小撇子像突然醒悟过来似的，从父亲身边站起来，不顾一切地向森森追去。

两人在不远处的曾经是方师傅教他们练拳的空地上扭打起来。史双莉赶忙又回到两位老人跟前，扶起老人。

小撇子与森森从土场上打斗到草堆里，又从草堆里打斗到土场上。最后两人疲惫地抱在了一起。

当天晚上，父亲对小撇子说："儿啊，你这是伤天理呀，怎么这样不识好歹，娶双莉做媳妇是你的福分，这种姑娘打着灯笼也不好找，是不是人家有什么条件把你吓住了？不怕，爹就是砸锅卖铁也要给你张罗。森森和你打斗，是不是因为这事？"

小撇子听着老父亲有点颤抖的声音，忙说："爹，啥也不要说了，这事都怨我，我明天一早就和双莉谈这事。"

眼看着父母日渐显老态，再看自己眼下的窘困潦倒，能有史双莉这样的媳妇，小撇子没理由不高兴。至于史双莉身上那些略带拙朴的习性，小撇子也只有忽略不计了。

小撇子不好意思直接和史双莉谈婚事，托森森去问。森森一本正经地说：

“双莉是个穷姑娘，她的表现你也看清楚了，这是天上掉下来的一个好女人，被你这个臭小子遇上了，再错过，你就后悔死了。我现在告诉你，不管她提什么条件，你都要答应下来，有什么困难我都给你扛着，前提是，你要一生一世对人家好，你要是变了心，我这关先过不去。”

小撇子说：“行，一切按你说的办。”

森森又说：“你也老大不小了，咱好事快办，以免夜长梦多。”

“我也是这么想的。我爹娘更着急。”

几天以后，小撇子与史双莉完婚。婚事办得简约而隆重，整个过程由森森一人总体策划落实。

小撇子虽然从小有犯事作乱的毛病，在家里却对父母很孝敬。从监狱回来之后，看着一家人常常唉声叹气的样子，小撇子就想找机会加倍补偿一下自己的父母。现在，有了史双莉，这有点迟来的爱，他感到无比愉悦。

父亲的病先是表现在肝脏上，随着延及肺部，最后到心脏。媳妇史双莉一直表现得非常感人，知冷知暖，知软知硬，床前灶头，全力服侍。每天天不亮，小撇子还在被窝里睡着，史双莉就起来了。她把炕灶挖空，把柴炭摁在灶膛里点着，先让一锅水渐渐加热。她把昨晚发酵起好的面，从盆里挖到灶台的面案上，揉进碱面，并不断地用舌头尝试着。等到完全揉欢实揉均匀，在锅里撒一把小米，醒好的玉米面窝头就被一一放进笼罩，上锅开蒸。然后再去瓮罐里夹些酸菜咸菜。这就是一家人的早饭。

听到动静，婆婆也从另一孔窑洞里起来。等婆婆那边把被褥收拾到差不多，史双莉这边给公公单另做的白面鸡蛋拌汤已端到炕前。开始公公还能勉强拿着汤匙自己吃喝，后来就得婆婆喂了。喂吃完，公公靠在炕头养神，婆婆和史双莉才回到小撇子的窑洞一起吃那热腾腾的窝头。一家人的光景过得紧紧逼逼的。给父亲另做的一点白面，还是森森托人在粮食局偷偷兑换的。那个时代，只有逢年过节的时候，人们才能吃上一点白面。

小撇子贪着渐渐升温的热炕头，迟迟不起。常常被娘用擀面杖或鸡毛掸打着才能起床。为此，小撇子曾多次埋怨媳妇史双莉：“你不早起，娘就不用这么早过来吃饭，我就能多睡一会儿。”吵得急了，史双莉也顶撞几句，虽是顶撞,可说出来的话却是贴心贴肺的:“你爹病成这样,也不早些想办法找个好医生治治,你睡觉能睡出看病的钱来?我早起做点细软汤面让老人家进些吃食,身上就能有点力气。要我也像你贪睡,老人家就只有倒霉了。再说,家里的白面也给爹吃不了几顿了,你得赶紧再张罗点。就怕我想早起做饭连面也没有了,想做也做不了啦。”

听到吵闹声,婆婆总是及时赶到,当着媳妇的面,痛责儿子小撇子。说的话,也是让史双莉感动万分的:“你娶上双莉这样的媳妇,算修了八辈子德了,天不亮就给你赵家当牛做马的,哪辈子欠下你的了?再让我听到俺媳妇受屈,我可不让你!你还嫌你糟蹋得这个家不够?”

史双莉把婆婆当亲娘看,两人在一起总是话稠情浓。在公公面前,史双莉也从不避讳什么,她甚至常给公公倒尿盆、洗内衣,像对自己的生身父亲一样。公婆有点什么稀罕吃的,也常给她留着。有什么事也想和她商量商量,儿子小撇子倒像个外人似的。

病情发展到要到大医院诊治时,钱成了大问题。

小撇子想着自己的亲朋好友,开始了紧锣密鼓的借钱行动。

他来到一家人都是工薪阶层的姑姑家,姑姑听说自己的哥哥病情加重,浑身慌躁不安,从箱子底层的手巾包包里翻出五百块钱来,递给小撇子。嘴上说:“这是我多年的积存,只有这么多了,可这太少了,这还能救下你爹的命?咋办呢?这可咋办呀!”说着说着,姑姑竟泣不成声地哭起来。

姑父看着姑姑凄惨难忍的样子,心里也不好受,他对姑姑说:“哥是个好人,从小你俩相依为命的,这个时候咱不帮谁帮,要不,把我上班的那辆半新不旧的自行车卖了吧,添一个是一个。再有,我到单位看看,能不能预支一两个月的工资。”

姑父这话让姑姑冷静下来,她擦了一把泪,说:“只有这办法了。只要能救下我哥的命,让我出去卖血都行。”

临走,姑姑又追到院门口,对小撇子说:“你到你表兄那儿看看,我估计他那儿能给你凑点。”

小撇子又来到表兄家。这是一座刚刚修起没几年的六层楼房,是焦化厂的单位宿舍。表兄在厂里是个中层干部，按资历地位分在四层。小撇子按姑姑说的门牌，找到了表兄的家里。小撇子在坐监的那几年，正是表兄事业发达的时候，表兄也曾随同父母到狱中看过他。他与表兄属于发小，小时两人相处得挺好。小撇子想，表兄虽多日不见了，他觉得表兄不可能一点面子也不给他。

窗明几净的宽大客厅，摆着沙发、电视、冰箱，透明的鱼缸里自由自在地游着七八条观赏鱼。表嫂正在里里外外地抹擦着家具。小撇子坐到沙发的一角，表嫂也没有停下手头的活计。逮住表嫂走出客厅的一点机会，小撇子赶忙问："我表兄不在家？我想和他商量个事。"

表嫂说："当了个芝麻大的一个小官，一天到晚顾不上家，这会儿也不知又加哪门子的班。"

小撇子看着表嫂有点怨愤的表情，心想该不该说出要借钱的事，他和表嫂不是太惯，一旦开出口遭到拒绝怎么办。可父亲的病情不等人，反正来也来了，借钱不能怕伤自尊，你今天就是低人一等的孙子，只要能借到钱，什么也顾不上了。于是他用很低的声音说："我爹要到省城看病，我想向你们借点钱。"

表嫂的反应很迅速，好像早已猜出了小撇子的来意，他话音刚落地，表嫂马上就接口说："家里刚买了冰箱，前几年买房借的钱还没还完哩，你表兄只知道死眉愣眼地上班，挣的就那点死工资。这单位领导也真不是东西，加班的时候紧着喊人，轮到发奖金就像猫抠抠似的舍不得，像花他祖上的钱似的。钱这东西是个硬东西，一分钱逼倒英雄汉……"

表嫂絮絮叨叨地把话拉得很长，小撇子趁表嫂不注意，一溜身走出了表兄的楼门。他不想听这些毫无意义的寡话，本质的内容是："不借给你钱，并让你理解她的难处。"

小撇子找遍至近的亲戚借钱，大多以自身难保推辞，只有几家象征性地拿出一点，加上已结婚成家的弟弟妹妹借到的钱，总共也就两千来块，这与几万块的手术费用相差甚远。

森森的母亲前几年已从回头峰村搬到县城，一家人总算团圆了。可他隔几天总要回一趟村里，来看看小撇子的父母，与小撇子的父母聊上一会儿，把能做的事想办法做好。有时也去去大马司家,看看有什么事,帮着做做。小撇子父亲到省城看病的事,他第一时间就知道了。虽是好弟兄,小撇子也不愿再难为森森了,他已经帮得太多了。况且,他只是一个小职员,手头也没有多少余钱。

这天晚上,森森来到小撇子家。小撇子坐在炕沿上,史双莉靠在灶台前,母亲正在给父亲铺炕。森森看一眼小撇子,说:“长胡须又披下来了,没借到多少钱吧?”

小撇子摇了摇头,眼里竟溢出无奈的泪水,森森拍着他的肩膀,说:“不要怕,活人还能让尿憋死?钱的事我来想办法吧。”

这一句话,把小撇子说得号啕大哭起来。他紧紧抱着森森,很长时间不愿松手。

森森再一次发挥出自己“城乡路”的才能,向社会各界讨借,总算凑够了去省城大医院就诊的费用。其中,森森一笔就借到两万元现金。

可结果是:人没保住,钱也花光了,人财两空。小撇子父亲体内的癌细胞已大范围扩散,钱的作用只是多维持了两个月的生命。说起来小撇子和森森也算问心无愧了。

事过之后,几万元的借款,渐渐成为两人头涨脑热的大事。

五

森森从小生活在相对优越的家庭,从没因钱而烦恼过。现在,钱是他借的,小撇子在澡堂挣的工资刚够小家日常的低标准开销。

森森真正感到钱这个东西的厉害了。

接着,小撇子的母亲神经出现异常,整天絮絮叨叨,言不及义,行不知向。媳妇一人已无法招架,晚上睡不安稳,她怕婆婆一觉醒来,开门出走了。白天除了给老小做饭,还得时常看着婆婆,陪着她说话,拖着她回家。小撇子在澡堂的工作也难以保证按时保质完成, 好在老温分配给他的工作是相对自由的,迟到早退也不多去过问。这样,小撇子一溜烟就回村里了。

无奈之下，森森从那个两万元借主那里给小撇子领回一份兼职工作。人不用去坐班，得空去看看就行，每月工资却十分可观。

也许是那两万元借主怕森森和小撇子还不上钱而出的一个主意，也许是森森主动给这位借主想出的一个办法。借主是县营铁厂的副厂长，铁厂从生产到销售，从一般工人到厂级领导，都非常平顺和谐，但体现在账面上的成效却很不乐观。原因很简单，炼出来的铁块成批成批地被盗。被盗铁块连成本带工资都记在公家的账面上，前者一夜之间就会不翼而飞，而后者却要一分不少地赔进去。厂里先后换过几茬保安，但收效甚微。

铁厂地处城郊地带，厂墙之外就是野地，野地再往周围是几个不大不小的村庄。村民中有手脚不干净的，不想晒一天日头也没多少收获地死受，想着法子在城郊这个特殊的地段寻点讨巧的活儿。铁厂的铁，是近在嘴边的肉，不吃白不吃。撑死胆大的，饿死胆小的。有了第一次，不愁第二次。屡次得手的村民，一夜之间就有置办年货的钱币了。那些苦熬死受的人，看着别人这样干，心里也直痒痒，在风声小的时候，也心惊肉跳地尝试过几回。不出多少力就能来钱，就能活得挺滋润，效仿偷铁的人也渐渐地多起来了。铁厂的失盗案越来越多，而且这种案子不大不小的，公安有时插手一下，也不做重点处理。当然也有从外面来的野贼。听说还有赶着小马车的人，借着月黑夜深停在墙外等着运铁。厂墙就一人多高，进去出来对于盗窃者们并不是什么大事。更有甚者，干脆把墙体挖个洞口，直进直出。那些放在厂院里的成堆的铁块，成了盗贼卖出挣钱的不尽源泉。也有一种说法是，厂里的保安私通外贼，睁眼闭眼之间得些利益。总之，纵然“粮谷满仓”，也经不住“硕鼠”细小连续地“蚕食”。

最开始的“小口流出”，厂领导并没当成大事来抓，私下也有“靠山吃山，靠水吃水”的纵容姑息。后来，此类闹剧表演越演越盛，直到一任厂长被县上调走，这件事才成为大家关注的焦点。但盗铁者和铁厂玩起了“游击战术”，敌进我退，敌疲我扰，这些不乏小智商小能耐的盗铁者，终究没有歇业洗手。厂领导和被调派下来的公安人员即便在村民家里发现厂里的铁块，也是零零散散的几块，并不足以抓捕归案。分点窝藏，小点卖出。打击太严厉了，又怕激化厂村矛盾。经常要打交道的村民村干部，真要生出怨愤，怕以后的日子更不好过，搞不好就会出现聚众堵路、租金加大、水电停摆等大麻烦。

以前的保安十个八个，昼夜值班，也没解决了这个问题。现在，森森对厂领导说："我只要两个保安即可。一个值夜班，一个值白班，不配警棒、警服也行，只管'见到'，不管'制止'。"禁不住盗铁一分钱不要，能禁止了盗铁按以前所用保安人数工资付足付齐。经厂方上会研究，由那位副厂长正式通知森森："从即日起签订协议。"

澡堂工资虽不太高，但小撇子没有辞掉。森森下班之后就来到这里，一面替老温做些无偿的打理，另一面保持与小撇子的紧密联系。

那时没有手机，只有座机。一有铁厂的电话打进澡堂，森森和小撇子就在第一时间接到了。那边值夜班的保安说："今晚有盗铁现象，盗窃者两人，都是附近村的。"小撇子看看森森，森森对着电话喊："我要具体的情况，哪个村的，姓甚名谁，得给我搞清，不然的话，你一分钱的工资别想拿到！"

隔了个把小时，铁厂保安又打来电话，说："盗铁者是小北庄的，父子俩，父亲叫张大拿，儿子叫张小拿，今晚九点半作的案。"

森森即刻接通了派出所的值班电话，说明情况，并做出请求。派出所同意派出一辆警车前往捉拿偷盗者。森森对小撇子说："不要老是那样窝身低头的，哪像个顶天立地的男子汉，一次挫折就把你弄成这么个熊样，看你也成不了个大事。今晚你要做得强硬一些，第一次出马就砸了，以后就别玩了。据我估计，对方肯定不是一个善茬子，说不定还是一个地头蛇，你要压不住他，他就可能反扑过来。"

两人随着警车连夜赶到小北庄村，找到张大拿的院子。院子里有狗，人还没走近院门，狗就在里面狂吠起来，与森森他们叫阵。森森看了一眼小撇子，说："听出来了没有？恶人喂恶狗，下一步就看你的了。"

小撇子径直走到大门前，一脚就踹开了从里边锁着的门板。一只牛犊般的大黑狗迎面扑出来。小撇子迅速把预先准备好的棉大衣张开，连头带身裹住了狗，然后用足蛮力扛了起来，照着门壁摔去，把门板也挂落下一块来，接着，把门板扣在黑狗的身上。那狗有气无力地哼哼几声，再没有了声响。这时，院子里的灯亮了。张大拿和张小拿一个手里握着菜刀一个挥着木棍，冲向小撇子。

小撇子一个人站在院门靠里的门板上，不知什么时候已脱掉了上衣，赤臂光膀的，露出胸前一道偏长的刀疤，在寒冷凛冽的深夜里显得咄咄逼人。那根长胡须，尖针似的，横展出去。

张大拿挡在儿子的面前，停住脚步。看着这个能把自己家恶狗弄死的来者，凭经验，知道碰上了一个不要命的主儿。再一细看，院门外还停着一辆警车。正要问清情况，森森从门外穿了一身干部服走了进来。森森走到张大拿父子面前，对父子俩没有来得及收起的手中凶器熟视无睹，口气十分强硬地说："啥话也不要说，说了也没用，要想不惹麻烦，在天亮以前，把你们偷来的铁送回原地去！就这样，定了！"说完，森森转身走人。

小撇子意犹未尽地站在门口不想走。他一个人照直走到张大拿和张小拿面前，低声吼道：你认清我的眉眼，说不定还要打交道哩。说完，走到亮灯的东窑门前，站了站，又走到中窑门前，又走到西窑门前，然后才不舍地走出院门，顺势捡了自己脱在一旁的衣服，走出院门，钻进了警车。警车发出尖利的警笛，消失在黑夜中。

只这一次，小北庄的人都知道了小撇子其人。接着，消息不胫而走，附近所有村庄的人都知道了小撇子。以后，县营铁厂的铁很少再丢了。偶尔有些不知深浅的人还来偷铁，小撇子只要打个电话事就办了。

年终，县营铁厂的效益，受到政府的高度认可，厂长还披红挂彩地到台上领了大奖。这样，小撇子负责的保安这一块不仅工资照额全付，而且还得到一笔可观的奖金。不久，还被招录为铁厂的一名正式职工。

山不转水转，水不转人转。小撇子的光景有了很大的改观。接下来，县营铁厂延伸出来一个自办焦化厂，小撇子被公推为厂长。浪子回头，潮头造势，小撇子的聪明才智得到了充分的调动，焦化厂运营得非常顺利。时间不长，小撇子又正式申办了一座煤矿，煤矿就选在了自己的家乡回头峰。小撇子他们从小就在这座鹰嘴崖下掏过黑炭洞洞，供家里生火做饭。现在经专家勘探，煤的储存量确实很大。煤炭挖出来，就地建起了洗煤厂，洗出的精煤直接拉到焦化厂炼焦，炼成的焦炭，再拉往铁厂，供炼铁用。一条龙作业，连骨头带肉一起吃，这样效益大大提高了。辞掉桥头澡堂工作，小撇子一心一意做起自己的企业家梦来。

铁打的营盘流水的兵。小码头这个特殊的地段，又出现了一批比小撇子他们那一茬更浑更潮的小混混来。不过，这些小混混对小撇子他们那一茬的几个代表性人物还是心生敬畏的，有事没事也到他们跟前凑凑，说些恭维奉承的话。

大马司在里面待足八年后出来，并没有改变本质的野性，仍在小码头这城郊带耍横逞强，私下的行道里有一种不成文的规定，“二进宫”的斗不过“三进宫”的，监狱里待了三年的比不上待了五年的。人一旦有了破罐子破摔的想法，就天不怕地不怕了。大马司整天被那批小混混追捧着使刀弄棒。市民百姓见着这些人便躲，怕沾上晦气。他们也常常在县城大街制造出一些邪事彩事。公安局的黑名单上列着长长的一串，每个人都建着档案，等一有号令发出，就能出警抓捕。每个人都知道，这是社会的一块“毒瘤”，不尽快割除，后患无穷。

小撇子长着一颗能顿悟的脑袋，听了森森的劝告，再不与邪事沾边。但他有他自己的一套理论和处事原则。一天，他把大马司与大马司以及手下的几个代表性人物，招集到自己的厂里，摆了一桌宴席招待。席间，他趁着酒劲对大马司说：“你也老大不小了，找个姑娘成家立业吧？不要再瞎搬胡扯了。”大马司并不买他的账，瞪大眼睛反驳：“你以为我身边缺姑娘吗？你要几个我现在就给叫来几个，你信不信？你鸣锣收场了，你做你的发财梦了，我还没玩够呢。”大马司说到兴奋处，竟拍响了摆满了酒菜的桌子，把那些盘盘碗碗震得左右摇晃。小撇子没有硬碰硬地较劲，把话降低了八度，说：“好好好，你玩你的，我只是作为曾经的好朋友劝劝，但我有两句话还是要说给你，一是不要去学校胡闹，尤其是小码头学校。二是不要欺负老弱病残穷。”大马司立刻回应：“我不管那些，谁对我不仁，我就对谁不义，不能让小弟兄们跟着我受气，也不能让小弟兄们跟着我没饭吃。”小撇子顺势应对：“你英雄你英雄，兄弟我盼望你有荣华富贵的一天。”宴会不欢而散。

饭后，各行其是。不过，小撇子说过的两条，大马司还是听进去了，不再涉及学校和老弱病残穷诸事。

小撇子从澡堂辞职以后，森森就不与他多接触了。常在县电视台看到小撇子靥上的长胡须频繁抖动，森森就能猜到他正在经济中心的势头上高歌猛进。他继续过起自己风平浪静的平凡生活，但还保留着常去老温澡堂洗澡闲聊的习惯。

六

小码头学校的大门，正对着马路，马路再往外走，就是铁路，铁路再往外便是汾河了。经常有不少的家庭妇女牵着大孩子抱着小孩子在这里逗留。门口路边，摆着小吃小玩的地摊。来来往往的车辆和行人，不时地通过。

学校门房是个泼辣的中年女人，正与一个要强行闯入校园的男青年拌嘴。这男青年已年近三十岁了，却长得只有课桌高低，人称垫垫。垫垫常穿一件成人上衣，从上到下，盖住了基本可以忽略不计的裤子，一双皮鞋拖着地面行走，上面布满了尘土。垫垫脸色偏黑，一说话露出满口的金牙。他从小码头出来，随便在哪儿一站，不管是摆摊的还是卖饼的，都得给面子。瓜棚前杀吃一颗西瓜，烤炉边捡啃一个油饼，都不用花钱。就是走进宴请亲朋的酒店，总管也得给他一瓶酒、两盒烟的。

他行无定处，走到哪儿，总得有所收获。主人要哄他赶他，他就使出一股顽皮劲儿，死搅蛮缠的，不达目的绝不罢休。你要和他来硬的，改日不定什么时候，砸你一块玻璃、推你一张挡板，搞得你吃睡不宁。你要敢对他来更硬的手段，他后面的靠山就会整得你坐卧不安。靠山是谁？有人说是大马司，也有人说是比大马司更厉害的。

这次，在学校门口，垫垫看见一个漂亮姑娘，一时春心萌动，就上去拽了一把姑娘的长辫子，脸上绽着淫邪，嘴上撩逗着：“小美人，咱俩处个对象吧。”

年轻姑娘摆脱垫垫跑进学校院里，垫垫气急心慌，也要跟着追进去，却被女门房挡住了。

“你不要多管闲事，你要不使眼色，我让你瓮里起火，你信不信？”

女门房把声音提高了八度:"这姑娘是我们学校的老师,我放你进去就是我的失职。小黑球,小垫垫,你再骂我,小心撕烂你的嘴。"

两人对骂着,一个要冲进去,一个坚决不让,拉着拽着就揪扯在一起。

垫垫从小和那些好打架的码头混混搅在一起,再比他个大的男人也不怕,更不要说眼前这个女人了。三缠两缠,垫垫突然向前伸出一腿,顺势把门房推绊在地上,正要踏一只脚上去解恨,被一个男人拦脖扭住,差点摔倒。

"你妈的吃豹子胆了,敢对小爷爷动手!"垫垫一边骂着,一边回头看这男人。

这男人是森森。他刚见过自己以前的一个老师,路经校门,正好碰上这事。

"你娘的森森,你不认得小爷爷?你敢欺负我?你长几个脑袋?"

"小黑球,小垫垫,我告诉你,趁早从学校滚出去,这里不是你活动的地方。"

"这是你家?这个姑娘是你的小嫩娘?你不要管爷!"

"你在学校闹事我就要管。你再瞎闹,我把你扔到汾河里,你信不信?"

"你牛!我这就找我哥大马司来收拾你。有本事你不要走。"

"好的,我就在这校门口等。"

正好这时校门口停下一辆小车,大马司戴着黑墨镜从车里钻出来。围观的人腾开一条路,大马司大步流星地走进校门。

森森拽了拽被垫垫撕破的上衣,站直身子。垫垫一身灰土滚身而起,向走到他跟前的大马司号哭起来。接着,又一次向森森反扑过来。森森一把拧住垫垫的胸口,把他定立在半米以外。

大马司走近森森,问:"咋回事?"

森森不作回答,对大马司视而不见。

门房女人指着垫垫对大马司说:"垫垫这小黑球拽着年轻女老师的长辫子不放,还要跑到校园里闹事,我怎么挡也挡不住,还把我打倒在地。不是这位大哥,还不定惹出什么大事来呢。"

与此同时,垫垫用皮鞋探着朝森森的小腹踢过来。森森躲过这一脚,一只手一把掐住垫垫的喉咙。由于垫垫前倾的身子太猛,上边被一只手卡着,身体一下子向后栽倒。森森还要上前痛打这个缠皮的小黑球,被大马司挡住了。

垫垫翻身再要向森森反扑时，被大马司一个响亮的耳光打得转起了身子。再扑过来时,大马司又给了一个耳光。

“你这个小黑球,整天打着我的旗号,到处欺男霸女白吃白拿,现在来学校欺负老师来了。再让我知道了,劈死你！”

“你好？你好？你好？”垫垫口里也嘟囔个不停。

大马司继续教训垫垫:“你小子不知道这位爷是谁？我见他都让三分哩,你这不是在太岁头上动土吗？”

垫垫嘴上的脏话又对准森森:“啥你娘的太岁哩,不就是个城乡路森森小龟孙子！老爷今晚后半夜也要收拾了你。”

森森一个箭步跃到垫垫面前,一把抓住垫垫的脑袋,转了两圈,说:“你小子是不见棺材不掉泪,今天不弄死你是过不去了。”

森森转到垫垫的正面,蹲下身子来,一个耳光扇过去,垫垫的脸被打得扭向一边,等转过来时,又一个耳光打上去。这次用力较大,垫垫整个人原地转了一圈,转到森森面前时,脸上又挨一巴掌。再转再打,直到把脸打到一边不再往过转,才停住。

森森对着垫垫说:“你再骂一句让我听听。”

大马司走过来,对森森说:“行了,教训教训就行了。”

森森连看也没看大马司,说:“不行,我还要看看这小码头的小混混还有什么招数哩。猴球似的一个小黑球,到处白吃白拿称王称霸,现在来码头学校作乱来了。治不住你,咱码头学校还散了架哩,谁家孩子还敢在这学校上学,哪个老师还敢在这学校上课？门房管不了你,校长管不了你,我来管。看我一脚踢不到你家瓦檐上哩！不为民除了你这一害,我就不是从小码头混出来的呢！”

这时,围观的妇女有人插话:“实在该治治了,我们每天送孩子来上学,就怕碰上这小黑球,见谁欺负谁,再要这样担惊害怕,我们就要考虑转学哩。”

垫垫两手捂着脸,还在那儿低声嘟囔,眼里射出仇恨的邪光。

森森把垫垫拽到自己跟前，用一根手指掂着垫垫的下巴，探着脑袋问：“你还不服气,是不是？你再骂我一句,让我听听。”

垫垫口无遮拦地又骂出一句:“日你娘。”

森森站起来,一手卡了垫垫的后脖子,一手卡了下腿,把垫垫举了起来,往学校门外走去。

大马司上前阻拦,被森森一个肘子顶靠到一边。他举着垫垫不顾一切地继续往前走。翻过铁路就是汾河,森森的走向很明确。

大马司对着垫垫喊:“你这个死不了的小黑球,今天就要见阎王爷哩。不赶紧倒软！”

这时,垫垫似乎也意识到自己面临的危险,马上浑身软塌下来。嘴上也开始求饶起来。

森森又走出一段距离,才放下垫垫,然后指着他的脸说:“老子今天不把你扔到汾河里,就不算小码头走出来的人。”

垫垫浑身乱抖着,硬是从森森的手上挣扎下来。森森重新上手掐了垫垫的脖子,要拖着他往铁路上边走。垫垫扑通一声跪在森森的面前,脑袋向地上猛磕,嘴里连着喊:“爷爷饶命,爷爷饶命。”

“你不是要后半夜来收拾我？我看你还有几个后半夜！”

“不敢了,不敢了！爷饶命,爷饶命。”

“你以后不要让我再在校门口碰上。你记住,我碰你一回打你一回。听清楚了没有？”

“好爷爷哩,我听清楚了听清楚了。”

垫垫一团烂泥似的蜷在铁道下的土坡前,浑身灰黑。

森森站起身拍了拍身上的浮土，回头对着大马司双手握拳示意了一下，转身走了。

七

森森带着十万块钱来到老温家,还没安排完办理丧事的各项杂务,已有消息传来，说那个肇事者已被找到。森森放下手头的事，第一时间把电话打到了交警队。交警队回应：“我们正在调查，还没有准确的消息。”森森又问旁近的人，才有人说，是小撇子他们找到的。而且已经与肇事者见了面，肇事者也承认了是自己干的。森森一时语塞，心下想：我这城乡路竟没有小撇子路宽眼阔。

原来，森森冒胆横闯丰盛昌公司之后，小撇子就闻讯而动了。经过几年的商场打拼，又有多年江湖历练，小撇子智商得到大大的提高。他的问号只在脑子里转了几个圈圈，就找到了切入点。澡堂老温对他小撇子有过知遇之恩，这一点他至死都不能忘。在他最疲软最落魄的时段，老温接济过他，当然这当中森森起了大作用。这两年虽不怎么接触森森，但他心里清楚，这个人是他的莫逆之交。也只有森森，才敢这么单枪匹马横闯他小撇子的丰盛昌公司的大门。也只有森森，才敢在他公司的办公楼前挥锤砸车。森森一走，他就有了个大概的猜测，不到万不得已，森森不会这么心急火燎地来向他索要十万块钱。

证实是老温家出事以后，他就让眼线撒开大网。几个电话打下来，肇事者就从几个疑团里渐渐筛漏出来。紧接着，他的车队就出动了。

肇事者是距县城三十华里以外的马里乡冯家庄的赵二狗。赵二狗三十多岁，近年来凭着一身彪悍体型和野莽习气，不仅在村里与村长顶牛较劲，凡事要有他的介入方可执行，而且在乡里的街道上也属一霸。他虽还没在县城一带站稳脚跟，但与大马司他们也多有接触。有人看见他跟着大马司拿杯提包地跑前跑后，唯命是从。开着一辆二手工具车在县城各工地上到处跑动，接着他也不知从哪儿弄来两辆大货车，又拉沙又拉土的，专赚建筑工地的钱。他和大马司常常出入大小酒店，与负责工程的人喝得昏天黑地的。这些信息，小撇子很快就掌握清楚了。

小撇子坐着小车来到赵二狗住的冯家庄村，正是傍晚时分。经村人指点，他们很容易就找到了赵二狗的院子。院子正面五孔弧形窑洞，两边各建有一排平房，超大面积的一幢大院子，横卧在村子最黄金的地带，院子里有果树、有菜园，比以前地主家的院子还气派，在村子里很是惹眼。高大宽绰的红漆大门上方，“八方招财”门额醒然入目。

小撇子让两个手下先进院去看看，自己的小车停在大门外，他坐在小车后座上暗中指挥。手下回报："大门从里边锁着，叫又没人应声。"小撇子顿了顿，对两名手下分头部署。

天色即将暗下来时，冯家庄的村口开进十辆大卡车和一台挖掘机。十辆卡车在赵二狗大门两边依次停稳，中间一台挖掘机的铲头已经抵顶着红漆大门顶端。只要一声令下，红漆大门就可能立刻被破开拱塌，两排平房连带正面窑洞都会在几小时之内，变成残砖破瓦被大卡车运走，一处在村子里显眼招目的住宅马上就会夷为平地。

村民们在车灯恍惚中，都围在院前院后看热闹。

"要不要惊动一下交警或派出所？"身边的人问小撇子。

"先不要着急，稍等等。大小车辆的灯都打亮，地势高点的车灯直接往院子里照。"

天色完全黑下来时，手下人回报："赵二狗家的平房有暗道直通后院的菜园子，刚才咱的人看见，好像是大马司有两人护送着从菜园子走后门出去了。"

"有没有赵二狗？"

"好像没有。"

"让大马司出村，不要管他，但再不允许任何人从此出入，派人盯紧点，要看到赵二狗立马拿下。"

手下人退开。

大门开了。被挖掘机两道强光罩住的，是两位老人。

知情人告知，这是赵二狗年近七旬的父母。

两位老人走出大门，扑通一声跪在小撇子的小车面前。

"是哪位天爷驾到了？我们可是良民百姓啊……"

小撇子坐在车上纹丝不动。身边人问："怎么办？"

"别在我面前玩这一套，告诉老人，让赵二狗出来，一切相安无事。"

话被传过去，两位老人又是一片讨饶声。这样僵持了一段时间。又有人回报："赵二狗在后院的菜园子里被我们的人摁住了。"

“要的就是他，咱的人马全部撤离吧。”

事情落实清楚之后，赵二狗当晚就被小撇子亲自送到县交警大队。

八

小撇子来到老温家，森森已把一切事宜安排得十分妥帖，只等交警大队一个话头。

窄逼阴冷的院子里，帮忙做事的人进进出出，小撇子一进院门，冷不防当胸就有人给了一拳，这一拳，结结实实的，打得他跌出一个趔趄。出拳人正是森森。随着叫骂声一同飞来：“你他娘狗日的，我差点被你那些野狗们撕咬着吃了。”小撇子回话：“你小子常不来看我，想给你抿两盅也没个机会，办公楼院是新建的，手下人确实不认得你，也算是对你不关心我的一个惩罚吧。”

两人走进低矮的平房，老温从暗黑的里间迎了出来，一脸的憔悴与悲戚。小撇子赶忙紧走几步伸出双臂抱住老温。老温的身子抽搐着，小撇子用手轻轻拍着老温的后背：“对不起，对不起！我来迟了，我来迟了。”

这时，有人请示森森：“响器方面来人了，见见人家吧？”

森森把视线引向小撇子：“从现在开始，这位赵总是大总管，听他的吧。”

小撇子转头问森森：“交警那边，要不要告知一下，万一有个验尸什么的，咱得提供破案依据。”

森森说：“尸体他们早验过了，现在肇事者也被你捉拿在手了，基本可以定案了。不过，我再给他们通个电话吧。”

在老温的小院子里，有人把一张靠椅腾出来，让小撇子坐在上面。负责响器的来人站在他面前，听他安排。

“你有多少号人马？”

“十几个吧。”

“不行，台子搭得大一点，从全县范围内调一些精兵强将，至少得五十个人。头天上午就开始，演得观众喝彩不走的，另加奖金。”

之后，森森把厨房师傅、购菜安桌人员、坟地阴阳先生、送葬车辆等方面的人都叫来，各人分别做了汇报之后，让小撇子重新安排了一番。整个丧事的步骤、程序、阵容等，都得到了强化。

正式办事那天，灵堂设置、花圈摆放、演出台面、升空炮仗，以及长龙似的送葬车队，都十分壮观。县城里路过的人不知这是哪位大人物的丧事，都睁大眼睛挤着来看热闹。问知是一个小伙子的葬礼时，都有些蹊跷不解。又问知是一个大老板为此亲自操办时，更是满头雾水。老温、澡堂、小温、交通肇事、丰盛昌、小撇子，几个关键词组成的故事，在县城各个角落以各种版本流传着。

老温自始至终泪流满面，泣不成声。失子之痛与感激之情，同时涌荡在胸腔。

小撇子可以说是倾其所有为小温操办丧事。小撇子个人这几天全厂歇业，旁事不接，全天奔忙。

森森不离左右地紧随着老温，只管安慰情绪。

葬礼正式举办那天，大马司出人意料地郑重到场。

观众群中的故事链条，又被续接到了小码头的地盘上。

垫垫混在人群当中，不无夸张地讲述着不知从哪儿听来的关于老温、小撇子和森森的故事。

九

县城里凡是有些规模的酒店，都设着比较隐蔽的包间。那时，城市建设的步伐比较快，大马司与各个城建工队都有或多或少的联系。饭点，他们有时会在一处酒店用餐，而且会有一两个相关的官员参加酒宴。宴上，并不谈及与工程用料有关的任何一句话，只管把特色菜种往桌上端，只管把名贵酒水往杯里倒。这样，工队与负责工程的官员有了非正规的接触，有了感情上的增进。工队即使花钱买单也乐此不疲，官员即使有所顾忌也常愿光临。

在正式上菜前，酒店总有一个不穿制服的保安露面，大马司把他引见到大家面前，说："这是这个酒店的保安，是自己人。"随后就被打发走了。言外之意，参宴者可以放开胆子豪饮豪吼，绝对安全。

几乎每个酒店都有这样一个保安。酒店是最容易招惹是非的地方，工商、税务、卫生、消防、城建，包括地震、气象、公安等部门前脚刚走后脚又来，前些年还有人来收保护费的，加上租赁费、水电费、取暖费等，酒店的光景并不好过。看上去，车水马龙的，穿红的走了穿绿的来，门庭若市。营业额也十分养眼，但蛇大窟窿粗，需要花钱的地方也多。该缴的不该缴的，明的暗的，四下里流出。实际算下来，真正赚的钱也没多少。自从有了这样一个保安之后，许多事都好办多了，最关键的是，酒店那些醉酒之徒找服务员无端闹事甚至砸摔盘盘碗碗的麻烦事一下子没有了，那些一抹嘴就要走人、一算账就嫌钱多的地痞流氓没有了。对这个保安，酒店自己愿意主动花高工资聘请，除了能省钱，还可以免生不少气。这个保安平时不在酒店，但肯定在离酒店不远的某个地方，酒店一旦有事，他总会及时赶到。那些工商税务部门的人一看是这个保安，公事公办、面无笑容的表情就有所改观，即使有些非分的想法也不敢再在话头上表露出来。那些酗酒滋事的酒鬼们一看见这个保安，都酒醒一半，各自收敛了。也有不知底细的人，没把保安放在眼里，继续自命不凡地表演，结果都栽得不轻，最少也被摁在下水沟边，嘴上沾满污秽泥垢，然后落荒而逃。

这些保安大都是从小码头出来的，他们之间都保持着联系，平时各管各的地盘，要紧时刻相互也照应帮忙。他们悠闲自在地挣着一份可观的工资，都知道一个没有写到纸面的潜规则，井水自管清澈，河水自管流淌。虽偶有接触却不轻易“串岗”，更不擅自无端去对方的地盘“搅水”。这当中，有一个人起着关键的作用，好像用一只手牵着无数根风筝线头似的，这个人便是大马司。至于再从小码头出来的一批小混混，也必须得认得他们这几个“老光棍”的牌号，真要耍得出了头，也要受到必要的制裁。当然，要加入这个圈子也不是件容易的事。

保安中也有一位是吃“铁”长大的，名叫非非。很早他就表现出桀骜不驯的个性，也算小一辈混混中一个小领袖，天生的一副硬骨头。他对大马司动辄就表现出来的霸气恶煞很不满意。不过也不愿多惹晦气，平时只是默默不语地应酬着。他在县城占据着一个紧要位置的地盘——川味酒店，诸多事体他都能顺当地处理下来。可这一次，“大马司”把屎棍戳到他的头上了，他便再也忍不下这口气。

县城五一商贸大楼的一层，围着一圈人。圈子中心有一个老者爬在地上哭号，看上去有七十岁左右，浑身上下都是典型的农村人打扮。他刚刚丢了五千元钱，是卖了自己的老牛准备买年货用的，更要紧的是年前儿子要结婚，全凭这点积蓄支撑。一眨眼之间，啥也没有了。老者一边拍着地面，一边号哭。在场的人都十分气愤，对猖獗的偷窃者表现出极大的愤怒。同时，也对这位老农表现出极大的同情。

"谁家不长屁眼的小子，做出这样伤天害理的缺德事。"

说这话的人是大马司。见大家都用一种异样的眼光看着他，他心里很不舒服。也不知从哪儿来的一股劲气，他突然冒出一句："有本事的来我这儿偷啊，我他娘这里有钱啊！"说着，就从口袋里掏出一沓大面额钞票，在眼跟前乱抖。

老者像抓住救命稻草似的爬到他面前，哭诉着："你是好人，你是俺的救命恩人，你就行行善吧。儿子能不能打了光棍，就凭这几千块钱哩，你就帮帮俺吧。"

大马司听见旁边有人在说："看样子这街面上的混混也有善心啊，也有行好积德的时候。"

他俯身安慰老者："老大爷，你不用担心，这事包在我身上了。我一定给你找到这狼不吃的赖小子。"

老者一手抓着他的胳膊，一手支着地面，头一个劲往地上磕，口中"谢"字说个不停。

大马司情急之下，把手中那沓钱递到了老者手上，并说："你先用着，等我抓到那贼，再补足你丢的钱。"

大马司这一举动，让在场的人都啧啧称赞。

当天，大马司就了解到是一个叫"亮亮"的中年人，近几日在县城大街上到处伸手，而且收益颇丰。其中最大一笔，就是从这位老农口袋里偷来的。他的背后支持者是其表弟非非。

十

大马司来到川味酒店，在保安室找到非非，一番训话之后，提出两点：一是让亮亮把偷到的钱全部交出，二是要剁掉亮亮的手腕。

非非当即反应："第一条我尽量努力说服，能交多少还说不定。第二条不可能，国家法律也没有这么严格，手腕怎么说剁就剁了呢。再说，还是我的一个表哥呢，还能没有一点面子？"

大马司表现出强硬的口气："两条必须照办。至于你这面子，说你是一堆黄金你就是一堆黄金，说你是一堆狗屎你就是一堆狗屎。你表哥就是仗着你的气势胡来，你要想不通，你就再不要在酒店做保安，并且以后再不要出现在县城的任何一个角落。"说完摔门而去。

非非先是很恼火，接着又郁闷起来，想着该如何处理这件事。

非非想尽快找到表哥亮亮，一方面落实事情的真实与否，另一方面商量如何应对大马司。

在五一商贸大楼的二楼拐角处，非非看到亮亮从人头攒动的楼上走下来，一个手势，他与正在朝他走近的亮亮打了招呼。与此同时，非非发现，大马司也在离自己不远的地方站着。大马司手下的几个人已经混进上楼的人群中，正在接近亮亮，而亮亮全然不知。此时要让亮亮退走逃掉已不可能。非非心绪一时发紧，但马上又重新调整好了自己的情绪。

等亮亮走到非非跟前时，双臂已被两个壮小伙架住，大马司面露凶气地耸在眼前。"到商场外面理论！"

刚出商场楼门，看到非非的亮亮言语上很狂野，行动上也极力挣扎，想摆脱身边人的控制，但马上遭到左右两人的压制。目无非非的大马司发出狠话："再要折腾，先削去一只耳朵！"亮亮立刻表现得规矩听话了。

非非把大马司拉向一边，说："我表哥是罪有应得，今天你先饶过他，让他跟我回去，两天后我给你回话，行不行？"

大马司眼睛斜视着非非，想了想，说："后天下午六点前，我等你回话。"一个眼色送过去，两个小伙便松了手。

十一

大马司从小长得人高马大，遗传了父亲大马金刀、威震一方的性格，小时就敢与村干部论理说事，为人义气，凡事不推不让，扑着身子向前冲，总要把事情弄出个水落石出，三句话不对茬，就来拳头。跟着方师傅学了两年拳脚，更有底气了。尽管方师傅多次劝说凡事要理让三分，万不可滋生事端，无事找事，但他习性难改。方师傅不敢再在过多的拳路上给他破解，只教一些拳术的皮毛。大马司在习练套路和基本功上虽然十分下苦，但走出的拳路却笨拙生硬，没有一点灵性和感觉。即便如此，大马司嘴上会说好听话，搞得师傅是教也不对，不教也不对。就那样一知半解地学过两年，大马司就放弃了，可他是一个实践大于理论的人，把学到的拳术到处尝试。

在村里，除了结拜兄弟森森和小撇子以外，谁的账也不买。森森进城上学以后，他也随后进城混世。刚进城时，就遇到一个不顺心的事，差点要了他的命。小河水冲到大江里，山沟里的野性很快就可能被巨浪洪峰淹没掉。他一个人在街上走着，莫名其妙地就被后面的一个青年盖了一砖头。回头一看，是三个穿着流里流气的年轻人。他正在愣怔，对方说出了理由：他走路的步子太快，超过了他们三个。就因为这一点，他得受到惩治。他刚瞪起眼想争个所以然，马上就又遭遇了两个巴掌。他跨出一个虚步准备反击，对方掏出了一把菜刀。退着躲着，大马司突然从旁边卖杂物的摊位上拿起一把斧头，不顾一切地朝迎面逼来的三个青年乱劈一通。有两个躲到很远，一个却原地不动。一斧头下去，正好砍中这个人的臂膀，顿时鲜血直流。人生地不熟，不宜久留，大马司转身跑向远处。

他不知道，被他砍伤的这一个，正是当时小码头老大。这老大，岂是好惹的！小码头一帮人连续在街上转悠了几天，扬言：见到人，直接放气断喉。大马司既不敢回村，又不敢在人多的地方逗留，四处躲藏着，趁着天黑人少，绕着汾河岸边，到城郊地带避身。没想到，他正好来到了小码头的地段。不请自到，成了瓮中之鳖。十几个人把他围在一幢破院子的残墙下，面对施暴者，他只能做最后的垂死挣扎。一个不知深浅的少年刚一露头接近，一条腿就被大马司横扫过来的镢把打折了。大马司破罐子破摔，心想：打死一个平账，打死两个赚一个，打死三个纯赚。他腰里别着斧头，手上握着镢把，远打近砍，谁先上，先把谁弄死。那样僵持了半天，老大才在院外向他发话：你跑是跑不掉的，四周都是我们的人，出来投降吧。不然就把你饿死在里面。大马司不做应答。又过了一阵，老大又送进话来："你出来吧，咱们可以交个朋友。"大马司这才说："你让人给我买两个饼子，扔进来，吃过之后，我就出去。"不一会儿，有人给扔进两个饼子来。大马司腾出一只手啃吃。吃完，他对外面的老大喊："你进来吧，我走不动了。"老大犹豫了一下，径直走进破院子。大马司生怕老大兜圈子，哄骗他，最终还是要他的小命，就把腰里的斧头架在老大的脖子上，两人一起走出了院门。码头的孩子见此情状，都不敢轻易动手。大马司让人把自己的手腕与老大的手腕捆在一起，这样，即使自己受到伤害，老大也躲不开，反正赤脚的不怕穿鞋的。老大见大马司很有脑子，就不再想制他于死地了。最后，一群人竟然走进了一个饭店，老大让码头孩子们认定了这个有勇有谋的"兄弟"，这顿饭就算大马司入伙的开始。大马司也清楚，这是老大的一个谋略，或者以后慢慢会收拾处理他，或者要他在以后的打斗中做冲锋陷阵的牺牲品。不管怎么，他自己也正渴望有这样一个能依靠又能发挥的"组织"，日后再见机行事。

也是天长眼，老大第二天就被县公安局带走了，他身上背着一起人命官司。没多长时间，被判刑入狱了。渐渐地，经过几件事，大马司成为码头孩子心中的新老大。尤其是在各个酒店安排了码头孩子们的保安"工作"，更让他的威信大大地提高了。以前那种撒野胡来滋事结怨的游转称霸言行，连各家家长都不放心。能心安理得地做一份不费多少劲就能挣到可观工资的工作，都是沾了大马司的光。

现在，大马司的头枕在一张大沙发上，眼睛半闭着，一条大腿斜伸在沙发扶手上，整个人埋在绵软舒服的黑色真皮座窝里。面前桌子上的电脑里正播放着一段录像。

一个穿紧腿裤宽上衣的女人给桌上的茶杯添满水之后，又走到大书橱旁整理东西。此人被大马司叫作丽丽，专门负责天长顺酒店大马司办公室的卫生工作。

丽丽原本是五一大楼的售货员。初中毕业后经人介绍从农村来到县城，刚开始，小白兔似的腼腆胆小，见人说话都脸红。渐渐地，来逛商场的人有事没事都愿意凑在她面前说一些寡话，从躲着避着到主动搭腔，丽丽胆子大了起来。从一个小青年嘴里有咸没淡的闲聊中，她突然悟知：自己是一个长得耐看的姑娘。于是，她也学着城里的姑娘稍稍梳洗打扮了一番，还涂了一层淡淡的口红，结果，效果出来了。来她面前说话买货的人更多了，而且，连她自己都发现，那张长在她嘴里的舌头像安了弹簧似的灵动活巧多了。接着好事就来了，先是楼层经理的关注，有一次与她私聊，竟想把提拔她做副经理的话泄露出来，摆在桌面上的理由是：她有比别人更多更好的销售效益。还没等正式的通知下来，又一桩好事来了。天长顺大酒店想聘她做大堂经理。这是一扇拿上猪头都寻不见的庙门，哪有不去的道理！穿上整洁庄重的大堂经理服装，更显出她与众不同的气质。迎来送往，笑意盈盈，来吃饭喝酒的人，也有行政官员和执法人员，来的次数多了，就与她成了熟人，也免不了有打情骂俏的逢场作戏。有时她也被特邀到雅座里，与客人对饮几杯，既满足了客人的情趣，也给酒店增加了收入。一个月下来，工资以及工资以外的奖金，竟然把四个衣兜撑得憋胀起来。

一次朋友相聚的夜宴，几桌人来回串场，相互敬酒。正在酣畅淋漓之际，有人唱起了一曲民歌，整个场面越来越热闹。酒店老板史经理让服务员开通了音箱电源，同时送来两个话筒。有几个人跃跃欲试地接过话筒，助兴演唱。在众人的怂恿催促下，丽丽试着唱了一支流行歌曲。没想到，一曲终了，竟赢来满堂喝彩。她才发现，自己有一副百灵鸟般的嗓音。随着境遇的改变，一个人的各种艺术潜质会被突然地爆发般挖掘出来。她的嗓音甜美温婉，李谷一式的，低音磁性萦绕，高音弹力十足。这一次，现场许多人发出“高手在民间”的感叹，丽丽也因此成为宴会的主角，众人都表现出众星捧月的热情，一连几曲唱下来，大家都还意犹未尽。只有大马司在自己的座位上沉默，一言不发。

大马司垂钓美女有其独特的招数。他先托人让丽丽来了一趟他设在天长顺酒店的办公室。这个比总经理办公室还要富丽堂皇的地方，让她第一次见识到了真正的富贵。然后，引她进来的酒店办公室主任给“远在北京”的大马司打电话，他说正在谈着一笔大买卖，改天再谈酒店的事。不几天，丽丽亲眼看见了一次大马司摆平了一起在酒店恶性闹事事件。丽丽自有心得：自己真正要依靠的人正是大马司这样的人。不久，她就被调往大马司的办公室来工作，工资仍和酒店一样，另有大马司不定时不定点的比工资更工资的“工资”。自然，她也同时兼任着大马司不算公开的情人。丽丽本人也十分清楚，像她这没读了几页书又来自山乡小村的姑娘，能活得有点眉目，全靠爹娘给的那一点基础。趁年轻凭着自己一张长得粉白的脸盘和一副妙曼的身姿，找到一个靠山，捞取一点资本，才是方向。一辈子凭本事活的人有，一辈子凭脸蛋和身材活的人也有，她不趁年轻漂亮找到支点，到头来就会竹篮打水一场空。既然有不少男人好这一口，她就有施展和发挥的空间和余地。

丽丽的出现，是一种正确，也是一种错误。在大马司这里，情人并不是好做的。不是你愿不愿意，而是能不能长期得宠。大马司这样的人不愁女人，情人也有被淘汰的危险，所以丽丽既要有妩媚妖气的一面，还得有个性自主的一面。她一改以往的正装威仪，换上能显身露骨的时尚丽装，看上去既时尚妖冶，又贵族富丽，还兼含隐忍内敛，让人近身迷恋有余，离开又惦念不舍。做事野而不粗，谈话绵而不俗。同时她也十分注重早午晚妆的变换。这种变身，自然被大马司宠幸有加。细密处的精致，真实中的幻觉，这让早先粗鄙狂放的大马司第一次感受到红袖添香的浪漫，也让他充满了怜香惜玉的冲动。丽丽的后来居上，让原先那几个一直活跃在大马司身边的女人嫉妒不已。

这一段时间，大马司基本不在场面上露面，深居潜藏在天长顺酒店自己的办公室里闭门不出，尽情独享丽丽这道醉心美餐。连办公室里的电话线也被他拔掉了。

在天长顺酒店负责保安的张天宝，每天上午十点，准时来向大马司汇报情况。

“第一，全县各酒店保安的情况，汾河湾酒店昨天中午有一桌小混混白吃白喝了一顿，领头一个自称是来自码头的二酒疯子。”

“告诉保安，让酒店老板把账记在我的头上，但保安要严密监视这群浑小子，不可过度嚣张，必要时警告一下。非非在的那个川味酒店怎样？”

“非非管的川味酒店一切安好，前些日子那个在县城屡次得手的三只手亮亮，每天就潜藏在那家酒店里，外出行窃的次数是越来越少了。”

“这个非非不是个善茬子，那笔偷农村卖牛老汉的钱还没缴齐，你去转告一下，今天必须缴齐。另外不允许这个亮亮再出去偷窃了，尤其是不能对那些农村来的穷人。再不听话，那只偷人的手腕一定给我剁掉。”

“另外，珍珍和琴琴这几天哭得红鼻子红脸的，说你真不想留她们，就给钱走人。”

“这两个臭女人，吃醋了，先给上点安慰安慰吧。”

丽丽听着这些话，不依不饶地跳出来，说：“给什么钱，这两个臭货合起来挤对陷害我，差点没把我气死。”

说着，丽丽把头一偏嘴一嘟，给了大马司一眼怨中含娇。

“看看看，又一个吃醋的。行行行，不给不给。”

丽丽迈出纤步，盘沿到大马司跟前，用瀑布似的长发香波拂扫了一下“大马司”的脸面，顺势娇柔地坐靠在他的大腿上。

趁丽丽不注意，大马司给了张天宝一个蹊跷的手势。

张天宝领旨而去。

十二

丰盛昌总公司的经理办公室正面，挂着一幅大型山水画。浓墨重彩的山势与茂密葱茏的松柏，巍峨绵延，刚劲耸立。中间一条飞瀑流泉悬空而下，在山脚树丛边逶迤回旋，一汪湖水清澈透明。湖面上泛着一条席棚小舟，摇橹渔人怡然自得。山间高空开阔辽远，几朵白云轻荡在天边，一派悠然闲适之感。这是本县美术家协会主席的手笔。

森森告诉小撇子：“就这一幅画，就可以改变你的形象。你信不信？”

小撇子不置可否,嘴边滑出一丝轻蔑。

森森进一步把小撇子往悬崖边拉:“你以为你是什么?在这些很有个性的文人眼里,连根草都不如。你可不要觉得你有踢天的本领,凭几个臭钱就能呼风唤雨!你现在见一个太阳就有几十万元的利润,这些文人见几十年的太阳都未必能画到这种程度。反过来说,你一天可能丢掉几十万、几百万甚至几千万,到时候你还不干人一根?讨饭都不一定有人给。这些画家们就是贫困到没有一分钱,一样可以有吃有喝,你信不信?你没听说过齐白石一幅画能卖几亿元的事?”

小撇子正想反驳森森,办公室主任有急事相告,话题便先撂下了。

“咱回头峰煤矿的出口被村民堵上了。”

“什么?你说得细致点。”

“一大早,一群回头峰的村民就找到矿上,说村里要修学校、修水库,向矿长要钱。矿长正忙于手头的事,还没来得及向您请示,村民们又是搬石头又是填土的,把出山的公路给堵上了。”

“今年六一儿童节,咱矿上不是捐给回头峰小学五万块钱?”

“他们说五万块钱只能算正常的办公经费,连取暖用电都不够。现在学校要改造危房,县里给的经费还有较大缺口。”

“水库是怎么回事?”

“村里人吃水,一直在几里地以外的井里担,现在要在村子的至高处修一座水库,每家每户要铺管道安自来水,吃水要直接进院进家。”

“这些刁民,不知道姓甚了?小媳妇当成贵太太了。”

“现在路正堵着,出入大车都不能动。”

“他们一共要多少钱?”

“二百万。”

“门也没有,人民币是土疙瘩?老子还没见过这样赤脚白脸要钱的人哩。”

小撇子走到办公桌前火气冲冲地拨电话,被森森一把摁住了。

回头对办公室主任说:“你先回避一下,我和赵经理协商协商。”

办公室主任看了看自己的主人,悄悄退了出去。

“小撇子,这张画白挂你办公室了,你怎么没有一点包容大度之心呢? 一点事就把你急成这样,日后我还指望你成大事业呢。看来,你真让我大失所望。”

“不穿鞋不知道脚大小,你懂个屁?这能是个小事?眼看着有人断你的财路,你就表现得像个软南瓜?这等于太岁头上动土哩,你知道不知道。你让他一次,就可能倒霉十次,你信不信?”

“今天这事,你让我来处理,你不要动肝火,沉住气,我觉得这中间有猫腻。不过事情也得设身处地地想想,该办的好事也不能推,没有咱们回头峰村子的这个煤矿,你才是真正断了财路,急不得,咱得先了解清楚情况再说。”

“好吧,看看你小子的踢腾。”小撇子的火气明显降下来。

“你先把村长、书记叫到你矿上的办公室,剩下的事我来办。”

小撇子拿起了桌上的电话,拨起号码来。

之后,森森和小撇子也立即动身,来到小撇子在回头峰煤矿办公楼的董事长办公室。在入山路口,因路被堵着,他俩只能步行着走进矿区。

约莫十分钟,村长和书记两人来了。后面还跟着三个骂骂咧咧的年轻人。

几个人一进门,口里不干净的三个年轻人还没有停止叫嚷:“二百万一分不能少,就不信你们这强龙能压住我们这地头蛇,吃我们的山占我们的地,一年给上十万八万,还不够给鬼的烧纸钱哩,是想把我们当二小子耍?”

森森一脸威严,对几个人说:“回头峰是你们村,也是我们的村啊,谁是地头蛇? 怎么,大水冲了龙王庙,一家人不认一家人了?”

三个年轻人抢着说:“早听说你们是回家发财来了,吃着祖先的肉,喝着子孙的血,有了钱装在自己口袋里吃香喝辣。你们有良心没有,村里怎么就出了这两个败家子。”

森森忍住气,对那个叫喊最凶的年轻人说:“你是村长?”

年轻人说:“你管我是村长还是书记哩,你哪来的神神哪里去,我们这庙不多你一个贡爷。”

森森走到年轻人面前:“你说话注意点,说不好你要吃大亏的。今天这给不给钱的事,由我说了算!”

“扯淡，没听说过没病揽伤寒的。哪家门神滚到哪一边去。”

“我再说一遍，要想办事，村长、书记留下，其他人出去！”

村长和书记连推带拥，把三个年轻人退挡在了门外。

森森平静了一下心情，问：“是你俩带人堵了的路？”

村长接话：“不是，是村民们自发的行为。不过他们也是为村里的大事着想。”

森森郑重其事地说：“煤矿有政府部门批准开采的正式手续，每出一吨煤炭都在按章纳税，这些都有票据为证。丰盛昌公司是今年县里的纳税先进，而回头峰煤矿是丰盛昌的实力企业，这你们应该清楚。你们违法私堵公路，影响的不仅仅是矿上的生产，也影响着纳税。县里有关部门不可能不过问，不过我们还没有向有关部门反映情况。你们村里办学校、修水库是好事，作为这个地盘上的一员，矿上出些钱办点公益事情，也理所应当，这也是矿上早想办的事。我会代表矿上给你们一个满意的答复的。如果这样强行堵路造成停产，你们不仅一分钱也拿不到手，还要承担一定的法律责任。或者你们还可能会有更大的损失，你们不可能不知道眼前这个赵经理是个什么来历吧。你俩虽然年龄小一些，但不应该不知道这个矿是谁开的，念你俩是咱村里的父母官，我出面来办这个事，是给你们解围。事情要尽量往好里办，胡来乱搞，咱就硬碰硬地来，看最后倒霉的人是谁。道理讲到这里已经说清了，现在要办好这件事，第一就是先把堵着的路开通。你俩掂量掂量，看我说的对不对？”

村长听得一头雾水，心里只挂记着钱，开口就说：“那二百万是不是就有着落了？”

森森回答：“也许几十万，也许比二百万还多。我再给你简单说一遍，这两件事也是我们想办的。培养后代的事耽误不起，再苦不能苦孩子，再穷不能穷教育，这种积德行善的事，不仅要办，还要办好。水库的事，也是好事，至少我们矿上工人食堂及办公区用水也会很方便，我们有什么理由推托？”

书记脑筋转得快一些，接口说：“你的意思是，这两件事除过县乡村三级投资部分，缺口有多大全由矿上来补，是这个意思吧？”

“一点都不错。咱做事要用预算和实际投资来，不能胡乱冒来。”

"那好吧,这样我俩也好向村民们有个交代。"

"前提是,现在立马通路。"

书记看了看一直不说话的小撇子,有点不放心地对森森说:"我不知道,你这意见是代表你个人,还是也能代表回头峰煤矿?"

森森一字一顿地回答:"我是代表赵总与公司和你们村委领导谈事,当然说话要算数。"

村长、书记见小撇子没有再做别的表态,转身走了。

小撇子挺在森森面前,说:"这样下来二百万也打不住。这就是你的把戏?"

森森说:"咱村小学的情况我清楚,列入县教育局维修范围的只有锅炉房和一个活动室。村里修水库,再加上管道铺设,直到自来水流进每家每户。两项加起来除过县乡两级掏的钱,你出一百万是一疙瘩铁,连抛冒洒漏,一百二十万打住了。"

"那也不少。"

"我说的这个数,还包括能接到咱回头峰煤矿的自来水管的费用哩。"

小撇子当胸捣了森森一拳头,说:"你真是个活神仙啊。"

森森想了想,又对小撇子说:"和村长、书记一起进来的那个嚷得最凶的年轻人你熟不熟?他和咱们内部有什么关系没有?"

"这个年轻人叫志明。也算村里一条棍,在我承包村里这座煤矿时,就是他跳出来要参与竞争,差点没搅了我的好事。现在,他的弟弟及妹夫养着两辆大车,在咱矿上拉炭挣运输费哩。"

"好,我看这个人不可能马上安分下来。你让办公室主任现在就去办两件事:一,给县煤炭执法大队打个电话,让过来三五个人,以防万一;二,安排人尽快找到他的弟弟和妹夫,现场阻止他胡闹,这叫作釜底抽薪。"

小撇子把办公室主任叫来,安排下去。

快到中午时,森森平静下来,稳稳坐在宽大厚软的沙发上,对还在心神不宁的小撇子说:"咱现在说正经事吧?"

"下一件事该说喝酒的事了,你肚里还有什么花花肠子?"

“给你办了这么大的事情，喝酒的事你想推也推不掉。咱接着谈文化的事。先说你办公室那幅画吧。”

“不就是点润笔费,三五百够了吧？”

“不行,三五千也不行,至少得一万。”

“你把我当成财神爷了？你说多少就多少？不就是一张纸几笔墨吗？”

“和你这种土包子打交道,还掉我的价哩。王妈妈玉妈妈,差一点差得天上地下。这样吧,我现在给你掏两万,现场摘走,我收藏或倒卖,说不定还有个大赚头哩。你就一分钱也不用花了。”

“你不是变着法套我的钱吧？”

“这个美协主席的作品,省里和北京都挂着,你去看看就知道了。不是我这个城乡路的关系,你八抬大轿不可能请到他一张大画？你以为你的钱就是钱,画家的画就不是钱？你在山里掏的是国家资源,你的命是好点,记不得你以前那个倒霉样了？要让你成为一个平民百姓,看你给人家拾鞋,人家要不要你？”

“你这人就是嘴损,损得我落渣渣哩。”

“连你办公楼别处挂的书画作品一起算，拿十万块，由我给人家说说情吧,说你这两年经济拮据,手头也不宽裕,就算是点意思吧,算是对画家书家们的尊重,而不是价值。这个人情债我先欠着。以后你就知道你讨了多大的便宜了。”

“行了行了,你这个花边边嘴,我说不过你,就按你的意思办吧。”

“我可和你说好,情我给你欠着,酒可不能将就。不是茅台五粮液不要端上来,谁请我喝酒都没下过这规格。”

“我这是请下爷爷了,给你准备一箱茅台,喝不了兜着走。”

“你这个周扒皮,总算大方了一回。好吧,就这样定了。”

十三

回头峰煤矿堵路事件之后，小撇子给村里把修学校的钱补齐，而且在原工程的基础上把其他需要修理的校舍做了全面的加固和扩修。接着全村的自来水也进院入户了。在这一点上，小撇子一下子想开了，他觉得还是森森比他想得远，想得周到。既获取了民心，又方便了自己，这钱花得值得。

这天，小撇子来到回头峰的小学。一进校园，正好碰上分管教育的副县长赵子民、教育局局长李志刚、本乡乡长张天运也在场。还有乡里和局里的一些具体项目负责人。村里的书记、村长和工程队的工头等也一个不少地前来查验工程。

"咱的大功臣亲临驾到，欢迎欢迎。"局长李志刚第一个发现了小撇子，立刻把嗓门提高了八度。所有人的目光马上聚焦到小撇子身上。书记和村长也极力地附和起来。

副县长不急不慌地走到小撇子跟前，郑重地和他握了握手，轻轻说："我还正想找你说事哩，说曹操曹操就到了。"

一群人对即将竣工的工程看了个差不多，教育局和乡里的干部说还有不少事要回去，被赵子民挡住了。"其他人可以回去，志刚局长和天运乡长先留下，我有事。赵经理你也不能走，今天这场戏唱成唱不成你要当主角。"

小撇子不知这副县长赵子民葫芦里卖的什么药，不过他也早想会会这个据说很有思想和个性的县领导。他对赵子民说："赵县长，现在时间也不早了，能不能到我矿上边吃饭边谈事？"

"聪明人。"赵子民拍了拍小撇子的肩膀，"我也正这样想着呢。好，咱就到赵经理的地盘说事吧。"

几个人来到不远处的回头峰煤矿食堂，进到一个雅座里，一个人已经等在那儿——森森。

赵子民愣了愣，小撇子马上介绍："这是我的臭军师城乡路，经常有事没事到我这儿混饭吃。今天这又不请自到了。"

森森马上回击："赵县长不要见怪，我这个码头混混朋友能与县领导一起谈事，是他八辈子修下的福分。乞丐穿了个缎子衣，表面亮堂里边还是那格调。”

“正好，正好，今天你这个城乡路，就正儿八经地给我们这全县知名的企业纳税大户、对教育事业做出贡献的企业家支支招。我早听说过你，今天这场合你也看清了，明人不用重锤敲，乡长、局长都到了。咱把一切事都放下来，专心来讨论一下回头峰学校的事。”赵子民尽快把话题收拢到一个中心上来。

森森正了正身子，说：“前几天我还和赵经理谈起过这个话题。他也早有要扶持回头峰学校的想法。各位领导可能还不知道，咱赵经理的爱人和赵经理本人也是从村里的这个学校走出来的。他爱人孝敬公婆在我们周围是出了名的，咱赵经理事业有成这内当家可是功不可没，有一句话是怎么说的，一个成功的男人背后肯定有一个伟大的女人。这个学校培养了这样一个成功的男人，回报什么的，应该应该。咱赵经理早有此心。”

森森的话，像一把火似的，把一个还没明了的话题燃烧得直冒火苗，赵子民胸腔里的急待喷涌而出的规划，提前在森森的意念里得到高度的共鸣。同时，小撇子的情绪也被现场的热度激发得沸沸扬扬。赵子民从内心里感谢森森，森森也十分佩服这个有想法有个性的县长。

所有议题一拍即合。一个宏伟的设想，在一个煤矿食堂的雅座里平稳诞生。

临走，赵子民特意走到森森跟前，说：“改日有时间，咱俩聊聊。”

十四

刚进入冬季，西北风就迫不及待地送来一场雪。这雪，下得很有意思，像变戏法似的，开始还是漫不经心地飘着几片雪花，不久就成群结队地满天旋舞起来，直往行人的脖颈里钻，往还留着几片叶子的树杈上挂。没有两个时辰，地面上已是白花花厚厚的一层。河沟里看不见流水的影子，却隐隐传来哗啦啦的声音。

沟腰上的公路，是土石路，不算太滑，汽车的轮子轧过去，两道车印后，弹溅起尺把高的雪浪，远远望去，像两只奔跑进山的小兔子。小撇子让司机把小车开到回头峰小学门前时，雪下的形式又变花样了。先前漫天旋舞的雪花，变成直线下落的硬粒状。寒风像鞭子似的乱甩乱赶，即将落地和已经落地的雪，发出呜呜的哀鸣声，毫无章法地乱扫乱扬。

小撇子径直走进校长办公室。校长四十多岁，名叫解小云。正打着寒战坐在办公桌前翻资料，两手还不停地擤着稀鼻涕。小撇子感到办公室的气温比外边高不到哪儿去，冷得他也打出一个响鼻来。解校长还没来得及打招呼，小撇子已经走出院外。他掏出手机给回头峰煤矿办公室主任打电话。

“你到煤场看一下，不管谁家拉煤的车，截住一辆，装一车疙瘩炭，让副矿长老段亲自押车，马上往回头峰小学拉送来。然后，你到我办公室，把我门上的棉门帘摘下来，再把你门上的也摘下来，看还有谁办公室的，摘十条棉门帘，一并送来回头峰学校，从校长办公室到学生教室，都给挂上。现在就去办！”

解小云走出院里，忙着和小撇子说话：“赵经理，回屋里坐吧？”小撇子说：“你家里比外面还冷，待不住人。学生教室也是这样吧？”

解小云领着小撇子来到一个教室。教室里有半教室的学生已经请病假了，另外一半的学生也像冷鸡似的蜷缩在一起，听站在讲台上同样打着哆嗦的老师讲课。小撇子走到窗台下的暖气管前，用手摸了摸，说：“和没有暖气差不多，不把学生冻坏才怪哩。”

解小云忙说：“一是烧锅炉的炭不行，更重要的是锅炉也太旧了，带不起来了。”

小撇子走出院外，一股寒风把一小撮雪扫在他的脚面上，他退回屋檐下，跕了一下脚。接着他又冒雪走了出去，嘴上自言自语：“就是下刀子也得把炭先拉过来。”

躲在车里的司机正开着暖风避寒，看到坐进车里的小撇子狠狠地把车门砰的一声碰上，就犹犹豫豫地说：“赵经理，这雪下得大，怕不好下山哩。”

小撇子说：“我的命就不值钱？要不，你回学校暖和，我开车下山。”

司机不再吭声，缓缓启动了车身。

挂着低速挡下坡，虽然也有局部的斜滑走偏，但在司机熟练的操作下，车身基本能平稳下移。

在刚出回头峰村不远的地方，是一处较陡的上坡路。司机见小撇子没有叫停的意思，就只能硬着头皮往上开。

临近顶端的路面时，小车开始打滑。

小撇子叫道："不能加速，倒换一挡，稍稍打轮，让车偏离原车道。"

小车渐渐稳住下滑局面，但还在微微后移。

小撇子再喊："前轮往左稍打，让右后轮向路边那块大石头边靠停。"

等车身还没停稳时，小撇子飞身从副驾位置奔下车外。小车的后轮被路边的大石头顶住，前轮却还在悬浮不定中。正在司机慌乱之际，小撇子已经抢蹲在前轮跟前，一件棉大衣被紧紧地填塞在前轮下。车身稳稳斜横在公路中间。这个场面太危险了，那块大石头就紧靠在路边，后轮要是再往后靠得劲大一点，就有可能连车带石头滚下山沟里。前轮下悬浮的雪层，根本没有附着力，一旦形成下滑趋势，小车会头朝下拐去，后果同样不堪设想。司机根本不知道小撇子什么时候下的车，更不知道他是怎样从后座上拽走的棉大衣。这神来之举，让司机真正领略了一次小撇子敏捷灵活的身手。

司机走出车外，从旁边找了两块石头，把稍稍停稳的两个前轮分别支撑牢靠。

这时，两个路过的村民来到车前，一看是小撇子，马上在不远处用手刨出些活土碎石，脱下自己身上的衣服，盛着兜着往车前的轮下运。

解小云领着几位女教师来了，一群小学生也赶来了，十几个村民也闻讯赶来了。

村民带着锹、镢、笼、担，不停地找土砂，填路面。师生们有带木板的，有带铁铲的，又是取雪，又是找土。

这自发地排雪救车的场景，把小撇子惊愣在一边，不知所措。

最后，大家连抬带扛，把小撇子的车推上了陡坡。

这场雪中救车的情景，让小撇子永远地记在了心中。

他自言自语地说："我小撇子何德何能，让这些女教师、小学生和村民们冒雪抢险？”

这时，山下的公路上，出现了一辆推土机，把上山路面上的雪清除到两边。随后不远处，跟着一辆拉炭车，在缓缓前行。为货车开路的推土机，冒出一团一团的黑烟。

司机从车窗伸出脑袋来，对小撇子说：“这大雪天，根本不是出车的日子，这推土机为拉炭车费劲卖力地开路，实在是得不偿失。”

小撇子斜了一眼司机，顺口说：“要是你的孩子在回头峰学校上学，就好了。”

司机来回抖了一下身子，再不吭声了。

一会儿，推土机和拉炭车上来了。矿办主任坐在推土机副驾位置，看见小撇子马上让司机停下来，问：“赵总，你这里没事吧？”

小撇子向前边挥了挥手，说：“赶紧走吧，我这里没事。按我说的，立马办理。”

推土机又向前推进。

拉炭车随后也停下车来，坐在副驾位置的段副矿长，伸出头来，问小撇子什么情况。小撇子说：“没情况，你往前走吧。”

十五

石城一中传来一个轰动全城的新闻：一个高三的女生被社会赖皮猥亵，同时与之同班的一个男生被打得头破血流。

学校保卫科及时报知县公安局，两位公安警察进驻学校，全程侦破此事。在警方梳理调查案件过程中，又发生了一件与之相关的连锁案：涉及此案的两名赖皮被另一批人打成重伤。这两名被打赖皮已经不作为警方重点调查的对象，但有目击者说，警方的侦察方向是错误的，因为正是这两名赖皮导演并策划实施的这场事件。

知情社会人士传：这两个赖皮有强大的背景，一个是现任土地局局长的外甥，一位是黑社会头目大马司的部下，警方是人为规避主要案犯，放了西瓜抓芝麻。

一时间，全城范围内各种版本迅速传播。有人甚至直接说两位办案警察收受了巨额贿赂，在有意制造冤假错案。也有人说，被警方重点查办的打人者，自己承认了全部犯罪事实。

石城一中的这位高三女生叫闫蓉芳，学习品貌皆优，是所有代课老师十分看重的一个苗子。这天早上，班长徐辉跑到办公室告诉班主任孔智："看上去，闫蓉芳的情绪不大对劲，早读时间把头蒙在桌子上一言不发。"孔智问徐辉："你听到哪些有关闫蓉芳的情况？"徐辉说："听说这几天晚自习后在回家的路上，有几个社会赖皮堵截闫蓉芳。"

孔智把闫蓉芳叫到办公室，打听情况，闫蓉芳却一直抽泣不止，不愿说出真实的细节。没办法，孔智安排与闫蓉芳最要好的一个女同学私下和她了解情况。事情没有像孔智想象的那么严重，但发展延续下去，很可能是一桩大事件。三个赖皮躲在校门外忽明忽暗的街巷里，专找漂亮女生撩逗，主动接近，说一些肉麻下流的话，也有推搡几下的动作，最严重的是有一个赖皮抱着闫蓉芳亲过嘴。

孔智是个很有责任心的班主任，他告诉班长徐辉说："今天晚上开始，我亲自护送几个女生回家。"这个决定是孔智随口说的，实际也有一种内心的冲动：他很想见识一下这些社会赖皮的真面目。

与孔智同行的有班长徐辉，还有同在城郊远地住的杨宽志。被护送的有三个女生，都住距离一中较远的地方。

一出校门不久，他们就遇上了几个赖皮。第一拨是两个青年，闫蓉芳在前面不远的地方走着，两个青年像鬼影一样突然窜溜到她跟前，堵住去路。杨宽志的反应最快，指着两个青年喊："你们要干什么？"两个青年听着喊声把视线转到杨宽志身上："你走你的路，这事与你无关。"杨宽志大步向两青年走近，孔智和徐辉紧跟其后。两青年看到形势不利，骂骂咧咧地撤远了。

第二拨有三个青年。这是在快要出城的一座桥上，三个青年看着走在人群中的闫蓉芳，先是嘴上挑逗："闫蓉芳，你过来一下，哥们想你一天了，能过来和我们聊聊吗？"

孔智让杨宽志不要再招惹，几个人就这样相拥相伴着往过走。快走完桥面路程时，紧随其后的三个青年突然站到了他们面前。“怎么，今天带上保镖了？不肯给我们面子了？在石城街上还没有不把我当回事的哩。”这位长得人高马大的被称作“溜子”的，说着就动手去拽闫蓉芳。孔智随势挡在他面前。徐辉和杨宽志也挺了过来，形成一堵人墙。

“怎么，这是要势威哩？这闫蓉芳是你们三个的嫩娘？”他说着就用手抓住了孔智的胳膊，接着另两个赖皮也挤靠过来，把他们三个的人墙阵营冲乱。

“我是他们的班主任孔智，我可以代表学校和你们对话，保护学生是一个老师的起码职责，就是你的妹妹或亲戚什么的在我的班当学生，我也会一样不差地保护她们。今天你们要有什么事，对着我来就行了，与他们没关系。”

“班主任？孔老师？这学校里归你管，这学校外也归你管？还没听说哪个老师这么不识世眼的。”

“咱把好话先说在前头，看着你们三个都还年轻，要把事情闹大，你们可想清后果。我这个班主任就是要爱护我的学生，不能让他们受到伤害。”

“你这班主任还有来头哩，四堵墙里你说了算，四堵墙外老子说了算。今天这事还真要搞出个一二三来。”溜子抓着孔智胸部的手一直没放开，说完这话，手上的劲更足了，像要把孔智抡倒。

孔智一只手摁住胸前对方的手，说：“是一对一来，还是一起来？”话刚说完，脚下主动迎进一步，另一只手扳扭住对方已经抽不回去的手臂，同时也把一侧的后脑留给对方一个空当。这个空当让溜子的另一只手顺势冲出一拳。不过因他的整个身子已被孔智摁偏在地面，这一拳的力度减弱了许多。

另两个赖皮很快缠住孔智，因有杨宽志和徐辉招架着，两个赖皮一时近不了孔智的身。孔智在制服溜子的同时，斜身伸脚，把一个赖皮的脚后跟勾住，一只手顺势一推，这赖皮便倒在一边。

眼看孔智他们占住主动，谁也不知道什么时候有一个赖皮拔出了一把水果刀，朝着孔智他们乱捅。情急之下，孔智让自己的两个学生放手，三个赖皮也边打边撤地逃离了现场。

孔智左臂被刀扎了一个血口子，杨宽志的头皮也破开一处。徐辉把他俩送进医院急诊室包扎时,闫蓉芳也一直跟着护理。

第二天,公安警察进驻石城一中调查此事。孔智与杨宽志住进县人民医院。前半天传来消息:拿水果弹簧刀捅人的赖皮被捉拿归案,其他两人在逃。

深夜,又传来另一个相关消息:溜子和另一个赖皮也被打成重伤,被转移到省城医院抢救去了。

十六

孔智被捅伤的胳膊经过包扎,几天输液消毒,下面垫了硬板,脖子上绷了一根带子,吊着受伤的胳膊,回到了要备战高考的高三教室。杨宽志的头上缝了十针,因不愿挤在人多味杂的医院过夜,也被家人接回家里养伤,每天由家里派人接送到医院输液。

这天下午活动时间,孔智买了一些营养品带着全班男女学生来看望杨宽志。

高大的红漆大门紧闭着,里边有几只狗声嘶力竭地狂吼着,孔智和学生们躲在远处。不一会儿,里边有了响动,一个女人从门口的窥视洞看了看,才慢慢打开了大门。一只高大威猛的牧羊犬跃跃欲试地做扑杀状,被主人吆喝到身后,孔智他们还是犹豫着不敢进门。几个女生尖声叫吼着闪在一群男生的后面。从侧面的厢房里又出来一位眉目清秀的中年妇女,随后又跟着头上裹着绷带的杨宽志,两人将牧羊犬赶进铁笼子关住,孔智他们才蹑手蹑脚地走进大门。

开门的女人是杨家的保姆,中年女人是杨宽志的母亲。无论从哪个角度看,这都是一个大户人家。宽大的院落,靠左一角停着一辆高级轿车。主体建筑是三层,从外到内,举目都是高档华贵的气象。这座住宅地处码头地盘的东侧,依山傍水,占地宽大。

孔智他们被请进东厢房套间,沙发、电视、冰箱等一应俱全,墙上挂着名人书画,大画山水瀑布,行云流水;小画小桥亭栏,丽人花鸟。大小画都有真草隶篆书体补白。男女同学纷纷对杨宽志嘘寒问暖的,一片浓浓情谊。保姆忙前忙后地把茶水、水果等摆放到桌几上，让同学们吃喝。杨宽志的母亲与孔智说过几句感谢之类的话，便忙着和几位认识的女同学搭腔。从表情上看，孔智感觉这个女人是个秀外慧中、几经历练的女主人。热情中有冷峻，言语里有含蓄。同时，孔智的视线在纷乱中作了一番扫描，他发现，在正屋的客厅里还有几个男人在谈话。从长相上看，杨宽志的父亲就在其中。

几个年轻人从正屋走出来，行色匆匆地出了大门。杨宽志的父亲躺在宽大厚重的沙发上，点燃了一支烟。孔智的心里生出一丝不悦。孔智当老师有家访的习惯，大多数家长都能做出配合，对学生的教育也往往能对症下药。父母是孩子的第一任老师，要全面了解一个学生，家访是一个必要的环节。掌握熟知学生的家庭环境以及习惯，对做好班主任工作是一个很管用的方法。从杨宽志在学校的表现看，这是一个诚实内向的学生，现在他被社会赖皮打伤，正需要一种抚慰，而师生的及时到位应该是更好的一种抚慰。从院外到屋内，孔智对这家的感觉一直不好。朱漆大门的排斥、恶狗凶猛的威逼、杨母虚伪的热情、杨父避而不见的冷漠，都给孔智留下不好的印象。在孔智意识里，他一贯鄙视大户人家的清高傲慢。听说杨父是一个重要部门的局长，几个儿子也是社会上行走江湖的角色，孔智心里隐隐生出一点点对杨宽志的质疑。

杨宽志看到班主任不言少语，走到孔智身边，说："对不起孔老师，我爸爸有事今天不在家，你不要多心。"

"好吧，同学们今天主要想来看看你，好好在家养伤吧。"

之后，孔智招呼学生们，离开了杨家。

就在孔智他们走出杨家不远，那辆停在院内的高级小轿车开出来了。在途经一群熙熙攘攘男女学生时，尽管杨宽志的父亲戴了一顶礼帽，孔智还是一眼看清楚他了，他坐在副驾位置上。而且孔智还看见杨宽志也坐在后面的位置上。

十七

小撇子是杨宽志的远房表兄。杨宽志的父亲是现任县林业局局长，名叫杨安顺。

杨安顺是典型的官场人物，所言所行也多是官场做派。小撇子坐监入狱那几年，有同事拿小撇子来调侃他，他总是说："这是一个八竿子也打不着的外甥，从小看就不是什么好鸟，入狱判刑那是罪有应得。"对小撇子困窘紧逼的家从没照顾过，生怕这怎么也扶不起来的低门败家给自己沾上晦气。小撇子从里边出来时，他托人捎过话去，让小撇子贵贱不要来找他，来也不接待。小撇子父亲病重时，他也没有探望，借钱的事自然无从谈起。就连小撇子父亲出殡安葬时，他也只打发儿子过去象征性地露了个面。这些，小撇子心里十分清楚，但在森森的劝导下，小撇子由原来的恨之入骨，变得表面上与这个远房舅舅表现得不远不近。至少，不要让他在自己的发展上暗中伸腿，绊手绊脚。但一代人管不了两代人的事，后来，小撇子私下与舅舅膝下的几个儿子相处得还是比较贴近的。

在孔智和杨宽志被捅的第二天晚上，也就是在县公安进驻一中一天以后，那两个主谋赖皮在逃，而且公安警察的抓捕力度不大，看上去有纵容轻饶的意思，这个信息一反馈回来，杨家就表现出极度的愤慨。

杨宽志的哥哥杨宽远案发第二天就与小撇子手下的几个人对全城进行搜寻，整整一夜，搜寻未果。第三天晚上继续搜寻，最后，在城外一处简易平房里，两个赖皮正在煮酒论英雄的时候，被开着两辆面包车的"打手"们堵了个正着。刚开始那个溜子还强撑硬顶，没过多久就喊爹叫娘地倒软，杨宽远他们几个没有手下留情，两个赖皮最后被送进了人民医院的急诊室。等家人赶到时，两个赖皮已是奄奄一息，120 急救车启动，他们打着吊瓶跟着医生，一路急奔赶往省城医院，命是保住了，但状况令家人十分担忧。

一个儿子被捅受伤，另一个儿子又捅伤了别人，差点搞出人命大事，作为父亲的杨安顺，这个屁股上的屎，得他来擦。

杨安顺在土地局找到王朴局长，谈后续事宜。

杨安顺说："人没事就好，该怎么处理你说说吧。"

王朴说："你说得轻巧，人现在还在重症监护室呢，有事没事还不清楚呢，现在根本不是谈处理事情的时候。"

杨安顺说："我儿子就在你面前，你看，要不是我及时救治，再迟一点医生说还得开颅哩。我们打你外甥是朝不要命的地方打，你这外甥打人是要人命的。你这是要我绝后的干法，医生建议我儿子要到省里或北京去做手术，我看你是主犯的舅舅，力争保守治疗，也是为你省着点钱。你要真同意，明天我就带我儿子到北京，好好治一下，治到不留一点后遗症为止。看你的外甥重要还是我儿重要？没见过你这样不讲理的。你在世面上混，我也在世面上混。咱低头不见抬头见，要闹翻了谁也不好看。现在我就要你的一个态度。"

王朴说："要解决问题也行，你先垫付二十万元，要我外甥看病做手术，然后咱再谈后续事宜。"

"那我儿子的医药费谁掏？"

"你要这样，咱就没有再谈的余地了。"

"看在你这个当局长舅舅的面子上，我可以先掏十万，但必须是一次性了断。"

"那不行，万一有个后遗症什么的，我怎么向我妹妹交代？"

"那好吧，你去天堂等那十万吧。今天到此为止，事情是你外甥挑起的，我不信公安局就不问个前因后果，各打五十大板，你还得给我掏钱呢！还搞什么后遗症？我还没说我儿子的脑震荡后遗症呢。没见你这个甲鱼嘴，我现在就去找我儿子的医药费。"

"随你的大小便！"

杨安顺带着杨宽志从土地局走出来，径直奔向天长顺酒店。

大马司见杨安顺进门，忙从沙发椅上站起来："杨大局长光临，有失远迎。"

杨安顺打住大马司的虚招，直奔主题："听说打我儿子的一个赖皮是你的部下，我是来说这事的。"

"你杨大局长说，该怎么办，我听你的。贵公子没事吧？"

“都说你大马司会打架,怎么你的部下一出手就往要命的地方捅刀子?脑袋是什么地方,你说没事就没事? 现在还在观察期呢。”

“局长说的是,这个没屁眼的小子,一点事都不懂,就该千刀万剐。打狗还得看主人,怎么敢这样胆大妄为。”

“你说什么? 谁是狗? 谁是狗主人?”

“你不要和我这没文化的人计较,我说错了。你说咋办吧,咱好商量。要不,各负各责?”

“要说是你这方先挑的事,应该负全责。不过,念着这么多年的交情,算我倒霉,倒上五万吧。”

“杨局长大人有大量,给我面子,其余的事我来料理。来,丽丽,给杨局长沏茶!”

“不喝了,我给你找钱去。”

临走,大马司把自己珍藏多年的两瓶好酒硬让杨安顺带上。

杨安顺走出房门,大马司一把把丽丽搂进怀里,口上却说:“杨日驴的这个滑头,五万块钱,打发叫花子哩。”

杨安顺又来到石城一中,正好两位负责处理案件的公安警察也在校长办公室。和校长打过招呼,杨安顺便直逼那个公安负责人:“学生放学回家路上被社会赖皮打了,公安是维护一方稳定的保护神。我今天作为受害学生家长,想了解一下案子的进展情况。”

“一个主犯已经捉拿归案。另两个从犯在逃,听说被人打伤住院了,我们正在进一步核实。”

“我听说你说的这个主犯只是一个打手,另两个才是主谋。你们没有搞错吧?”

“案子的定性是局务会决定的,我们只能按这个思路调查。”

“据我了解,你们公安局新宿舍地址选的是一块耕地,土地局惹不起你们强行通过了。这其中一个主谋正是土地局局长的外甥,这是为了公报私恩,还是权权交易?我这里可是有详细的资料,你们作为为民办事执法的机关,理应秉公执法,可不要在这些大事上失足啊。”

“杨局长你也是政府部门的领导,有些话可得言出有据啊。我们哪一件案子不是秉公执法了?”

“另一个主谋是黑社会一帮的主力成员,警匪一家是以前的事,我可不愿意看到这个法治严明的社会再出现这种现象。”

“杨局长说话要负责任!作为受害家长,我们理解你此时此刻的心情,但法律是公正的,请你不要怀疑我们办案的能力。”

杨安顺把目光转向校长,口气一点也不软:“我把孩子交到学校,是来学知识的,学校虽然主管学校校园内的事,但上学下学全过程都不在家里,班主任护送学生回家,就是代表校方行使职责,现在老师和学生都挨了打,我们家长和学校都希望有一个公正的处理答案,是不是赵校长?”

校长接住话头,说:“出了这样的事,我们学校也很惶恐不安。杨局长,既然事情已经出了,只能面对,我们学校和你们家长一样,都希望这事有个比较公正合理的结局。”

“我相信公安,只是提一点不成熟的想法,仅供参考。我和学校一样,希望尽快了解事情的真相,并有一个公正的结局。”

事已至此,两个公安也没有再争辩什么,看着白纱布裹满头部的杨宽志,一身警服的威风也不必再抖了。两个人低声交流了一番,决定再给局领导汇报一下。

十八

公安局布出两条线:一条线前往省城,了解两个被打赖皮的伤情及事发经过;另一条线安排警力捉拿第二次打架主谋及其他罪犯。刚安排完事情不久,就有三个人前来自首投案。

小撇子让司机把小车开到公安局院内,带着回头峰的两个参与打架的四川籍矿工,径直奔向刑侦室。

打人的原因有两个:一是这两个赖皮跑到回头峰煤矿伙同村里几个别有用心的人参与堵路造成停工停产,想从中谋取钱财。二是闫蓉芳是丰盛昌公司掏钱资助的贫困子女,他们要给弱势群体做主撑腰,不能让黑恶势力横行霸道,危害社会。与杨宽志及其父亲杨安顺无关。错误是安排的两个矿工出手太狠,本来是要教训一下,没想到遭到两个赖皮的拼命反抗,打成了重伤。小撇子表态,所有医疗费用丰盛昌公司愿意全部承担。如果要找主谋,这个主谋就是他小撇子。好汉做事好汉当,他小撇子判刑坐监都能接受。最后,小撇子还表态:现在公安办案工具和设备太落后,很受限制,罪犯作案后逃跑,坐的车比公安还跑得快。如果政策和规定允许,丰盛昌公司愿意出钱无偿赞助两辆配置较高的办案小车。

小撇子赵成武是县人大代表,又是县上备选的省劳模,丰盛昌公司在每年的全县经济工作会议上都是受表彰的纳税大户,拘捕或扣押什么的须请示县委和人大。公安局局长在县上开会时常常和小撇子同排就座,这是个在县上很有影响的人物。最后,公安先让两矿工留下训问,小撇子须请示后再做处理。

小撇子前脚刚出公安局,大马司后脚就跟进来,两人在门庭相遇。他俩心照不宣地打过招呼,各自朝相反的方向走去。

大马司没有到刑侦室,而是直接来到局长办公室。

大马司还没等局长说话,就一屁股坐到皮沙发上,捏了一支茶几上的待客烟往嘴角送。

局长正接一个电话,身边站着刑侦队长小王。听口气正是说着石城一中打架的案件。"你俩动作要快一点,几天了案件进展还没个头绪。事态发展很快,如果不迅速侦破,对我们公安的形象很不好。现在社会上的动作比咱们还快,这件事情的连锁案件还在延续着,我们太被动了,就会形成很大的压力,我也没法向县上和社会交代。限你两三天内办结此案。"说完,把电话啪嚓一声摁在座机上。

随后,局长安排刑侦队长小王:"你再派一名办案高手,马上进驻石城一中,尽快侦破此案。"

小王走出办公室后,局长才发现了大马司,口气一下转阴为晴:"是我们的保安大队长啊,这可是个稀人,不在你天长顺酒店享福,怎么肯来我们这寒舍受苦受难？”

“大局长这是寒碜我哩，你这宝地我们老百姓也不敢轻易来啊。我想和你说的正是这石城一中的案件。”

“我还正要找你哩，听说，两个在逃犯，其中就有你的一个部下。胆子不小啊，开始与我们公安较劲了。”

“是啊，这个傻蛋尽给我惹事，不过现在也是受害者了，现在重伤在医院，我就为这事来的。看在给我开了几年车的面子上，我得给他讨个公道吧。”

“大马司我给你说清，这可不是小事情，你现在坐在什么地方你知道吗？是公安局。我的头上顶的是国徽，我们是为民执法人员，我们的身后有千万双眼睛看着，这是不讲私人交情的地方，谁也没权力贪赃枉法。事有事在，人有人在，我们肯定会给你一个公正的答案的。”

“大局长这是在给我上课哩，我这个法盲以后还真应多来来你办公室，听你普及一下法律知识哩。”

“你少来这一套，你不仅是法盲，你每天干的事都是违法的事，说得严重一点，你知道你这是什么性质？你不要以为和我吃过两顿饭就封住我嘴了，就堵住我的心了。这公安局不是你家的，也不是我家的，你坐到这个地方，就必须心中有党纪国法，耍赖耍横，胡搅蛮缠，都靠一边去。你和小撇子不是一回事，你不要不尿人家，人家每天都在为工商税务入钱，是给全县所有工作人员提供工资，是为全县人民要办的大事铺垫基础，而你每天干的事是要工商税务亏钱，甚至还在给社会制造着不少麻烦。你养的这些社会混混，给我们公安制造了多少事端，你心里不清楚？看在咱们还多少有点关系的这一点上，我正式提醒你，来到公安局身要坐直，心要放正，赶紧回去严惩你那些没事找事的部下，不要再干那些缺德伤民的坏事了。你放心，我不会给你那打老师打学生的赖皮说情的，不仅不会说情，而且要严格依法办事。你也再不要充当帮凶了，再不要在搞关系托人情上白费工夫了。没用！我也不会跟上你去知法犯法，去制造一些冤假错案。话就说到这里，你看着办。”

大马司正了正身子，站起来，双手合抱，谦恭致意，慢慢退出局长办公室。

坐进小车里，大马司对坐在一旁的丽丽说：“这些狗日的公安，狗眼看人低，翻脸就不认人了，我就不信你们没有用到我的时候。”

车刚走出公安局大门，大马司接到一个电话，是小撇子打来的。“我的车在你后边呢，中午要没事，请你吃个饭，老弟兄多日没聚了。”

“你如今是红人人了，还有工夫请我这社会地痞吃饭？我了解到是你的人打了我的部下了，早就告过你，井水不犯河水，你走你的阳关道，我走我的独木桥。是不是看我活得不顺眼了？”

“我早已侦察过了，你的人没什么大碍，有惊无险，我已把医药费垫上了，你放心。不过，你这话说得也没由头，是你这个不长眼的部下，跑到我的煤矿堵路瞎闹来，你可能还不知道，他也不敢告诉你。断我财路的人我不能不理吧？不是看着咱俩从小的交情上，我才不会对他客气，这一闹我最少也得损失十万块，也不会给你主动打电话。怎么，一句话，中午给我面子不给，坐下来咱细聊。”

“你说的比唱的还好听，打我的人，就是打我哩，轻易就没事了？我还想打人哩，这事我要让步了，我以后还怎么混世。你这是黄鼠狼给鸡拜年，没安什么好心吧？”

“随你怎么理解吧，我已做到仁至义尽了，你看着办吧。”

小车快到天长顺酒店时，大马司突然把电话又打给小撇子，想问问他要在什么地方请他吃饭。

没人接。

十九

被公安抓住的那个案犯叫虎子，他一口承认事情是自己干的，没别人什么事，也不是谁指使他干的，就是几个朋友晚上喝过酒在街上瞎转悠，正好遇上石城一中晚自习下了，又正好遇上走到巷子里的闫蓉芳，见她姿色漂亮，不由就动了邪念，接着就与她的班主任和两个学生打起来。预先没有谁指使，也没有谁命令，他们相跟的三个人与师生三个人纠缠在一起时，他觉得怕吃亏就随身掏出了一把水果刀乱捅了一阵，根本没想后果会是怎样的。事端是他挑起的，凶器是他拿出来的，另两个人只是随他招架了几下，主犯就是自己，主谋谈不上，就是一时兴起，酿成大祸。要判要逮，他一个人承担。

笔录写好，虎子签了字，两个进驻一中的公安把案卷送到上峰手上，算作初步的结案。

这情况与另一前往省城医院调查的情况略有出入，那边的笔录显示，班主任孔智先上前推人，才引起事端。虎子是最后一个动手的。这与被打师生的说法也大不相同：孔智与杨宽志是在闫蓉芳被又拽又拉之后上前护卫的，三个赖皮见好事不成，恼羞成怒，大打出手，三个人基本是同时涌上来的，师生招架之中发现自己身上有血，才知道对方拿出了刀子，这个捅刀子的人是溜子。

事情一时定夺不下，只能再去落实。

二十

解校长打电话，把小撇子约到回头峰小学，说有两个骨干教师提出要调走进城。听说，与县上有关方面已经达成协议，就差办手续了。小撇子的长胡须左右抖动了两下，翻出电话本，接通分管教育的副县长赵子民的电话，问他在什么地方。赵子民说正在开一个出教育画册的会，马上就结束了。正好他有事要找小撇子。小撇子约了赵县长在回头峰小学碰面，他在这里死等。

小撇子开始向校长了解学校最近的办学情况。不一会儿工夫，赵县长的车已经开到学校院内。

小撇子开门见山："当初赵县长说，通过企业与学校联手，打造一所办学一流成绩一流的全县甚至全地区一流的学校，说得我是热血沸腾、劲头百倍，可现在你又要釜底抽薪、中途放血，你不是要办我吧？"

赵子民脸色凝重，话里藏着尖锐："我不知道赵经理说这话的意思。"

小撇子蠕动了一下鏖子，长胡须前后左右绕了一个圈子："两个骨干教师要离开学校调进县城，听说你们已经通过了。"

赵县长不再说话，他掏出手机开始打电话。"喂——是李局长不是，请你放下手头的事,先来一下回头峰小学,有急事,我在这儿等你。”他把“请”字狠拖了一下,有强调“必须尽快”的意思。

“你和属下谈事,我是不是回避一下为好?”

“不用,咱现场办公。”

教育局李志刚局长风尘仆仆地赶来,一进校长办公室,就被赵子民用话头堵住:“回头峰小学的教师,最近有没有变动?”

李局长喘了一口气,看了一眼站在一旁的解校长,回答:“没有啊。新学期教师的安排还没有上会研究哩。”

赵子民跟着说:“那就好。还是我们上次说的那句话,回头峰小学的师资力量只能加强不能削弱,骨干教师更不能随意调走,这一点你心里可得有数。”

“咱还等着跟上回头峰小学戴红花哩,是不是赵经理?”说着,李局长把目光对在了小撇子的脸上。

小撇子顺着李志刚的话说:“李局长,我不会食言的,只要是回头峰小学的事,我会大力帮助的。”

“像赵经理这样有眼光、有思路、有能力,又尊师重教的人,我们是十分钦佩的,石城教育史上不留下这耀眼的一笔,我这分管县长就算白当了,你这李局长也当不成个样子。明明看见一颗夜明珠,却不知道挖出来让它闪光,那就是傻子。现在,咱们四个是四位一体,县长、局长、校长,还有你这实力后盾赵经理,已经是上了一条船了,只能同舟共济,不能退走倒行,一荣俱荣,一损俱损,你说是吧,赵经理?”

“最好是五位一体,把回头峰所在乡的张乡长也加进来。”

“赵经理提议得对,他张乡长也跑不了。”赵子民加重了强调的语气。

“那今天中午咱回教育局吃个定心饭?我请客。”赵县长征求小撇子的意见。

“改日吧,我还真没有吃过咱赵县长的饭哩。今天还有点事。”

“那好吧,改日。”

赵子民说正好自己也有点急事,先走一步。刚要出门,赵子民又折回到小撇子跟前，说："下次咱们撇开一切事，好好聊一聊。你那个好朋友森森，一同叫上，我想和他探讨探讨。"

小撇子说："好的，没问题。"

李志刚随同赵子民一起走出校长办公室，解校长跟着送出来。李志刚走慢一步，放低声音对解校长说："你看清了吧？你的脚下已经起风了，这县长和赵老板就是这回头峰学校的两只翅膀，你想不飞起来都难哩。安稳好老师们的情绪，你不要多操工作以外的心。按赵县长的意思，你这儿的师资力量只有加强不能削弱。"

解校长不置可否地笑了笑。

走出校门，赵子民把李志刚拉到一边，悄悄问："两个骨干教师要调走的事，是不是真的？"

李志刚凑近赵子民，声音放低了八度："分管人事的副局长跟我说了一句，我没答应。不过听说这两个人有点背景，也许还要有人找我。"

"这事不是小事，再大的关系也不能让步，你没看见那小撇子的表情？长胡须都快跳起来了，这人是个烈性子，搞好了鲜红血也能给你吐出来，搞不好他敢和你玩命。咱联手打造一所名校的初衷不能变，节骨眼上放血，这是大忌啊。实在推不过的关系，你可以答应，但明确告诉关系人，能连续三年所代学生在全县考前三名的，才可能调出，就说是我定的规矩，谁也不能违犯。这个恶人我来做，你顺水推舟即可。我随时准备应酬他们。咱俩要口径一致。"

李志刚心领神会。两人各自上了自己的小车。

赵子民一行走后，小撇子让解小云把那两个想调走的老师叫来。

小撇子一眼就认出其中一个是税务局张局长的夫人，为了企业税款的事，小撇子曾登过她家的门。他和张局长在客厅谈事，她给沏出两杯茶来，只说了两句见面话就一阵风似的走进卧室了。记得张局长围绕她还说了两句不顺心的话，对当时的教育局局长挺有怨气的。张局长夫人当时还是一个民办教师，考了几次都没有考上，转不了正。可她的教学成绩却老排在全县前几位，这让身居重位的税务局局长很恼怒，他矛头直指当时的国家教育体制，同时为了佐证自己的观点，还特意举了两个教书教得一塌糊涂转正考试却榜上有名的例子。局长夫人看上去温文尔雅，端庄清秀，再往细处看，年轻时肯定是一位大家闺秀式的淑女。这种女人，初一看去，不是什么神采飘逸激情飞扬的美女，而你越往深处看越有看头，越有韵味，是很有内涵的女人。第一次见面时，小撇子就很有心得，觉得这才是典型的好女人，既知情达理，又善解人意，既理家有方，又事业有成。微微发胖的身材，藏神于内的目光，让人即刻就能感到家庭的稳妥、邻里的和睦、工作的条理。他当时就很佩服局长的择偶能力，怎么这么好的女人都跑到有位置有权力的局长家里了！

这种感觉被随后的事态证实了。小撇子没有采用不少人惯常的当面送礼方式，免得双方都有难堪。他空手赤脚地和税务局长小坐了片刻之后，就走出来了。临下楼，回头对送他出来的张局长说："快到中秋节了，你也工作挺累的，好好在家陪家人团聚团聚吧。"这话说得模棱两可，把个张局长说得站在楼梯口愣怔了半天。

等小撇子刚拐下楼角，张局长也准备入室关门时，小撇子的司机扛着一个大纸箱挤进了家门，纸箱里边装着月饼、酥梨、苹果、葡萄以及烟酒之类的过节礼品。张局长立即制止，说："请你马上拿走这些东西，我不是你们想象的那种人，该办的事按规矩办，不能办的事送礼也不顶事。"一头大汗的司机，把箱子强行放到地上，眼眶里已溢出莹莹的泪花。"张局长，你还是让我有份工作吧，我要是被赵经理开除了，我娘看病的钱就没有着落了。"说完，转身向门口走去。走出门后，自己又主动伸回手来捏住门把手，把门关上了。司机最后回来说了一句话："张局长，箱里那张卡记得收起。"

事隔一天之后，张局长的秘书把那张卡还给小撇子。随即张局长的电话打了过来。"赵经理，谢谢你的一片好意，这些年来，我爱人很注重我的廉政作风建设，绝对不允许我在原则面前收钱让步。你们经营企业挺不容易的，这我理解，况且你照章纳税，又不出什么格。苹果、葡萄这些东西先放下，也不能全驳了你的面子，显得我六亲不认似的，但这会让我心理不顺当，改日有机会还报。卡的事是绝对不可以的，夫人这一关先过不了，你不会让我因为这个卡就后院起火吧？你好好经营你的企业吧，你是咱县上的纳税大户，我还得好好谢谢你哩。"

想到这儿，小撇子笑了笑，心想这夫人真是家里一根顶梁柱，难怪张局长这么多年下来，社会口碑一直挺好的。鬑上的长胡须跳了两跳。

另一个女教师，小撇子也好像在哪里见过似的，他在一瞬间努力寻找自己记忆中的场面，但搜索无果。

面对两个教师，小撇子先讲了自己的一段故事：从小在回头峰小学没有好好念书，整天不上课在村里淘气捣蛋，曾被老师多次训斥批评，而自己的父母是提起来一条条放下来一摊摊的那种，不管，也管不了，虽然当着老师的面也说过自己几回，但事过后，又哄着骗着老师家长在村里作乱打架。那次唱戏赶会，因惩治了一个江湖骗子而有了点好名声，但后来进城后就又与小码头那些狐朋狗友做了不少无赖事。而好朋友森森是学习玩耍两不误。因假表事件被南蛮子哄骗之后，同是受骗人，人家森森理智能忍，自己却组织了一帮同伙大打出手，酿出一场大祸。遇上严打重处形势，结果被判刑改造。回来后，在森森帮忙下，谋得一个最下层的澡堂工作，算是凑合能养家糊口，但父母已年老体衰，家境已是十分破败。然后到了大龄青年，一说是个坐过监的人，连二婚女人都不愿见。我为什么要感谢回头峰村？回头峰煤矿给我财富这是后话，就在我最倒霉的时候，史双莉不顾别人的反对，嫁给了我，我总算没有打了光棍。双莉进了我家门，尽心竭力伺候二老，直至先后离开人世。临终前，二老不是要见我，而是要看着她，并摸着她的手恋恋不舍地闭上眼。我没有给回头峰母校争了光，可比我小两届的史双莉不顾前嫌，嫁给了我。这个学校给我培养了一个好老婆，就为这一点，我也要把回头峰学校办好。你俩不要笑话我，像个小孩子似的，这算是我的一点私心吧，我就是要做出个样子，让我的老丈母看看我这个坐过监的人，也一样是个对社会有贡献的汉子，他的闺女史双莉是个有眼光、有素养、有福气的人。

小撇子看着校长和两位女教师听自己的经历，好像自己现在成了一个讲课的老师，觉得挺好笑。说起史双莉，他有点动感情，那根长胡须像个小指挥棒似的，引导他把一幕一幕的话帘打开。突然，他的思维有点走偏，看着在一旁像小学生一样认真听讲的那“另一个”，他突然想起这正是他娶媳妇时站在院子里给他这个新郎官套柳圈圈的那个女人。当时她表现得很缠皮，虽然是混在人群中，但她的命中率挺高，有两次把柳圈圈远远地扔过来，正好都套在他的身上。为此她在之后的嬉闹争辩中特别地得到了两盒香烟。后来史双莉告诉他，这是她家远房亲戚的一个表姐，一眼看上去就是一个村里人常爱说的能尖尖。这种人做啥都能做得干巴利脆，属于快手快脚的一类人。

这表姐似乎看出了小撇子的心思，但不愿打断他声情并茂的讲述。两人只那样心照不宣地一瞥，小撇子再没有了下文。也许，在这位史双莉的发小面前再口无遮拦地说下去，连自己都觉得有点不好意思了。

校长和两位老师正听得入迷时，小撇子突然顿住了，只看见他眼里隐隐闪着泪花。两位教师好像刚听完一堂课似的，浑身表现出一种释然的状态。

小撇子问两位老师有什么困难和问题，对方一时也说不上具体的内容。解小云开口了，她说：一个好教师最渴望的是什么，说实在话，首先是在最能体现自己价值的学校工作，在自己最好的年龄，把最大的聪明才智、最大的内在能量发挥出来。其次，作为一个女教师，还要承担一份女人的责任，比如子女教育问题、夫妻感情问题、生活质量问题，等等。两位教师连连点头称是。

小撇子最后表态：凡是能把成绩考在全乡甚至全县前三名的，年终奖金兑现时，回头峰小学必须是全县最高的，这个你解校长出规划，咱对照落实。每年暑假由公司出钱，所有回头峰学校的老师出去旅游一趟。凡是在县城居住的老师，在周末或平时有急事时，公司专门派一辆车负责接送。凡是回头峰学校集体或个人在县上或省市拿过奖的，模范教师也好，赛讲优秀教师也好，学生考试前几名的也好，教师发表获奖论文也好，年终统一登记清楚，由公司加倍奖励。

两位女教师相视一笑，又转向解小云，各自眼里都有一些不便言说的含义。

小撇子像钻进两位教师心里似的，把她俩的所有心思都猜测到了。当即，两位教师表示，愿意和解校长同甘共苦，共同为回头峰小学添砖加瓦，奉献自己的聪明才智。看上去，这好像应该是一种必然的表态，以不负小撇子一番真心实意的表白。

临走，小撇子让解校长尽快制定出一套激励和奖励措施给他，他要拿上在公司经理会议上通过。

校长和两位女教师把小撇子送走，又回到校长办公室。那位张局长的夫人对校长说：“这煤矿老板的话不可能是刮风吧？”

另一位也说：“是风是雨谁能猜透呢？”

解小云说：“真是刮风，先受害的是我，我这校长的承诺一落空，老师们怎么看？村里人怎么看？要风后真有雨，获利的是你们，谁的学生考得好，谁的课讲得好，只要有凭证，人民币兑现，而我只是个组织者罢了。”

两位女教师不由地笑起来。

“你校长领导有方啊，到时候上台戴红花领大奖的还不是你？上报纸上电视的，还不都是你？即使有我们的镜头也只是陪衬。”

“算了吧，我不丢人败兴就行了。”

局长夫人说：“我与这姓赵的有过一面之交，他别的方面我不太了解，说话办事应该还是言出必行的。”

那位史双莉的表姐也说：“开始我对这号男人也不怎么看好，自从他与我表妹成亲后，家族里的人对他的感觉还是不错的。”

顿了顿，校长突然说：“差点忘问你俩了，调动的事办得怎样了？”

两位女教师把校长左右掺了起来，嘴里说：“怎么，有好事就想往外推我俩？”

“好两位亲疙瘩哩，我烧高香都想让你俩留下来哩，哪有往外推的理哩。要走的事，可是你俩口对口对我说的呀。”

“我俩这舌头是主动塞到你嘴里了，你随便咬吧。我俩这手腕是伸到你案板上了，随便剁吧。”

“你这是拐驴得了上坡的劲，把我俩往死里撑。”

三人一边说一边笑，满屋里暖意融融。

这时，校长办公室的座机响起来。解小云把还在闹腾的两个女教师止住，接起电话来。“喂——”

“喂，是解校长吧，我已走到路上了，那两个教师还在你办公室吧，你把免提摁开，电话放下，我想和她俩说说话。”

解小云用另一只手掩住话筒，招呼两个意犹未尽的女教师走近办公桌，然后摁开免提键。

“二位教师好，我是刚和你们说过话的回头峰煤矿的赵成武，我刚才接到一个电话，是教育局内部的一个同志打过来的，说你俩想从回头峰学校调往县城，开始我听得有点纳闷，再一想，觉得也很正常。人嘛，谁不想生活和工作的环境好一点？能从乡村调进县城，是好事啊，我听解校长说你俩都是好老师，才学和人品都让人敬佩，别的更多的理论我讲不上来，但我知道，小水养不住大鱼，每个人都有选择自己生活方式的自由。这样吧，就念在你们曾为咱回头峰学校做过贡献这一点上，在回城这件事上，有用到我帮忙的地方我一定尽最大努力，掏钱跑腿找关系，加油跑车攻难关，都没问题。不是我吹，在县城办点事情，我还真不含糊哩。”

两位教师相互望望，一时不知如何对答。解小云面无表情地僵在一边。那位双莉表姐凑近解小云，在她臂上捅了一下，示意她不要装傻，赶快帮她俩解围。

解小云对着座机说：“赵经理，这两位老师让我给你说，谢谢你的一片好意，关于调动的事，先缓一缓再说。赵经理真要对她俩不满意，到时候再解雇不迟。我想，这个能力你也是有的。”

座机里传出：“没有那个意思，我相信解校长的工作能力，也敬佩两位好老师的才学。你替我谢谢她俩。”

结束通话后，两位女教师对解小云又是亲嘴搂腰，又是捶背击胯。三个中年女人，像小孩子似的嬉闹了好长时间。

二十一

人有时候把难忘的回忆用嘴讲出来，本身就是一种自我陶醉的过程，而且，能更加有意识地珍惜一些应该珍惜的东西。小撇子对解校长和两位老师讲的话，很长时间一直感动着自己。人在用感情说话时，往往能调动起自己更深的感情，连自己都没想到，话能说得那么流畅、那么动情。小撇子被自己感动着,感动这种情感能让他不止一次地重复自己讲话的情境。情境又在一次又一次的再现中强化感动。好长时间以来,他对部下对别人,一直表现出强悍刚健,那种潜藏于心底的柔弱质朴一旦被一个点触动,那平静压抑的情感便会像闹海狂潮般地掀动起来。那天,他一个人开着小车回到家,老婆史双莉正在收拾家什。他一个人坐在宽敞明亮的沙发上,闭目静思。

老婆转身看着他一个人发痴,便问他:“又有什么不顺心的事了?”

小撇子伸出一只手悬在空中,示意老婆不要再说话。史双莉冲了一杯咖啡放到小撇子面前的茶几上,不再说话。随后停下手头的活计,坐在小撇子的身边。

小撇子的眼泪便下来了,翻江倒海的那种。史双莉去卫生间取了毛巾,递给他。在接到毛巾的一瞬间,小撇子抓住史双莉的手,站起来把她拽到门外,拽到楼梯口。史双莉忙说:“我还穿着围裙哩,你这是发哪根神经哩,老夫老妻了,不怕外人看见笑话?”小撇子说:“就穿上这围裙,门也不用关了,现在就跟我走!”

小撇子把史双莉拽到楼下的小车里,一直拉到回头峰他俩结婚时住过的老院子。一进窑门,父母亲晚年和他俩在一起生活的镜头迅速闪现在脑海,兄弟几个没吃少穿的往事恍若昨天。父亲重病在床,母亲神志错乱,外债累累,生活入不敷出。父母拼死挣扎,里外奔波,生活依旧是食不饱肚、衣不遮体,到最后也没有享受过一天好生活。由于他的犯科入狱,父母在村里见人都抬不起头来。就在自己老大不小的年龄时,那顶“犯人”的帽子一直在左邻右舍嘴里喋喋不休。这时,史双莉走进穷困低落的家,她精心侍奉二老的细节,反反复复地在小撇子眼前晃动,从此他小撇子渐渐走出困顿抑郁的窘境。

小撇子一下子抱住史双莉,看着她日渐显老的面容,用双手轻轻抚着史双莉的额头,突然号啕大哭起来。他带着怜惜的口气质问:“你就不会去做做美容?”

史双莉默默地承受着自己男人的哭闹,听小撇子把一腔情感痛痛快快地哭号出来,听小撇子把心里的话语无伦次地倾诉出来。这是她第一次见小撇子这么对着她动情。

天色即将暗下来时，史双莉把二老挂在墙上的相框摘下来，用一块布包了，与小撇子走出旧院老屋。

回头峰学校门前高挂着一盏荧光灯，与正对面的回头峰煤矿办公楼顶的那流光溢彩的广告牌相互映衬。史双莉问小撇子，到不到矿上和学校了？小撇子揽着老婆钻进小车里，驱车回家。

二十二

回头峰小学新修了两间教室，翻盖了锅炉房和灶房，所有办公室和教室也都换上了新暖气，又粉刷了所有的内外墙。“回头峰小学”五个大字用镀铜牌子挂在了大门上。在张乡长和李局长的提议下，召开新校址落成庆典大会。

校园内外站满了丰盛昌公司来的不少员工和回头峰村的百姓。万里碧空，阳光普照，八个大气球高高地悬挂在校园上空。几十个人的锣鼓队正震天撼地地表演。校园外临时推开的一块场地，被先后到达的小汽车占满。县上四套班子的分管领导、乡里所有大小干部职员、教育局的班子成员及股室领导，还有不少被小撇子特意邀请的几家知名企业经理，都依次被请到主席台前的座位上。主席台设在学校院内，分三排，每一排的桌面上都铺了红毯。五个定位话筒摆放在正中位置。庆典仪式由县政府赵子民副县长亲自主持。

村里人三三五五地聚在一起谈论着同一个话题。“那个前排靠右位置的女人是谁？”“看上去像黄坡村的史双莉。”“你别说，俺以前还真没注意这双莉哩，打扮起来真有点像第一夫人的派头哩。”“她和俺是同学，在学校时学习就不错，今天可真露脸了。”“听说他嫁给了一个坐过监的赖皮。”“这话不敢再说了，人家如今是大老板了，这回头峰学校内外装修布置都是人家花的钱。那不是，就坐在双莉隔一个的那个位置上。”

会议开始了。主持人赵子民是经过认真“备课”的，主持稿开篇就是一首诗：“秋高气爽阳光明，万壑齐望回头峰。校企联手创佳绩，他日山花别样红。”开场词之后介绍来宾，之后是来宾依次讲话。解校长讲话内容主要介绍学校师资、学校规制及办公设施情况。李局长侧重讲教育局对偏远山区学校的政策倾斜。张乡长讲本地企业家对学校的支持力度及投资修建情况。小撇子讲企业回报社会应尽的责任。地区教育局一位高副局长对企业支持教育大加赞赏，扬言要向全地区推广。最后讲话的是县委副书记，他对企业和学校提出了持久办学、密切合作、多创成绩的殷切期望。

最后为新校址的落成剪彩，一条系着红花的长红绸拉在主席台前各位领导面前，等主持人话音一落，剪到布落，先前连在一起的红绸带子，现在变成每个领导手上捧着的一朵花。掌声响起，锣鼓齐鸣。新校落成典礼仪式在赵县长诗情洋溢的主持中圆满结束。

省市县报纸、电视台的新闻媒体记者，从会前的花絮采撷，到会议多角度抓拍抢景，再到会后的现场采访，忙得不亦乐乎。

回头峰小学的里里外外，都围满了前来看热闹的村民，会议结束后，这些抱孩子的、扛镢头的、串门看亲的村民，都还没有离开的意思，纷纷打问谁谁谁是县里哪个领导，谁谁谁是给农村孩子花钱办学校的老板，指指点点，窃窃私语。电视台的记者有不少把镜头对准了村民，其中有一老一少还对着镜头谈了他们的感受。

史双莉被同乡村民们纷纷围住，多日不见的邻里乡亲，嘘长问短的，都为她给村里人办的好事称赞不已。

一位曾给史双莉小学代课的老者，也赶到现场，神情兴奋地握着双莉的手，久久不肯放开。

二十三

自从小温出事以后，森森来桥头澡堂的次数更多了。根据形势的发展，单开澡堂已经有些落伍了，森森帮助老温重新规划了澡堂的有限面积，原来的澡池只保留了小的那一方，墙上增加了淋浴的喷头，休息用的小床立几也取走了，摆了几排厚厚的沙发。空出两块较大的地盘，一块引进山城特色快餐小吃，一块摆放了几张台球桌，都用出租外包的方式。这样，年轻人喜欢长时间玩的需求有了，玩困了填肚子的美餐，以及全身心放松的洗浴，也都有了，享用不享用，随便。老少兼顾，连锁带动，渐趋萧条的人气一下子又回升起来。闲下事余，森森就和老温对酌几盅。生意的忙累，让老温两口子的悲伤情绪舒缓了许多。

这天，两人边喝边聊，对面墙上的电视里播出本县新闻联播，报道了回头峰小学新校落成仪式的情况，小撇子的特写镜头多次出现。森森对老温说："这小子如今成气候了，我得抽时间去敲敲他。那得意忘形的样子，一看那根长胡须就清楚，翘到天上了。小撇子的确不是小码头小赖皮了，变成赵成武总经理了，再变就成赵武灵王了。"老温说："人各有志，也该轮咱小撇子出头几天了，看着他人前人后地被捧着，咱俩高兴还来不及呢。毕竟是咱的患难兄弟。""这小子脑子是不错，但书没念下，我怕他打得了江山守不住江山，一头大就容易出事。""如今不比从前，他也是有脸有面的人了，你不看县里领导都十分器重他？""不行，我现在就打电话，让他来一下，就咱这小店小酒，看他肯不肯来。""人家事挺多的，现在来不合适吧？"

森森掏出手机开始摁号码。接电话的是一个女声。"是不是史双莉，我是森森，小撇子不在家？那好，你能来一下吗？我正和老温在澡堂喝酒呢。好吧，我们等你。"

老温蹊跷地问："你怎么给她打？"

森森没回话，随后又拨通了小撇子的电话。刚响，就被摁了。再打，又被摁了。森森骂道："真你娘的耍大了，学会不接爷的电话了。"

等了一会儿，小撇子的电话打过来了。森森同样很有脾气地回绝了两次。第三次，森森才接起来，开口便骂："耍得你连'赵'字也不知道怎么写了吧，乞丐穿了个大马褂，变成贵人了？你娘生下来就教会你不接别人的电话了？是不是得我抬上猪头、羊头的贡品才能请动你哩。"

小撇子回话："正开着一个小会，是我安排工作哩。你总得让我擦完屁股再抽裤子吧！急成这样，是不是泡小姐被公安捉奸了，还是赌博欠下钱走不脱了？你说吧，我现在走出会议室了，你开骂吧，我家祖宗三代等着你过嘴瘾哩。"

"不和你多嘴，我和老温在澡堂等着你，来不来随你，就这样，定了。"说完森森就关机了。

森森转头和老温继续喝酒。

小撇子走进来的时候,两人的酒已差不多喝到尾声。

“这么窄小的地方,两位爷爷,到我府上喝酒,行不行?”

森森斜眼看了一眼小撇子,话头直往死里摁:“我就知道你小子这副德行,你府上的酒又高档又好喝,是吧?等着让高人喝吧,要饭时躺在垃圾堆也能睡,发了财有根头发丝也睡不着了吧。今天就在这,不愿喝调头走人,要想和我们喝也行,你先补上半斤,不然没有权力说话。”

“行,请拿一个碗来,倒上。你俩要觉得我还不够意思,今天我还特意带了一个陪酒员。”

老温和森森这时才发现,小撇子身后站着一位年轻漂亮的姑娘。

森森不由自主地站起来,绕过桌子,来到这位姑娘面前,把她叫到了门外,对她说:“哪里来的尼姑到哪个庵里,今天这个场合不是你待的地方。最好现在就马上离开。”

姑娘说:“是赵经理让我来的。”

“我不管是赵经理还是李经理,还是王经理,你必须现在马上走人。最好走得彻底一些。”

这时,小撇子也来到院外,见森森一脸的恼怒,又见姑娘满眼的委屈,就拽着姑娘要重返室内,被森森一把拦住。森森杀气横冲的声音,听上去有点变调:“这位姑娘,识相的赶紧离开,你要敢再踏进门去,我不会让你站着出来的。”随后又转身对着小撇子说:“你牛是不是?你要不打发走她,我现在就揪下你这根长胡须,再让你扬眉吐气!”说着,就把手伸向小撇子的下巴,被小撇子一手挡开。

森森把大门口站着的司机叫过来,直接安排:“你把她先送走吧。”

司机看着站在一旁的小撇子,不知所措。

“你俩先回公司吧。”

看着他俩走出院外,森森才把一脸的仇恨射向小撇子,自顾自地回到饭桌。

小撇子站着把一碗酒倒进肚里，才落座。酒碗扔到一边，换成了能盛一两酒的玻璃杯。一坐，把个凳子压得吱吱作响。森森顺便说："屁股大了，身子重了，话也冲了，真成一个大人物了。"

小撇子还口："一抬起屁股就知道你放什么屁，我出人头地，伤着你啦？还是惹着你啦，这么恨我。你说吧，怎么个喝法？"

"先敬叔哥三杯。同起。"

小撇子与老温同喝了三杯。森森又说："再敬我三杯。"

"不行。"一个女声喊道。"要喝也行，我替他。"史双莉从里间端着一碗刚炒好的菜走出来。"你们这老弟兄，常不见面，见面就掐，有意思吗？"

"你看看，援兵来了吧。一日夫妻百日恩啊。"森森把史双莉拽到自己身边，"今天是这样，不是我呢，你也嫁不给这个大人物，你还是我从黄坡村接来的呢。这小撇子，人虽野点，但还不算坏到哪里，有贼心没贼胆，心里挂着你呢，这一点我清楚，就是把他剁成块块撕成片片磨成粉粉我也认得他。也算咱俩没有屁冲了眼，现在大大小小也是英雄人物了，平时他身边不缺的就是领导和美女，今天你不能再靠着他了，你应该靠着我。不要让这个人物眼睛长在额头上，看不起咱们。"

"行，森森你说，俺今天就靠着你。俺和小撇子可千万不能亏待了你这个好弟兄。"

"这才是我的好妹妹哩，我和小撇子湿屁股长大，他是什么德行我清楚。你的到来，不仅让他的家庭添了福气，而且让他的事业成功了。一个好女人确实能培养出一个好男人。现在你代表我，和他喝个两好，行不行？"

"行，哥的话一句顶一万句。"

小撇子没话。森森和他碰过酒杯，把喝酒的主动权就交到史双莉手中。喝到第二杯酒时，史双莉的嗓门突然变得有点哽咽起来。森森接过酒杯，一转身把酒泼到了地上，回头对着满桌人说："这叫覆水难收。"

酒桌出现短暂的停顿，大家不知道森森这句话的含义是什么。森森用视角的余威，剜了一眼小撇子。

接下来，小撇子又敬老温两杯。两人又把酒杯举到空中，这时史双莉抢了小撇子手中的杯子,对老温说:“叔哥是小撇子的救命恩人,我从心底里感谢和敬佩你俩,这酒里也应该有我谢恩的成分。”说完先自喝了下去。老温随后也喝进肚去。

史双莉主动出击,又倒了一杯,说:“叔哥和大哥,都是我和小撇子最不能忘记的人,请允许我代表小撇子敬一个酒。”

这话说得小撇子也有些激动,眼泪汪汪的,长胡须晶莹透亮,也不知是泪滴还是酒水,他也默默地倒满自己的杯子,站了起来,四个人的杯子在空中嘭地碰在一起。

这酒,喝得有点沉重了。

二十四

一阵轰隆隆的雷声,像被天公扔出去的几颗炸雷,随着一道撕裂乌云的闪电,在石城上空一波一波地滚动。接着,那包裹在厚重的乌云后面的雨,就从那被撕裂的乌云间倾泻下来。拥挤叫嚣的雨,不甘心在规定的区域表演,不断撕裂着云层的面积,一发而不可收地整个把云层给压塌了,房顶公路、河面田野、街道大桥,到处都是暴雨捶打敲击的声音。

小撇子和森森同时被雷雨惊醒,从老温澡堂的卧床上翻身起来,酒已醒来一半。小撇子的司机赶忙倒过来两杯热热的浓茶,两人不言不语地端起来喝了几口。

森森的话音有点沉闷:“每人至少喝了一瓶吧?”

小撇子说:“多少年没有这样喝了。我刚从里边出来在你家那是一次,这次是第二次。”

“那次酒喝得人郁闷难受,这次酒喝得人痛快淋漓。”

“我没说错什么话吧?”

“你那德行,二两猫尿进肚就发作,哪有我这样的好酒性,一瓶下去,章法不乱。”

“你就会吹牛,满嘴都是臊气了,还说没事。”

小撇子看看外面的雨势,说:“咱回家吧。我先送你。”

森森把站在远处的司机用手势招过来,问:“老温没事吧?”

司机说:“没事,正在里间睡着呢。”

“那两个女人呢？”

“看你们都睡着了，她们两个和另外两个女人正在那边练习着摸麻将呢。”

“咱谁也不要惊动,先走吧。”

小撇子坐在后座,森森坐到副驾位置,司机发动了小车,拐出澡堂的小院。

外面的雨,还在下。森森告诉司机:“穿过县城往东面开,然后上高速。下行。”

在后面坐着的小撇子问:“你要去哪儿？”

森森说:“去了你就知道了。”

大约有四十分钟左右,小车开到一个全县最偏僻的乡镇所在地,接着森森指挥着继续往前开。一直到一座大山根底才停住车。

“下车吧。”森森催促小撇子。

“外面下着大雨,你就不知道？都要淋成落汤鸡？”

“大白天做梦,净瞎说,外面连地面都没有湿,哪来的雨。”

小撇子走下车来,果然,一点雨意也没有。

森森感叹着说:“这就叫‘人间四月芳菲尽,山寺桃花始盛开’。县城里雨下得是热火朝天,这山里却清爽凉快。”

“你这是让我跑上几十里地来看山景来了？”

“是啊,这山景不美吗？你看,那远处还有几处瀑布呢。”

小撇子顺着森森的手指望去,几处野山瀑布横空流下,真像是在画中呢。

森森郑重地对小撇子说:“我想让你开发这座山,不知你有兴趣没有？”

“没有。我对开煤窑赚钱有兴趣,对开发山赔钱没兴趣。”

“山包子就是山包子,土财主就是土财主,永远登不了大雅之堂。”

两人坐回车上,往县城返。森森的话题才上了正本。

“总有一天,一煤独大的局面会改变。也许再过几年,你赚下的一堆钱都是废纸。多种经营,联合造势,多点开花,综合发展,极早谋划,考虑转型,你现在就应想到了。煤炭是有限资源,越挖越少,煤炭挖完干什么？聪明的人今天想明天的事,愚蠢的人今天只想今天。死干的人一条道走到黑,活做的人多渠道奔流。从道义上讲,你挖煤是吃祖先给你留下的东西,同时你也应该给子孙后代留下点什么东西吧？开发景区,转型绿色,这是大势所趋。回归自然,亲近生态,这是现代理念。钱上无钱,是死水,耗干就没有了;钱上有钱,是活水,花了还有。钱,只是钱,毫无意义,你能花钱吃多少喝多少？钱,变成资源,才是真钱,既能回收赚取更高利润,更能造福社会。消费买享受,花钱养心境,山水自然美景是首选。社会成了不再是吃饱喝足的社会,而是到了要活出质量活出幸福指数的社会。社会文明,人文生态,肯定是未来的精彩。等你死了,后代子孙、百姓大众都能记挂着你,你的丰功伟绩会变成经久不衰的经典,永世流传。只有钱,就是你的头底枕着钱、身下铺着钱,又能咋样,弄不好你的尸骨还可能被盗墓贼扔到狼都不吃的野沟里。要把大钱都留给后代,不出三代,你的家庭里不培养几个嫖娼赌博吸毒作恶的人才怪哩。有钱白花,谁愿意再苦熬？就会游手好闲,游手好闲有几个不出事的？钱用不好都是害,都是祸源灾头,你不信？”

小撇子见森森这样说，心里很不是滋味，反击道:“撑死的总比饿死的强。”

“那你不要做一个饿死鬼,争取当一个吃死鬼吧。”

车开到县城郊外的汾河边时,森森让司机停下车。外面的雨,仍然没有停下来的意思,看上去这雨要连夜作战。跨汾大桥上的路灯,已陆陆续续地亮起来。

森森向汾河方向敲响了车玻璃,示意小撇子往远处看。

小撇子说:“这天天看惯了的破县城有什么看头？”

森森说:“就是要你看这破县城哩。你没看见？只有这一块低矮老建筑,差不多都成危房了。蜘蛛网似的电线,拦汾大坝也溃塌了不少,一下雨,家户里的人,连脚都下不到地面,到处都是泥泞水坑。相比那些已经建成的花园楼群，这些老住户真是苦不堪言。有办法的都搬走了，剩下的都是穷苦人。”

小撇子说：“这一片连着咱小码头，确实该改造改造了。”

森森说：“县上已有明确的规划，只是现在还没有人承头来改造。”

小撇子说：“你不是又出这个馊主意吧，让我来改做房地产生意？”

森森说：“是啊，这个事你小撇子不做谁做？古人讲，‘穷则独善其身，达则兼济天下’，你现在是什么人？你是县上的名人，已经不是三十年前那个穷酸无赖了；你是大老板，是经常在电视屏幕上亮相的新闻人物。你还是半个小码头的人，不要再把自己圈在那个小巷巷里了。你今天是有话语权的人，你从县委大院走过，当官的都得高看你一眼。既造福百姓，又有利可图，你傻子呀你？真要是一分钱也没赚到，可你赚的是比钱更大的利润，民生。你知道民生这词吧，不是谁有钱，谁就能赚到民生的，你要想清楚这个大道理。”

“这拆迁费就是一笔大钱，搞不好惹一屁股骚，还要压进去一大笔钱，真要挨骂，骂你的可都是曾经的街坊邻居啊。”

“可要是喊你万岁，也是这些街坊邻居呀。衣锦还乡，你知道这个词吧？古人都懂得做了官发了财要回到家乡，修建家园，造福桑梓，不负生你养你的故土。现在回头峰因你而富裕了，村民的生活也大大改善了。小码头呢，咱俩都在小码头生活过，你现在是谁啊？你是能为小码头做大事的人物啊。我初步核算了一下，在这个地方起几栋二十多层的高楼，安排拆迁户最多也就用三分之一，其余的都可以进入市场出售。这滨河花园，面山临水，喷泉绿茵，学区宝地，不可能没有人来。我不敢说你能赚多少，可赔钱是绝对不可能的。最起码，穷人老百姓的老住户会一生感谢你的，县委、县政府也会更高看你一眼的。你也彻底改变了小码头人对你的评价，成为小码头孩子们学习的榜样。”

小撇子的情绪被调动起来了，说：“改日，咱和赵县长坐坐，探探口气。”

森森说：“不用和赵县长坐，赵县长分管的是文教卫生，咱直接和书记、县长见面，到时候分管城建的副县长，规划局、城建局等相关单位都会在场，一切繁杂手续，有关拆迁的麻烦事体，都有人给你来做。你真有兴趣，我来具体联系。”

小撇子笑了笑，说：“你这个城乡路啊，鬼点子就是多。那你就连那个开发景区的事，也给操操心吧。”

森森一本正经地强调：“你要知道，我这是没病揽伤寒哩。千万不敢把这好心当成驴肝肺，咱可说清楚，我的建议只供你决策参考，不要到时候你一旦不高兴或弄不成事了，把屎盆子往我脑袋上扣。出力再不讨好的事，咱可不干。”

小撇子说：“就这样定了，现在你还想喝酒不想？”

森森说：“不喝了。你这钱都穿在筋上啦，省着点吧。”

密密的雨丝，从黑黑的夜空中下垂到跨汾大桥上，被路灯照着，发着金黄的光亮。

小撇子的小车驰过大桥。

临下车，森森对小撇子说：“善待双莉，好事办好。”

二十五

被打成重伤的那两个人，经过手术，病情恢复得很快。在省城医院两个人相处得挺好。那个大马司的部下叫成成，外号溜子；那个土地局局长的外甥叫明明，两个人住在一个病房，几乎无话不谈。成成通过这次打架事件，悟出一个道理：谁也靠不住。他不恨打他的人，反倒恨起他的主子大马司来。他认为大马司其实是一个外强中干的人，平时看起来耀武扬威的，吃香的喝辣的，靠着一群部下左冲右突，称王称霸，一遇大事，也是一个屙的比尿的稀的人，到头来倒霉的还是自己。明明也有感悟，多年来他一直是靠着这个当着局长的舅舅活着，现在闯下这么大的祸，在多种事体错综复杂的情况下，他这个舅舅也只能是打烂牙往肚子里咽。在特大事件面前，舅舅也只能以先保住自己的位置为重。在明明与官场之间，舅舅肯定首先顾及的是官场，甚至可以生命为代价。小撇子也是他俩常常谈及的话题，这人虽然有点野，但总体上是个敢作敢当的人，他俩甚至感谢起小撇子的有情有义来。

在成成、明明出院的时候，大马司与王朴连面都没露，小撇子派了一辆高级轿车，把他俩从几百里外的省城一直送回到各自的家。临走还给每个人留下一万元，作为后期营养费用。

时隔不久，成成收到大马司的电话，要他去天长顺酒店一趟。成成推托自己还在养病没有去。又隔了几天，大马司拎着一包礼品登门来看成成。他说："这事还没有完，再等几天，一定要对你有个彻底交代。我大马司的人，还没见过有受屈的哩。"随后，征求成成的意见，成成没有明确表态。

成成心里清楚，大马司要调动他心急的报复情绪，想继续充当他幕后主子的角色，到头来，受伤的还是自己。一个人要想强大和自主，还是得靠自己。等大马司走后，他竟朝着大马司的背影啐了一口。

成成这几天，一边在家里养伤，一边脑子打转转。他的院子外面就是车站装货的站台，他以前曾和看守站台的老郭聊过，老郭告诉他，你别看这站台乌烟瘴气的，跟上这站台发了财的人可不少。成成想见自己交警队还有一个本家亲戚，多多少少也许还能帮点忙。他把这两者往一起想想，顿生一个发财的念头。

这天，他来到站台老郭这里。等老郭料理完煤场的事，就尾随着老郭走进值班室。值班室挺小，里面还摆着老郭吃饭用的盆盆碗碗，一片狼藉。成成顺口说："看你这生活乱成这样，以后就住在我家吧，反正离你这站台也不算远。看这做饭用的电线，蜘蛛网似的，不小心就触电了，闹不好还要引发火灾哩。碗里锅里哪儿也是煤面子，吃到肚里能不生病？我家有现成的锅灶，你要方便还可以带上你的老婆、孩子。老婆给你做饭，孩子也可以就近上学。一家人团团圆圆的，多好。"

老郭看成成话说得诚恳，定住眼睛盯着成成，心里犹犹疑疑的。

成成说："别看我年龄小，在家里说了话是算数的。"

"你小子是有什么事求我吧？"

"其实也没什么事，前些日子我来你这儿转悠，看你对我挺实诚的，就觉得你这人可处。你说得也对，我是有些想法，如果可能的话，我也想往你站台上进一些煤，你手头不是也有点小指标？但前提是，你得到我家住，不过，进煤的事成不成另说，只要你能帮这点小忙，我心里就熨帖了。"

"照你这一说，你这忙我还帮定了。看你们年轻人给家里帮忙做事，我心里高兴。好吧,你明天过来,我今晚掐点掐点,看最近还有多少空额指标。”

“好吧,我一定不辜负老前辈的期望。”

成成撤出老郭的小屋,通过烟尘弥漫的煤场,往家里走。

回到家里,他心里也没有个眉目,要上站得有煤源,既没车又没炭,真要明天老郭说可以进煤,从哪里找去?八字还没一撇,就把话冒出口去了,自己也不知怎么突然就产生了这个想法。

成成又到自己院子里的平房转了转，这是父母给自己结婚准备用的房子,住老郭一家人没问题,有灶有床有沙发。成成想这事应该尽快和父母说一下。

二十六

石城一中师生被捅一案，时间不长就做了了结。那个一人做事一人担的虎子,被拘留了,并做了罚款。孔智和杨宽志的医疗费和保养费都按标准足额到位。案件卷宗,很快就入列档案室了。

另两个参与打架的成成和明明,又成了新的受害者,本来是被审理的主体,后又成了被补偿的对象。作为打人者,公安按照《治安管理处罚条例》对二人做了以教育改造为主的处理。作为受害者,二人伤病痊愈后没有再做申诉要求,公安这边也没做立案侦查。其医疗费用小撇子这边做了全程付款。杨安顺和王朴两位局长也没有再往下细究,一方面自己这一边也理亏,另一方面县政府领导知道事情后对其二人的谈话也起了一定的作用。二人在大会小会相遇时,彼此心照不宣,互不搭话。各人都专心致志地做自己局长的一份工作。

大马司只是充当了成成的一个暗中保护伞,成成表现出被动,他也不便跳出来要把事情搞出个一二三。大马司对这些有一方权势的局长和一说理就“公事公办”的公安,也不想再涉水太深。即便搞清了问题,就是胜利了,他大马司算大账也等于是输了。这些人都不是好惹的,玩不好,不一定在哪个关口上,自己还可能被摁个死不死活不活的。心里有点窝火,但也只能如此。

在整个事件处理过程中，小撇子的努力起了很大的作用。

此事过后，石城一中加强了门房保卫制度，充实了保安人员，对距离学校较远的跑校生做了劝其住校的安排。

虎子被正式拘留那天，石城一中招集全校师生在校园广场举行了法制教育大会，县公安部门的人当场宣布了拘留批示决定，现场把人带走。这个会议，让全校师生大大提高了自身保护的安全意识，也在社会上引起一定的反响。那些平时喜欢撩鸡斗狗的社会无赖和好事青年，也再不敢轻举妄动，收起了狂野无忌的言行。

校长对晚自习后护送学生回家的孔智，没有说表扬，也没有说批评，这种不温不火的处理，其中深义，大家也是心知肚明。孔智带着学生与社会无赖打斗致伤，给石城一中带来许多无中生有的麻烦，也给学校的形象造成了一定程度上的不好的影响。校方借故孔智还在养伤，其班主任的职务由另一个老师担任。既然是在养伤，这又是为了保护学生而负的伤，就应该是工伤性质，校领导就应该前来抚慰。可始终没有一个人前来看望，哪怕是一个年级主任。孔智所带的学生，倒是表现出极大的热忱，每天都有三五成群的男女学生前来看望。

正值高三阶段，孔智撬着胳膊坚持每天到教室上课。孔智是高三的把关教师，校方见他如此敬业爱岗，和学生捆绑在了一辆冲刺高考的战车上，也没再做别的调整。石城一中的教学秩序恢复到井然有序的状态。

二十七

事情来得特别顺利，煤场老郭第二天就对成成说："我掐点了一下，这个月没啥指标了，你如果这两天想进煤也行，我从丰盛昌公司的指标里调出两车来，不过这事得跟他们管调度的人说说。"

"人家能买你的账？"

"他们常常用我，巴不得我有点什么事求他们。你回去准备煤车吧，这事我来办。"

成成来到交警队，寻见那个本家亲戚，想让他协调一辆拉煤大车。

那个亲戚问他：“早就想帮帮你家，可惜你这个不争气的小子，整天打打杀杀的，净是惹事。这下好了，走正路了，能给家里谋点事了。你让我寻车，你有煤源吗？”

“还没有，先找车吧。”

“这次的煤源我给你找，以后我就不管了。看你爹娘的面子，给你先开个好头，以后的事情就看你了。”

成成屁颠屁颠地跑回家，让娘给炒了两个菜，暖了两壶酒，喝了起来。

两车上站，煤第二天就进了火车站的煤场里，结账也十分顺利。

成成打死也不敢相信，自己这么一转悠，一倒腾，两千元就到手了。为了表现自己的能耐，他用这靠自己赚取到的第一桶金，先给爹娘买回两袋面、十斤猪肉。还花钱雇了一辆长厢工具车，亲自把老郭一家从村里接到自己家的平房。又是生火暖房，又是挪床搬箱，成成一身灰尘满面污汗，干得十分卖力，也顾不上自己隐隐作痛的伤口了。

老郭又给成成张罗了几车指标，这钱像一团发亮泛红的金火，烧得成成有点心疼。入一行，知一行。成成天生有赚钱的脑子，他通过各种关系，贷出一笔款，购置了一辆拉煤大车，又在车站托人批出了固定的指标，顺风顺水地赚了一大笔钱。接着，又购置了两辆大车，聘用了三个可靠而又灵敏的司机。就这，大车还是不够用，还要常常外租。

那时，煤窑黑口子到处开，煤矿监管人员顾了这头顾不了那头，黑口子投资小利润大，好多公职人员也把自己平时存下的钱纷纷投进黑口子，以求更大的利润。各个煤窑都有专门的侦察人员，发现煤管站的执法人员要来，一个电话就打到窑主那里，半小时之内，黑口子就被自己填埋了。等执法人员走后再挖开进人。有的白天在进煤窑的沟口路段堵一堆小山似的土石，执法人员的车无法通过，晚上再推开路进人出炭。执法人员里也有睁一只眼闭一只眼的，自己暗中再问窑主索要好处费，有的干脆自己暗中入了某个煤窑的股份，参加分钱。

这是一个到处都布满煤炭的地域，一道沟里成百个煤窑口子，一个老农民带上自己一家人进窑挖煤,几个月赚几十万,绝不是神话。大小车辆满山满沟乱跑,煤炭价格一路飙升,一吨炭从开始的几十元到几百元,再到千元左右。成成的炭源根本不是问题。司机哪儿路近跑哪儿,多拉快跑猛挣。有时窑主都给司机小费,让多拉他的煤。

成成对交警队那个本家亲戚说:“这三辆车我经营着,但有一辆车赚的钱归你,关键时刻你说说话就行。”

司机以效益结算工资,多拉多挣,以票据为证。三辆大车在煤矿和车站之间日夜疯跑,司机喜颜悦色地每天往自己的口袋里大把大把地装钱。成成有时在路上跟着跑,有时在煤矿请吃请喝,有时又在车站货运处送小费,忙得不亦乐乎。对辛苦劳累的三个司机,成成采用当天兑现工资的方式,直接制造乐到心头的刺激。

赚钱,是个让心开花的活儿。各种赚钱的法子随时都能被成成调度出来。有一次,成成坐在一辆临时雇用的大车副驾室里押车,路经一处垃圾堆时,成成让司机停下车。他下车把垃圾堆里几块报废的石膏板扔上盖着篷布的汽车顶,然后用石膏块在汽车两侧写了一排字:石膏环保,家家享用。路经煤炭运销营业站检测站时,成成告诉司机,不进煤检站口过泵,直接从大路通过,速度不要减。结果,在煤检站几位检测人员的视线前,大车顺利通过。成成心里窃喜,不由掏出两支烟,点着,递给司机一支,自己吸了一支,口上说:“咱们这是拉石膏板环保材料的车,煤检营业站不管这。记着凡给我拉煤,都可以这样过,自己心里不要唐唐突突的,即使挡住被问也要表现出理直气壮。出了问题归我。”

那时,也有在营业站前专门干这放黑车的人,专挣这黑钱。他通过私下关系打通营业站所有人,自己坐着头车把四五辆拉煤车送过站口。送车的人按车辆按吨位收到钱以后再安排平衡事情,自己从中捞取高额利润。过站的车辆、送站过关的人、营业站相关人,三家得利,亏的是公家。有时怕上峰在监控录像上看到舞弊镜头,就制造一起人为停电事故。成成做过这种事,各个营业站的人也很多熟悉,心里也不底虚,不过,这次成成是别出心裁,玩了新花样,竟然蒙过去了。但这也是一种冒险,一旦被发现,让时刻准备在站口的执法小车追上拦住,那种处罚是很可怕的。特别是最近有几个营业站的舞弊行为被县上发现以后,整锅给端掉了。新来的一批人,执法很认真。逮住以后重处狠罚。要等到这一批人再被整锅端掉,还得相当长一段时间。

成成另一个正当的赚钱手段是,空车到煤矿的时候,有时能联系到要卖坑木到矿上的人,顺便拉上,赚的是运费,来回不空。不过这活是在指标完成得差不多、跑车次数相对少点的时段才做的。急拉快跑的时候,顾不上这些。

其间,大马司也多次与成成通电话,但成成就是避而不见,或借口推辞,或诓编谎话,反正不去。成成一心一意做自己的发财梦。这不能不惹起大马司的恼怒。他知道成成是有意躲避,通过眼线打听,才知道成成养着拉煤大车,不甘受他的指使,一头独大地另立门面了。石城一中校门外打架风波的不了了之,无形中他大马司成为一个败家,连自己以前的贴身打手也不记仇不报复不靠拢,他大马司像是一颗深秋柿树上叶落风吹的干红果子,凄楚而孤苦。这点,大马司受不了。而且各大酒店的"保安"也有很多不听使唤的,"贡献"他的份额也越来越少。他感到,自己的霸主地位,无形中在被削弱。他得想一个挽回局面的办法。

二十八

小撇子被一种激情点燃了。他差不多每个礼拜都要到回头峰学校一趟,还不算平时多次与解小云校长的电话联系。

这天,小撇子刚走到回头峰村边那座鹞只山下,小车就被一个人挡住了。向他迎面走来的人,一跛一跌的,满脸挂着笑意,大张的嘴,口水直流。身上穿的一件大衣,把小腿也盖住了一半。

"俺能认得哥哥的车,俺能认得哥哥的车,俺的亲哥哥……"

小撇子走下车,对着来人说:"你亲哥哥是大马司,他现在发财了,他有钱,老问我要钱不行。"

“大马司是王八蛋，王八蛋是大马司，你才是俺的亲哥哥。”

这人是大马司的三弟，名叫马得水，从小患病，脑痴呆，村里村外，到处流浪，饥一顿饱一顿的。马得水，是个官名，名字起得又有禄又有福的，枉费了爹娘一番心意。人们只知道他叫马宝，是回头峰村的一宝，带着贬义。从小，小撇子和大马司就很照顾他，有这两个哥哥，村里人谁也不敢欺负。他俩进城以后，马宝就无依无靠了。大马司发展壮大以后，再不想理会这个讨厌又无用的弟弟了。小撇子每次见到他，都要给点钱。

小撇子从身上掏出所有的零票，递给马宝，觉得还不足意，就回到车上又向司机拿了一些，塞到马宝脏黑的衣兜里。马宝拿了钱，又一跛一跌地走远了。

回到座位上，小撇子突然对司机说：“快过年了，每年给村里买面买肉的钱，还没办哩。你回头到财务科告告，这几天就办吧。另外，那几户特殊困难人家，咱都亲自跑跑，你记得提醒我，不管大小，每人都得叫穿上一件新衣服。”

司机一边应承，一边发动了车，向回头峰学校驶去。

解小云安排好工作，就回到办公室。

解小云见到小撇子，第一句话就说：“这年终奖的事，我正想和你碰碰头哩。咱开始的口子放得太大了。要按规定兑现，钱的数额就太大了。”

小撇子认真听校长讲起这方面的事来。

原来，有的教师像特意要与解小云和小撇子较劲似的，在县局组织的能手赛讲活动中，拼劲十足，全县十大小学教学能手，回头峰学校就冲进两个，另外还有几位教师也在“优质课”评选中入围。荣誉证的本本盖着县局的大印，工工整整地放在解小云办公室的桌上。小学高段与低段的老师在班里发动学生进行小发明、小创造活动，也有数位学生在县里领回获奖证书。有老师问校长：这能不能归入奖金范围？校长的解答是：待研究后再定。

解小云的脸上，愁云密布，话音不高不低地说：“按规定，就这一沓本本就要奖出几万块钱。要不，咱把标准降低一点吧，照这样下去，要是期末考试有的班再在全县冒出几个前六名，数额就更大了。看样子，这是极有可能的事。”

小撇子说：“气可鼓而不可泄，再说，嫁出去的女泼出去的水，收是收不回来了。你在老师会上说的事，又写在学校制定的方案中，你要变动就是咱不守信用了。钱的事，你不用担心了，该是多少就是多少。到时候，你把着本本定性，只要符合规定的一律奖金兑现。老师们弄个本本也不容易哩，都是心血和汗水，真要在咱学校出个全国优秀教师，我还要大奖特奖哩。你再给老师们开会时，就把这话撂明，让他们大张旗鼓地弄模范本本，出学生成绩。咱的话，说了就算数。我真把钱花光了，还能去借，凭我的社会关系张罗几万块钱应该不是什么问题。现在可不比前些年了，前些年我急用钱时连亲戚都借不出来。钱是什么东西？关键时刻一块钱能救命，没用的时候钱和土疙瘩差不多，咱的钱就要花在刀刃上。真要各科各年级都考成全县第一，每个老师都是全县赛讲能手，你这个校长的名声就大了，恐怕全村人都得喊你万岁哩。我给咱当幕后英雄。”

解小云又说：“企业尊师重教，尽一些社会责任，帮助教育做点事，谁也能理解，可像你这样又修学校又买后勤设备又对教师奖励的，全县也是独一无二的，真要搞得学校的教师也比你矿上的工人也拿得钱多，你那边也不好交代吧？好像是本末倒置了。”

小撇子说：“你学校真要将来有从清华、北大走出来的学生，真要出一批硕士、博士、博士后，真要能培养出几个钱学森、华罗庚来，真要能培养出几个县长、省长来，我就是把整个公司的资产全卖掉来资助也值得。趁现在还有几个钱，多为咱后代出点力，心里也是舒服的。你定出的规定我已经通过公司管理层和职代会了，没有说的，你就按计划实施吧。”

临走，解小云对小撇子说：“你可不敢做得塌了底，煤矿的钱也是四疙瘩石头夹一疙瘩肉来的，票票可是个硬东西。”

小撇子扔下一句“你把你的事情办好吧”，就走出了校长办公室。

二十九

森森的家院，在一个算是城郊的位置，石城人常把这一片居住地叫南门外，与石城北面的小码头正好形成对角。顺着同浦铁路进县城向南跨一个小沟桥就到了。父亲曾是县二轻系统饮食服务公司的书记，年轻时父亲是部队南下的干部，后来转业到铁路部门工作，调回石城后县上给安排了一个工资级别挺高却没有多少事可干的闲职。每天把单位订的书报看过之后，就到街上或属下的一些部门遛遛，平时一般不对属下的对与错发表太多的意见，他知道，他不是具体管事的人。就是单位开会也是讲一些政策性的话语，不涉及人和事。

森森上初中时，父亲把母亲和兄弟们从村里接到了县城。先是在交通便利商贸繁荣的小码头租住，后来发现这里的环境对孩子成长不利，就选择了离小码头最远的南门外，得了一块院子的地基。院子里的窑洞和房屋修好后，全家很快就搬了过来。父亲对森森他们采取内严外松的教育方式。家教很严，从小背古诗诵经典，作业完成要求一丝不苟。但他知道儿童淘玩的天性，孩子们在外交朋友的权力毫不剥夺。心的纯正与身的自由，基础的教育与天性的活跃，贤淑与个性，都应是兼而有之的需要。上进却非升官唯一，护家而非求财必举，自主但弃懒惰为要。平淡的外表，内心的强大，凡言须以书理求正，凡行须莫逆伦常纲要。家庭每月有定期的会议，尊长爱幼的氛围一直保持着。严格中也有适当的自由，每个人都可以发表自己或对或错的言论，然后再让大家一起讨论。

森森是家里的第一个孩子，父亲从小培养他良好的读书习惯，遇事考量其内在的理喻能力。力求在纷繁复杂的事态里形成自己独特的拔冗通径的思路。森森成人之后，身材随了父亲，高挑细瘦，其爆发力和敏锐性却随了母亲，虽然创新求异的能力不高，但野性冲撞的习性却时有体现。外人一眼看上去，文静高瘦，文质彬彬，常常腋下夹着一本书，得空就看。而小码头的人都知道，他是一个出手快、身脚活的打斗高手，内里隐藏着一种不容侵凌、爱憎分明的倔强秉性。

成家以后，两个弟弟和弟媳都从大院里搬到离自己上班距离不远的县城中心区居住了，院子里只有大儿子森森一家还住着。

一早起来，父亲用电话把两个弟弟和弟媳叫回大院里。森森昨晚读书差不多熬了个通夜，趁着礼拜天不上班，就贪在床上的被窝里迟迟没有起来。媳妇杜巧云叫了几次也没叫醒，最后还是父亲一声训斥才把他喝醒。他连衣服也没来得及换，穿着睡衣和拖鞋就来到正面的中间窑洞里。一看弟弟、弟媳、父亲、母亲一大家人都齐楚楚地端坐在各个角落，才梦醒了一半，但这时退出去已不可能了。这个家庭会议，父亲原本有别的一些事情需要叙述通报，结果森森的表现让父亲的情绪一直扭不过来，这样，整个家庭会议成了以森森一个人为中心的批评教育会。

父亲是个当过干部的人，曾是领导过几十个人的大领导，他很艺术又委婉地数说了森森近期的种种劣迹，语气听上去不温不火的，效果却是辛辣而严厉的。作为家中的长子，又有弟媳和老婆在场，森森内心憋屈着，表面上却不敢有一点悖逆反抗的意味，只能坐在一只低矮的小板凳上装聋作哑，让父亲多日不曾发挥的讲话艺术尽情地展现，眼睛却似睡非睡地小眯着。

父亲见森森逆来顺受中又有点玩忽不规，便有意让他说两句，以便更好地抓住把柄加以发挥，从而达到警示全家的目的。

谁也没想到，森森的话一出口，就把一家人给逗乐了。

森森说："昨晚我看的那书上说，二十世纪五六十年代的人结婚是：皮鞋洋袜子，手表金壳子，送礼挂镜子，过事借车子。正是咱爸咱妈这一代人。我就想，爸穿的皮鞋，是部队发的那双没有光亮的，妈戴着那条手表，是临时借的，那时咱家光景不行啊。可爸妈同甘共苦，一辈子都无悔无怨。二十世纪七八十年代结婚是：戴表要戴罗马的，骑车要骑飞鸽的，新房家具要六十四条腿的。好姑娘选择对象的标准是：一军二干三工人，至死不嫁老农民。这差不多就是我们这代人了，咱家的情况在爸爸妈妈的辛苦努力下，罗马表、飞鸽车、六十四条腿全配着。一军二干虽差点，工人职员不误点。我是说，咱家随着社会的进步，条件已经有了较大的改观。父母不容易啊！作为家中的长子，我代表兄弟姐妹向辛苦养育我们的二位父母表示感谢。同时咱家这多年来坚持定期召开家庭会议的好习惯，一定要延续下去。今天爸爸对我的问题做了不点名的批评教育，我诚恳接受。希望弟弟、弟媳及其他人引以为戒。

森森一边看着父亲的表情，一边斟酌着说话的内容，掌握着话语的频率和火候，随时有把话头打上句号的准备。

父亲见森森一开口就说了这么多,又是恼恨又是无奈,说得也不无道理,在维护了家长的绝对权威的同时,又承认了自己的错误,还不至于太失脸面。他只做了一个简单的结束语,便散会了。他对着走出门外的森森发了一句感慨:这小子,学会溜贫嘴了。

会后,森森悄悄溜出了院门。

也是心有烦闷,也是久有所思,森森一个人提了一瓶白酒走进了天长顺酒店。

一个长得有几分姿色的服务员迎住森森,向他发出微笑。森森朝着服务员胡乱挥了一把手,脑袋不屑地扭了一下。服务员没有理解了他这是什么意思,便逼近一步,问他:"您几个人?"

森森懒洋洋地回答:"十个人。"

"那上二楼包间吧。"

点好十几个菜,服务员问:"现在上不上菜?"

"先上一半,待会儿我让你上你再上。"

森森一个人就着先上来的菜,喝起酒来。

服务员多嘴一句:"先生,你的朋友还没来?"

森森没有回答服务员的问话,自己一个人喝自己的酒。

突然,森森把要走出包间的服务员叫住,问:"你们的马董在不在,马董就是大马司,请你去叫叫他。"

服务员说:"我可不敢,这是我们酒店的一号人物,我们平时连话都不敢和他多说。那个大保安张天宝,我倒是能给你叫一叫。"

森森说:"不要,这个张天宝我不要。你去大马司的办公室走一趟,就说有个叫森森的朋友叫他来喝酒,他肯定来。另外,把你们的史经理也叫一叫。"

不一会儿,大马司来到包间。一进屋,见森森一个人坐在那儿喝闷酒,就坐在圆桌的对面。森森把瓶子里的酒倒了一杯放在玻璃转盘上,转到大马司面前。这杯子是能盛一两半酒的透明玻璃杯子。

两人端起来,碰了一下,各自喝进嘴里。

大马司站起身走到森森面前,拿起瓶子往空杯里倒酒,顺便问:"怎么,这两天有不痛快的事？”

“确实很不痛快，这不是，来你这儿借酒浇愁来了。你这大忙人，今天也肯和我喝一顿酒？”

“什么大忙人，服务员说你来了，我还敢不来？咱们有几年没在一起喝酒了吧？”

“你们这几个，如今都是腰缠万贯了，哪里还能想起我这个当年的穷朋友？不过，咱可说清楚，我今天就带了一瓶酒，还是从老头子那橱柜里偷来的。”

两人正说着，史经理推门进来了。见大马司也在，就先打个招呼，再转向森森这边。“你就是咱小码头的城乡路吧？”

森森并不理会史经理，对着大马司说：“听见了吧，我连名字都没有人能记起来，多亏还有一个十大路之一的城乡路在这儿撑着，多多少少对人还有点印象。不管好印象还是坏印象，反正是一个印象。当然，天长顺这大酒店的经理能这么一唤，我也算够幸运的了。”

大马司对史经理说：“这大名鼎鼎的森森先生，你也不认得？”

史经理有点局促地说：“好像吃过一次饭。”

森森马上纠正：“咱们一起吃过三顿饭。第一次是在川味，你们处理农村老汉被偷一事时，我在场。第二次是在太原，我出差时你和县二轻局局长也在太原，无意中碰在一起了。第三次是在小码头的一个小吃铺里，那一次你把刚学炒菜的小厨师训了一顿。”

史经理马上反应过来，嘴上说：“真是好记性，我差点都忘了，来，赔罪赔罪。”说着就拿起酒瓶往自己面前的一个杯子里倒酒。再往森森杯子里倒酒时，只倒了一半，没酒了。

森森的双手往大马司面前一摊，言外之意，你看怎么办？

大马司带着训斥的口气对史经理说：“快拿酒去！”

史经理把服务员叫回包间，让拿酒。服务员看了看酒瓶，说：“咱酒店没有这种杜康。”

史经理说：“比杜康好的酒总有吧？”

大马司截住要走出包间的服务员,问:“你要拿什么酒?”

服务员回答:“汾酒、五粮液、茅台都有。”

大马司用眼光征求森森的意见。森森低声说:“不喝。”

大家一时都愣在那儿。

森森掏出手机,拨通一个号码,放在耳边说话:“是小撇子吧,我正在天长顺酒店喝酒哩,你马上来一趟,今天我喝的是杜康,我不管你从哪里买,拿过来一件,这个破酒店没有这种酒,快一点,正干耗着呢。”

大马司一听这话,脸色发红,说:“他来,我就撤退吧。现在人家是社会上的红人人哩,我这地痞无赖还是不陪为好。我俩现在不是一条道上跑的车。”

森森随着话头说:“他他妈算什么红人人,借着形势好赚了点钱,办了点事,要说到咱三个小时湿屁股耍的那时候,你大马司还是老大哩。老大我可给你说清楚,现在咱是在你的地盘,他来不来还在两可,今天我城乡路就要给他出个难题,他要来,肯定也有屈身求全的意味,不过也说明他还是有点大家风度的,他要还认咱是弟兄们,就没有不来的道理。他要是不来,正好,不要说你老大大马司,我这关他先过不去,你玩你的社会红人人,我玩我的平民小职员,咱以后和他一刀两断,让他一个人做他那什么狗屁企业家的梦去。他要真来了,你要走掉,不要怪我看不起你这个老大。要走,你现在就走,你这是不折不扣的小家子气,我同样会把你看得不如大街上顺便走过去的一只狗、一只猫。话说到这儿,你看着办。”

大马司走也不是,在也不是,犹豫了半天,还是决定留下来,嘴上也不好再说什么。三个人坐下来继续喝酒。史经理用别的酒,森森喝桌上剩下的杜康,大马司用啤酒支应着。

半个小时以后,小撇子才来了。见大马司也在场,神情有些犹豫。身后跟着的司机,端拿着一箱杜康酒进来,破箱,开瓶。小撇子被森森一把推坐下来。

森森看了看手表,开始发话:“半小时,你小撇子对我的情分是半小时,你小撇子再一次叫我喝酒,我知道什么时间到场了。不要在我面前玩什么迟到也是风度,狗屁。森森我一辈子就是一个小职员,估计以后也好不到哪里去,我也没什么奢求了。我这辈子说白了就是有你们两个好朋友,也是从小死贴活贴的难兄难弟，你俩进去的那几年，我一个人郁闷着，三天两头一个人就喝醉了。星期天，逢年过节，到你们家帮助大人们做些力所能及的活儿，也算对自己的一种安慰。每年过大年，我是三家的儿子，年三十晚上在我家，初一早饭吃在大马司家，初一午饭吃在小撇子家，有我在，各家大人的心情还能好些，我勤快地为大人们做事，我又佯装快乐地陪大人们吃饭，我是什么人啊？我这时的角色就是你们两家的儿子，我就是大马司，我就是小撇子。别的事我不敢吹嘴，你俩不在的日子，我至少没有让两家老人缺吃少穿过，这些你们应该是清楚的。你俩在里边吃屈受制，我在外面好活吗？现在好了，你俩都是腰缠万贯的人了，我还是一个小职员，过着还是那咸不咸淡不淡的生活，但我心里不服啊。我城乡路哪一点比你们差？命啊，命该如此。好在，你俩还没把我当外人，没有小看我，还念着小时那一份情，这也就够了，我森森也能在别人面前神侃几句，别人也不会小看我。有我这两位兄弟给我撑腰，我也算活得逍遥自在了。本来，我今天是想请两位弟兄喝一顿酒，可我想，这不是给你俩难看吗？小撇子的酒，大马司的菜，再吃十顿八顿，也敢，谁让你俩有我这个弟兄呢？郁闷也好，高兴也好，今天史经理作证，咱三个碰一个忘年交酒，谁要不喝，可以，撤出来，再不相认。我今天就要这二杆子脾气了。”

说着，森森站起来，端起酒杯。

三个人碰过杯之后，都一饮而尽了。

接下来，森森摇东晃西地又要分别敬酒，被众人挡住了。小撇子与大马司只得相互敬起酒来。跟着，史经理也加入其中。

森森坐在靠椅上小眯了一会儿，等他醒来时，桌前多了三个美女，正与三个男人喝得欢天喜地。他自言自语地说了一句“我他妈成了孤家寡人了”，就悄悄地站起来，离开酒桌，要往外走，但被举着酒杯的大马司喊住了。

“城乡路，你不能走！几位美女还没敬你呢。”

森森重新走回酒桌，把桌上的酒瓶、每个人手中的酒杯，全都抢夺收拾到自己的面前。问：“今天这饭局，是谁请的？”

大马司回应：“你刚才说清楚了，是你请客，我买单，小撇子提供酒。”

森森说：“既然是我请客，我怎么不知道我请的客人还有这三位？对不起啊，三位美女，今天是我们三个发小的小聚，史经理是我特邀的陪酒人，请自便吧。”

三个美女都僵在那儿。

森森对着站在大马司身边的美女说：“你叫丽丽，是吧？你会写文章？”

丽丽回答：“不会。”

森森又对站在史经理旁边站着的美女说：“你可能就是大名鼎鼎的小最最吧？你一定是个会计师什么的吧？”

小最最回答：“我天生对数字不太敏感。”

接着，森森又对小撇子身边的姑娘说：“你是不是既会写文章又会当会计？”

小撇子对森森这一问话很反感，马上反击森森：“你这人怎么这样善于搅局呢？和县长、局长吃饭，也没有你这么多麻烦。好不容易大家能聚在一起喝顿酒，就你能耐？”

森森对着小撇子喊：“你再说一句？”

小撇子的长胡须向上飞扬着：“你就是搅茅棍，搅茅棍！”

森森一把抓住小撇子的胸衣，另一只手挽成拳头，快速地冲到小撇子的脸上。

小撇子返身掐住森森的脖颈，拳脚相加地扑倒森森。森森从下面搅住小撇子的双腿，把对方横空放倒。两人厮打成一团。

空出身手的间隙，森森指着小撇子身边那位姑娘，喊道：“上次没有告清楚你，现在告诉你，三天之内从县城消失掉。”

见两个男人拼着命打斗，三个美女都撤出去了。

大马司费了半天劲，才把森森和小撇子分开，但两人的对骂声却一时阻止不住。

森森似乎并不买大马司的账，回头指着他说：“你们迟早要毁到这些女人手里。有本事都你妈的去离婚，破鞋满地都有，不被毒蛇缠死你们，你们就不知姓甚？”

大马司一直忍着不想发出的火气，被森森调动起来，他撸起袖口瞪大眼睛，正要与森森较个高低，被一旁的史经理挡住了。史经理低声对大马司说："有手不打上门客，他心里有火，发一发就痛快了。"

森森继续自己漫无边际的叫骂。

谁也再没有接他的话茬，任森森一个人尽情发挥。

史经理让服务员收拾干净一片狼藉的桌面，端了一壶浓茶来消酒。

几个人从酒店包间走出来时，已是下午三点多。大马司要扶森森回房间休息，不从。森森把史经理手中的水杯抢过来，往自己污脏的裤子上泼了一片茶水，用手胡乱擦了几下，没想到越擦越脏，踉踉跄跄地走出酒店。小撇子要扶森森进小车，不从。森森把只留有两个扣子的上衣一把撕烂，扔在酒店门口，只穿着里面的白色背心，摇晃着往前走。三人来到县城十字路口。

森森执意走到路口的中心位置，甩脱小撇子和大马司的搀扶，一把抢过指挥警察的帽子，戴在自己头上，对来往车辆指挥起来。警察对小撇子和大马司都很熟悉，一时竟不知所措。

森森胡乱指挥着过往车辆，做着一些似是而非的动作，四面的车辆并没有按他的手势走停，而是按红绿灯的规定行走。森森对不听指挥的车辆开骂，语无伦次，满嘴吐沫，身不由己地左摇右晃。不少过往司机都打开车窗，看着森森的形象发笑。

小撇子和大马司把森森抱着扛着拖着，离开指挥岗，在酒店门前，强行把他摁进了小车的后座上，头下垫了枕头，躺下，一分钟不到，睡着了。

三十

大马司带着天长顺的保安张天宝和史经理来到远在四十里以外的松柏沟村，找到给他打电话的本家堂兄马思坡。随后他们来到村后一条沟旁的荒山前。

马思坡掀开一篷一篷的荆丛乱草，一个煤窑口子呈现在眼前。马思坡说，这是他和两个儿子用了一个冬天的功夫挖出的煤炭口子，明四尺，煤质挺好，买家不愁，肩挑背驮地运到沟外，已卖出去好几车，都是现板买卖，一手交钱一手拉炭。可咱这是黑口子,乡煤管站已经有口头警告,不许再出炭了。要是县煤管局再插手就不好办了。我想到你在县上有人脉,你说怎么办?

大马司想了想,说:“两种办法:一种是给你三万块钱,一次性卖给我,由我单独经营,赔赚都是我的;再一种办法是两家合营,你出你的炭,外围的事我来做,煤炭的一切投资都是你,但要有一定的产量,我等于入个干股,只管分钱。”

马思坡说:“那不行,要有大产量得有大投资,得雇用工人,加固坑口与增加顶柱,挖煤工具和运煤工具都得买,还要平出煤场,我掏不出那么多钱。一次性三万买断,我就更亏了,明明看着是一块元宝,怎能随便就扔了,看着是一车一车的黑疙瘩,都是一沓一沓的钱啊。”

大马司双手一摊:“那咋办?”

马思坡挠着脑袋来回转圈子。张天宝和史经理从旁边打劝:“这就是山沟沟里的一个黑洞洞,就是被你发现了一下,给你三万块还不是天大的好事?你种十年地也不见得能有三万。再说,这块地有炭,隔几米几十米就没炭?我们从另一处开个口子,一分钱也不要出,照样能挖出炭来,真要是一条线的炭,我们要挖得快一点还不把你的去路吃掉了?”

这话把马思坡说得原地跳起来,他带着哭腔对大马司说:“你哥我一辈子就是个吃屎的命,老婆孩子都骂我没出息哩。叫你来,就是让你这个能人想法子哩,我要哪一天真要被煤炭压死在煤窑里,怕连你个面都见不上哩。”

大马司看着堂兄这样狼狈,心里也有点过意不去,说:“你看这样行不行,煤窑由我经营,你一分钱也不要出,也算是合伙干,每年净给你三万块,你既不用花钱出力,又不用担惊受怕。你只管种好你的地,每年年终我把三万块亲自送到你的炕头,足够你给儿子娶个媳妇盖个房什么的,连平时的日子也能活得滋滋润润的。这开黑煤窑的事,你又不是不知道,伤人死人的事免不了,有许多麻烦,你要是没有背景就是寸步难行了。我赚两个钱也实在不容易,话就说到这里,看在你是我兄弟这分上,一次性给你三万变成每年给你三万,这已经够意思了。我把话撂到这里,你只要摇摇头,我立马转身走人,要是你同意,我明天就上手筹钱开这座煤窑。”

马思坡皱了皱眉，说："就这样吧，反正我是再没法干了，就看老弟你了。

大马司他们与马思坡来到乡街的一个小饭店喝酒，共同祝贺双方合作成功。正好遇上松柏沟村的村委主任也在这里请乡里的一位副乡长吃饭。

小饭店空间不大，虽是隔了桌子，但话来话往中，村委主任听出是自己的村民马思坡要把煤窑转租的消息，立马来了火气。仗着喝了二两酒的豪气，又有乡领导在场的底气，转过身来就冲着马思坡训话，而且话头上也表现出不依不饶："这是村里的地盘，怎么能不明不白地就让别人来折腾呢？不行，不行，我这关就过不了。"

张天宝和史经理正要发作，大马司一只手按住了他俩。村主任见自己的气势压住了对方，威风继续往下抖："只听过卖国贼，没听过卖地贼，村里的宝地煤窑，村里还要开发哩，哪里能轮到野溜神来这里胡搞乱弄。"

大马司声音不高不低地说："这位神神，说完了没有？"

村主任还想说什么，被坐在一旁的副乡长挡住了。村主任用手指着大马司，嘴里的肉菜蠕动了几下，最终还是没有发出声来。

大马司加重语气说："我现在明确告诉你，这煤窑就是在你家院子里，我一样照开不误，明天就上马，你信不信？"

村主任用手抹了一把额头冒出的汗，正要发作，被副乡长劝住了。他把村主任拉到饭店外面，悄悄说："你不想死就不要再吭气，你遇上硬货了，你知不知道？这是个在县城里都平走横耍的人，他手上就有几条人命官司哩，不要说你这小豆芽菜，就是老虎肉你看他敢不敢吃？"

老半天，副乡长一个人走回饭店，对着大马司说："不要见怪，他喝多了，都是自己人，一时话赶话，没什么大碍，该怎么做，你按你的来。"临走，副乡长在大马司肩上拍了拍，以示安慰和友好。

副乡长和村主任一顿饭没吃完，就无影无踪了。

大马司对史经理说："这人看上去有点面熟，好像认识咱们。"

史经理回话："在天长顺喝过几回酒，与土地局王局长私交不错，是个副乡长，具体名字我也记不清了。"

大马司说："改天请他吃顿饭，在这个地盘上做事，没有他们不行。"

三十一

大马司请了个阴阳先生来拆字，并给自己将要新开的煤窑起个名字。阴阳先生说："司者，主持经营操作者也。马乃牲畜之灵性动物，虽性烈心野，但多为驱使之物。你生就一身霸主性体，若驾驭得当，所属当众心归一，百事顺情。古有'大司马'一职，属一品大员，也可称一人之下万人之上。一字之差，词解可不偏左右。你是马姓，前又有'大'字加辅，当时无意叫出这个名字，或许就是能成大事的一个信号。"

大马司心有旁骛，追问道："若驾驭不当或马有失控呢？"

阴阳先生说："真要如此，也定有险情暗藏，此为另话。"

大马司再问："这煤窑前景如何？"

阴阳先生说："山有乌金，源源不断，但也须费些周折。前景肯定看好。"

大马司接话："起个什么名字为好？"

对方答道："马姓联手，马到成功，当有一个'马'字。马聚则财涌，骤为一。马走八方，八方顺达，再取一字'八'。叫八骤如何？八简骤繁，由少到多，渐次发展，不断壮大。此外，还有八骏奔腾的意思。"

大马司说："就叫八骤吧。"

接着，大马司又叫来天长顺酒店的史经理，商量开煤窑的事。

大马司说："你也看见了，山底下多年积藏的煤炭都是一摞一摞的人民币，我不能独食，现在你从酒店提出十万，我筹十万，咱二十万起家，作为原始股份，见利二一添作五，平分。你我都不可能蹲在山里头死守，咱派一个人专干这事，就是聘一个矿长，你认为谁合适？"

史经理满脸兴奋。先前，他就听人说开煤窑是个来钱很快的行业，比起他这饭店旅店之类的商业收入，根本不是一个概念。这种毛毛分分的进账，都是从客人咸淡拨弹薄厚怪怨中抠出来的，哪里能与那些不会说话的含金量很高的黑石头打交道来钱快！他早有此心，却一直没有机会。现在，大马司主动提出来要与自己合作开煤窑，不要说二一添作五，就是收入的三分之一、五分之一归自己，那也是一笔十分可观的数字。史经理只顾陶醉在被信任、被看重的情绪里，好像大马司已经正拿着一摞一摞的百元人民币往他面前堆似的。谁当矿长，他压根没想过。

大马司说："我想了一个人，你看行不行？赵二狗。他虽然因交通肇事罪被处理过，但这人胆大心细，是一个很适合开创局面的人，等到正式运营开始，实在不行咱再换人。眼下，肯定会有不少麻烦事。有些事我直接去办也不好，你说呢？"

史经理马上回应："行行行，这人你对他也不薄，他肯定会一心一意尽全力的。"

大马司说："咱废话不要多说了，现在你去招集煤管局、安监局、公安局的相关局长，咱中午吃顿饭。吃饭时，谁也不许谈开煤窑的事，就是个感情铺垫，以后的事就会好办多了，这叫明修栈道，暗度陈仓。然后我叫来赵二狗安排一下，尽快早日动工，这钱的事早一天赚比迟一天赚要好。"

史经理屁颠屁颠地跑了出去。

三十二

赵二狗带着一台推土机、一台装载机、两辆大货车来到被叫作"八骤煤矿"的地方，进行前期的拓场开路。

刚一进沟，就遇到了麻烦。迎面挡了小山似的土堆石头，明显是刚被人为设置的障碍。赵二狗接通大马司的手机，说明情况，并征求意见。

赵二狗按大马司的指令，推土机开路，把面前的障碍逐一铲平，其他机具紧跟其后。前面拐角处，有几个人正挥着锹、镢、钢钎，又是堵路又是撬石又是放水，而且当头一个冲着赵二狗骂骂咧咧的。

赵二狗再一次掏出手机请示。大马司告诉赵二狗："这些都是松柏沟村的刁民，这煤窑口子像他们家的祖坟似的，肯定是那个村主任指使的，对付这些人还要我告你办法吗？你现在屈服了他们，日后还要遭大罪哩。"

赵二狗从车里提出一把土制长枪，朝那几个人径直走去。一边走一边喊：

"有种的不要走,我看看哪个活腻了。"

那几个人见这边来了硬的,便纷纷后撤,一边撤一边叫骂:"强龙不压地头蛇,你就是开了矿,老子们也不让你顺利,不把茅粪泼到你狗日的头上绝不罢休。"

机具来到煤窑口子前已近中午时分,赵二狗下令:"立马开工,任何人不能耽误工期,争取天黑之前初见规模。"

大马司派了另一辆小车过来,车上装了几箱白酒和牛肉罐头。机具不歇,工人轮流着吃喝。工地上烟尘滚滚,各种车辆交错。

天黑时分已初见规模,一块平整的场地,出现在窄谷小沟中。

连夜又从县城调来简易房的修建材料,另一批工人开始上手,平整基地,扎桩定点,搬挪墙体材料。

一个能住人能起灶的生活点很快成型。窑柱、三轮车、钢钎、秤台以及记工、领班、炊事、保安等,都陆陆续续配齐。

两三天以后,被招到的四川、河南、陕西几个外省来打工的煤矿工人有近二十个。

正式进窑那天,大马司买了猪羊头贡品,摆了酒菜祭了土地神,跪了天地,烧了香表纸,率先领着赵二狗矿长和几位贴身人员,走进了煤窑口子。八骡煤矿正式开张了。

当天晚上回到天长顺酒店,大马司接到一个陌生电话。

电话内容带有挑衅性质:"你开的这个煤窑口子,与我们已经有了的煤窑口子是一线炭,走不多久就会接通,影响我们的炭源,请识点时务,尽早停工停产,否则后果自负。"

大马司从来没有受过这种口气的教训,心里很不是滋味,听电话里的声音有点耳熟,不像是不知道他的人,就叫来史经理,让他给查查这来电单位是谁。

史经理很快就查出电话的来处,是县城川味酒店的座机,两人一下子就想到一个人,非非。非非是川味酒店的"保安",其表兄亮亮因偷窃被大马司恶惩重罚过一回之后,非非就一直与大马司软对抗着。近来非非的服务费也缴不上来了，有另立山头的迹象。而且让大马司没想到的是，这非非竟然早他一步开起了黑煤窑，与他说话的口气也肆无忌惮起来。

史经理告诉大马司说自己还有点事，要出去一下，随后就走了。

大马司按川味酒店的电话号码打过去，没人接。他又找来张天宝，让他亲自去一趟川味酒店，看看情况。

张天宝领旨而去。

到天黑，张天宝也没影，大马司这边着急上火的，是不是非非这个过河拆桥的叛徒在电话里威胁他？张天宝回来一旦认定，他就要有一个强硬措施来惩罚一下非非。可这不长屁眼的张天宝，连个音讯也没有。大马司打张天宝的手机，没人接。再打，还没人接。一连摁了十次，始终没人接。他又把电话拨到史经理办公室，也没人接。再拨，那边有个女声接起电话。大马司开口就问："是小最最吧，让史经理接电话。"那边回应："我不是小最最，是打扫办公室的服务员。听说这史经理外出办事去了。""那小最最不在？"那边半天没有回音。大马司加重了追问的口气。那边才回话："好像是刚才张天宝电话叫走了。""去哪儿了？""这个，我不知道。"

大马司心神不安地想：这张天宝狗日的，我打电话他不接，这史经理刚出门，他就知道了，消息这么灵通？趁史经理不在，叫上小最最上哪儿好活去了？看来这张天宝真像暗卧在他和史经理中间的一条大蟒蛇，要提防着点，不然，哪一天被咬伤了还不知是怎么回事。

丽丽在一旁插科打诨："你看见人家小最最不也是六神无主的，张天宝就不是人？"

大马司一时气急，骂道："说你妈的屁话，有本事你也去会会那驴高马大的张天宝。"

丽丽还口："你们这些臭男人，见了美女就动心了。要是没有你，看我能不能变成一辆公共汽车，买票就能上车。或者，先上车后买票，先打针后买药。张天宝这头笨熊，真要上车，得先掏钱买票，而且得买两张票，耗油！"

大马司顺口说："快滚一边去。"

大马司在地上急急慌慌地走了几圈，突然又对丽丽说："要不，你去一趟川味酒店吧。说不定,张天宝和小最最就在那里正鬼混着呢。”

丽丽说:“我不去,真要碰上,我还嫌恶心哩。”

正在大马司滚油浇心的时候,川味酒店的电话打过来了。大马司听见对方正是非非,马上问:“张天宝是不是在你那儿?”

非非说:“是啊,刚和我喝完酒,现在和小最最他们到房间搓麻将去了。”

大马司说:“不仅仅只是搓麻将吧?”

非非说:“那我就说不清楚了。”

大马司又问:“让我煤窑停工停产的那个电话,是你打的吧?”

非非接话:“凡事有个先来后到,我开煤窑在先,你在后,又是同一座山的同一煤层,我不能不给你大哥说一声吧?”

大马司突然问:“我开煤窑的事,也是张天宝告你的吧?”

非非回答:“是啊,要不我怎么能知道你也要开煤窑呢?”

大马司忽然冷静了许多:“好吧,你们都长本事了。”

三十三

回头峰煤矿地处一个大山洼,西边进山的公路是能并排对开两辆大卡车的水泥路,进入矿场的入口是泵房。沟深处是用煤箱铺轨出炭的坑口,坑口面前的大煤场是填沟造成的,煤场上高山似的煤堆发出乌黑金亮的光,装载机的吊臂前后左右地挥动,一辆一辆的大卡车,排着队退后走前。北山的山腰上修建着矿部,职工宿舍、职工食堂、职工俱乐部、充电房、洗漱室、安检处、会议室、大礼堂,一应俱全。

两山电杆上各安着两个大喇叭,喇叭里放着毛泽东时代的红色歌曲。房顶、山梁等到处插满彩旗,除过煤场整个矿区都用清水洒了地,地面上干净得连块废纸也找不到。

县人大常委会组成人员及部分人大代表,加上县政府办、煤管局、安监局以及乡里的领导共有四五十个人,来回头峰煤矿视察。打前仗的两辆小车提前到达,与矿上管接待的人接头碰面,移动音箱和话筒都安排妥当。随后,一辆警车开道，三辆小车和两辆中巴车跟进，依次停在划定的区域。车门打开，车里的人一一走出。

先看坑口。矿工进坑口，一条钢丝绳黑幽幽的，直通坑底，矿工身下绑了宽带，头上举着搭钩，顺势往游动的钢绳上一挂，一溜烟下去了，速度挺快的。上班一族，十几分钟就到工作面了。出煤的坑口，从下面延伸上来两套铁轨，煤箱被钢丝绳源源不断地拉上来，被运到能自动翻倒的煤场顶。一盘巨大的转轮，轰隆隆地旋转着，把钢丝绳严丝合缝地盘缠着。另一套铁轨，同时把空煤箱不断地送进坑口。

再看调度室。一个大墙面都是显视屏，从坑下工作面到坑下配电房、材料仓库，再到电流电压等各种指数，一清二楚地展现在操作人员的眼前。

墙上标语，工作台面，到处有提醒注意的安全提示。

澡堂浴室、更衣房、班前班后安排和小结排座、职工食堂、洗衣房，依次一条龙贯通。院场上两台班车整齐地停靠着。会议室的四周墙面上，都是警示矿工的各种煤矿事故的图例。

小撇子没有像其他地方那样让一个预先背会内容的漂亮女士来讲解，而是安排几个副矿长亲自解说。管安全的副矿长重点讲安全，管技术的副矿长重点讲设备，管生产的副矿长重点讲采煤，管销售的副矿长重点讲效益。到会议室时，由矿长整体再讲矿上的情况。都是亲手经营操作的，熟悉，用方言土语讲出来也亲切自然，没有一点造作的痕迹。这是小撇子的风格。

最后，大家来到董事长小撇子的办公室。

除过几本经营管理的书籍外，办公室的书架上存放着不少公益档案。有正在受助的农村贫困学生单独案卷，全县在外上大学读硕士的贫困生，全县所有小学初中摸底回来的贫困生支助账目，都一清二楚。回头峰学校的校舍修建、后勤保障、教师奖金、学生赞助，等等，都一项不少地记录着。

有人说："你这不是煤矿，而成了县关心下一代工作委员会或教育局了。"

小撇子的长胡须弯曲了一下，说："矿长管挣钱，我管花钱。取之于民，用之于民嘛。"

有人问："你这里是不是全县所有贫困学生的底子都掌握清楚了？"

小撇子说：“这都是教育局和各学校报回来的数据，丰盛昌公司和回头峰煤矿的人也都深入基层一一核对过了，应该没错。我们公司每年对全县二十位优秀教师、五位模范校长每人发五千元奖金，对全县三十位品学兼优且贫困无助的新录取大学生每人发三千元救助金。对本公司考入大中专院校的子女按标准发放资助金。”

又有人问：“你为什么对教育这样上心？”

小撇子说：“两点。第一，从小我没有认真上学，没念下书的人遇事和念下书的人截然不同，我有一个好朋友叫森森，和我形成明显对比，他书念得好，我之所以有今天，这位朋友起了很大作用。从他身上我想到，把钱花在培养人才上没错。第二，煤炭是祖先留给我们的，也是祖先留给子孙的，我们这一代开采挖掘，一定意义上是一种罪过，真要哪一天挖完了，教育没有搞好，人才也没有培养起来，我们全县人民不就要喝西北风？知识与科学是未来经济发展的动力，在专家面前，也许一块我们平常忽视的石头，就是一块金石，就像我们当初刚刚认识煤炭石膏一样，硬邦邦的石头，一夜之间可能就会变成乌金或白金。我是相信知识与人才的，他们将来在转型上会起大作用，今天我们用钱多培养些人才，用有限的能力储蓄无限的潜能，我们只能做这些了。人生几十年，挺快的。哪一天，我们走不动了，就看我们的下一代了。”

又有人问：“你花钱资助的人才，有好多学成之后，并不一定就回石城做贡献，而在别的大城市做贡献，你这叫不叫劳而不获，或无效劳动？”

小撇子回答：“咱能为国家培养一些人才做点贡献，也算是一种爱国行为吧。再说，人都应该有点良心的，谁的心不是肉长的，将来咱县真要有个重要项目上马，而这些人里面真有懂这方面核心技术的，他不能不帮忙吧。即使帮不上忙，也能找到相应的技术部门和人才，也许只是一句话一个信息，就能破解难题。你说是不是这个理？”

县电视台的记者，用镜头记录下小撇子现场说话的全过程。

小撇子在县城川味大酒店里安排的几桌饭，想着让县人大视察组中午好好喝一顿，可临到结束，主任一句话，饭局就凉菜了。主任说还要到别的地方视察，饭局就免了。饭没请到，还听了一大堆感谢的话，小撇子心里却十分失落。

大小车辆从回头峰煤矿离开的时候，小撇子和所有矿长们在出口处一一站立着，挥手告别。

三十四

正好，也是年尽月满的时候，小撇子告诉一位副矿长，在县城川味酒店订的几桌酒席不要撤，让全矿职工洗过澡穿上干净衣服，一扫煤黑子形象，人眉人眼地走进大饭店，用招待高级别干部的规格让他们美美享受一番，也算是对自己那些出力流汗的一线工人的一次犒劳。

小撇子尽力体现出与民同乐的姿态，一个暖心暖肺的开酒辞之后，他就与那些平时见面不多的矿工们喝开酒了，一桌一桌地转，一个一个地聊。拍着肩膀，拽着手臂，酒盏往来的间隙，小撇子把自己身上的高档烟掏出来，见人就递。

正喝着，森森站在不远处向他招手。

他走过去问有什么事，森森告诉他："赵县长刚从这大厅过去，上二楼了，他看见你了，你不上去会会？"

"那当然。"

小撇子把两个副矿长叫到跟前，安排："让大家尽情地吃喝，平时你俩对工人恶眉凶脸的，今天是平和关系的好机会，要把他们当主人看待，好听爱听的话尽管说，咱矿上的钱是他们舍命流血挣的，当领导要宽严相济，现在就是上下打成一片的极好机会。我上二楼看看，你俩一定照顾好大家。"

小撇子上了二楼的一个包间，只有赵县长与秘书两人，秘书正在往桌子上放领导的杯子，随后猫着腰从提包里掏出一份文件，递给县长。小撇子再回头看看，不见森森，口上顺便说："这个鬼子城乡路跑哪儿了？"

话音刚落，森森着急慌忙地赶了进来，接着小撇子说："对不起，对不起，迟慢了赵经理。"说着把手上的杯子赶紧放在小撇子面前的桌子上，手里还提着小撇子常让司机随手给带着的那个提包，"有什么事请吩咐。"

小撇子不知道今天这森森玩的是哪一出，更不知道是什么时候他从哪儿拿了自己的杯子与提包。

森森站在靠门口的位置，与赵子民的秘书位置和姿态差不多。

赵县长对自己的秘书说："你先出去吧。"

秘书看着森森有点装腔作态的神情，有点好笑地退了出去。

森森好像在等着小撇子说话，左右扭捏地随时准备跨出门去。

森森半天没听到小撇子发话，就主动地低头哈腰说了一句："你俩聊着，我在外面候着，有事喊我。"返身往门外撤。

小撇子也没有及时叫住森森。森森已在楼道里走远了。

这时赵县长说话了："这心高气傲的城乡路，今天表演的是秘书的角色。我还是头一次见啊。"

小撇子说："这个城乡路，鬼点子多着呢，我估计他是下去安排我的那些职工们去了。也好，我就不出去了，在这儿专陪赵县长说说话。"

"有要紧事，你还是先忙你的，我没什么事情。"

"好不容易赵县长今天有点闲空，我的事像松紧带，可长可短，可松可紧，今天的事明天办也可以。"

"你这个城乡路，高参啊。今天咱三个好好聊聊。"

小撇子静下来听了听外面的动静，突然喊："回来吧，我外面的那个秘书。"

森森不紧不慢地走了进来。他对小撇子说："下面已经安排妥了。今天你就和赵县长好好喝一顿吧，看样子赵县长今天的心情不错。"

小撇子把森森一把强行摁在圆桌旁。脸盘靠近脸盘时，小撇子用那条抖动着的长胡须撩了一下森森。

三人刚端起酒杯准备开餐，门外一前一后进来两个人，前面是酒店经理，紧跟着的是非非。经理一脸热情地说："赵县长驾到，有失远迎。赵经理你好啊。我和我们非非董事，来给你们敬个酒。"

非非和赵县长打过招呼，又走到小撇子跟前握了手，然后又特意对着森森说："老前辈老领导们，欢迎常来我们川味酒店，多提宝贵意见。今天这饭，我做东了，你们放开肚子吃喝，饭钱酒钱全包在我身上了。”

小撇子很反感这个时候有人来搅局，对赵子民说：“这位是我村里的朋友大马司的部下，专门负责川味酒店的保安工作，如今升任酒店董事了。”说完，转身对非非说：“不用你麻烦了，等哪一天我掏不出钱了，你再说这话不迟。今天，我们和赵县长有点事，就不过去拜访你二位了。”

非非和那个酒店经理听出小撇子的厌烦，匆匆敬过酒，离开了。

赵子民看着非非他俩走出去，对森森说：“城乡路先生请坐下吧，今天咱不叫别的人了，就咱三个，赵经理今天认真贯彻亲民政策，你是赵先生的高参，如果不嫌弃的话，今天这饭我来埋单，老吃赵经理的饭我也于心不忍，我趁人少的时候也表现表现。这样也给我这个工薪阶层造不成太大的压力。也算我亲民政策的另一种体现吧。”

森森一个人兀自拍起手来，在空落落的雅座里孤单地响着。他有点兴奋地说：“这样好，这样好，免得有些人老说我蹭饭。你赵县长一人不能成为酒席，加上赵经理二人为从，又显得有主有次，有了我就平衡了。三人为众，三点为面，三角形有稳定性，既不杂乱又不孤单，挺好。”

森森的掌声还没响完，雅座的门又被一个人推开了，是环保局局长。几句见面话过后，环保局局长把手里的文件递给赵子民，说：“赵县长你看看，我找你两天了，今天是省里要回复的最后期限了，没什么问题你签个字，我好按此去办理。”

小撇子只知道赵子民在县上分管文教卫生，不知道他还管着环保。赵子民拿起批文，匆匆看过，用笔签上了自己的名字。

环保局局长见赵子民没有硬留自己的意思，打了个招呼，转头走了。

赵子民等局长的脚步声消失了，走出房门，对秘书说：“再有人找我，就说我有事，我和人连句完整的话也说不成，你就在这儿盯着，不要让任何人进来。”

回到雅座里，赵子民又补了句：“本来文教卫生与环保一点也不搭边，不知怎么县里又让我分管了这样一项工作。”

三人坐稳，赵子民突然提出一个话题：“咱今天的话题，就从森森你刚才的扮相说起吧。你对秘书这个角色有什么高见？”

森森看到已经到桌的几个菜，说：“和赵县长这么高级别的人自由谈还是第一次，咱能不能先喝两杯酒，也让我壮壮胆。”

三个酒杯碰到一起，连喝三杯。

森森坐回椅子上，长叹了一口气，开腔了：“今天没有外人，我也就把赵县长当成自己人了，说的如有得罪之处请多包涵。秘书这个角色，从内心深处我是比较反感的。我这辈子是不可能干的，当然也是一辈子不可能有大出息的致命弱点。真要有机会，也不一定能干好。”

小撇子歪着脑袋看着森森，心想这小子今天又要有什么奇谈怪论了。赵县长带着一脸的微笑，像个小学生似的听森森演讲。

“干秘书这种工作，不是一般人都能干好的。既不能一味点头哈腰唯命是从，让别人看你像哈巴狗似的不值钱，那样领导也显得不自在不舒服，又不能远离领导我行我素自成一格。你得有眼色，有心机，要知道领导现在想什么，下一步要做什么，你得有预判能力，不能等领导已经走在前面了，你还在那里痴愣着。当然，你平时就要熟悉领导的脾气性格、作风习惯、分管事务，以及亲朋圈子。有的领导喜欢干净利索，直奔主题，有的领导喜欢幽默风趣，曲径通幽，有的领导嘴上讲的不一定是心里想的，有的领导连自己的下一步也不清楚，随机应变。你得学会善意提醒，还要学会及时补救。领导高兴的时候你要知道锦上添花，领导有烦心事时你绝对不能雪上加霜。领导训你的时候，你要学会承受，不能记仇，也许领导并不是真正对你的行为不满，而是找个出口发泄一下，但你还不能表现得不当一回事。领导愉快的时候，有时需要有人来共同分享，你可能是第一个能分享领导快乐的人，比方说今天，咱赵县长的心情就挺好，咱就可放开来说说话，即便说得过火点，赵县长也不会怪罪，是吧，赵县长？话分两头说，秘书要清楚，你今天当秘书，是为了将来不当秘书，或者说是为了将来别人给你当秘书。跟上高水平的领导，你会无意中学到许多东西，包括做事的思路、做事的风格。人原本是平等的，真要让你来领导一个局一个县，你面对的属下肯定有不比你情商差智商差的人。一个办公室主任，可以做一个新任领导的全职老师，现在该怎么做，下一步该怎么做，伺候过几任领导的办公室主任比你都清楚，领导有时候的作用就是可有可无的。你要允许部下犯一些小错误，对那些爱讨点小便宜占点小风头的部下，要给些余地，但对原则性的错误要及时纠正。做人事工作，领导要学会常在水面上玩天气预报，而不要深入水下亲自去捞鱼捉鳖，多暗示，少揭短，多打雷，少下雨。你要没有做领导的资本和经验，你就可能把自己玩傻玩丢。领导只能在宏观大略上出思路，要表现出高屋建瓴和别具特色，还得有高风亮节与容人之过。你不能事无巨细地到处插手，不要做那些出力不讨好的事。在细端末节上不能过度追究，给部下一定的做事空间。有时领导还得给部下做一些遮风避雨的工作。领导对部下有了贴心贴肺的温暖，你在与不在，工作一样照常有章有序地开展。别人向部下质疑询问领导的负面问题时，部下都不会出卖你，对你投石下井。有人说，跟上领导有饭吃，这话不假，你将来吃的饭是当领导的饭。没有教练教你游泳，你就不知如何去斗水，等你自己慢慢学会游泳了，水已经没有了。你赵县长现在是大家都公认的做实事的县长，当然，你选择的秘书也一定是得心应手的。如果没有猜错的话，你当初肯定也是一个给思路清晰办事条理的领导端过杯子提过包的秘书 。”

赵子民见森森不断把话题转到自己身上，玩的是现挂，话外的意思也有征求的指向，不由地笑出声来。小撇子觉得森森的引题有点林中点火的意味，就打断森森，说：“咱可说清楚啊，赵县长可是一个大家公认的好县长，你这大刀可不要胡劈乱砍。”

赵子民马上纠正道：“我也只有在这种场合才能听到一些真话，平时那些随机应变奉承讨好的话听得太多了，那些逢场作戏的作风我早就厌恶了，我还真想听听森森先生的深刻见解哩。”

得到赵县长的鼓励，森森的话便像潮头一样欢实跳荡起来：“而且，我自己猜想，赵县长本人并不是出身高门，这一点从你的朴实作风和勤勉务实可以看出来。高层下来的人，理论高实践差，是言大于行，而你赵县长是行大于言。”

赵县长看看还在一边愣怔的小撇子，怂恿森森：“继续往下讲，那些歌颂我的话尽量不讲或少讲。”

“咱先从一个细节说起，刚才我进门时，秘书正往赵县长的桌前放茶杯，这种现象是你们官场常见的，但是这也得看场合。那天赵县长主持回头峰学校落成庆典仪式时，是一个人直接拿上茶杯走到主持席的，而另一个县委领导是在会议前一分钟才在几个人的簇拥下落座的，他的走势是目无旁人式的，直接走到主席台最中心的位置。人坐稳，秘书从台前递上杯子与笔记本。这个细节我至少能解读出三层含义，一是，迟到也是一种风度，越是架子大职务高的人越是表现出与众不同，这样台下的观众就知道今天到场的领导级别最高的人是谁。二是，秘书随后出场，一方面加重了领导的权威性，另一方面也潜意识告诉别人，这个人在一定意义上是他的代言人，以后秘书在哪儿出现，哪儿就有他的磁场，从秘书的话音里可能会听到他的态度。第三，这个秘书日后一旦有大作为，与他的精心培养有关，给日后的他增加余威或空间。同时也表现出官场中的潜规则及不能轻易涉入的辐射意味。这个官员肯定是从基层一步一步熬上来的，从高层下来做官的不是绝对没有这种习惯，而是这种意味不是太浓。有句话说得好，到了京城显官小，到了深圳显钱少。京城、省城，县处级干部多如牛毛，上下班骑着自行车，根本摆不起官僚的架子。越到基层官的意味越浓，就是一个小小的科局级干部，上下班有小车接送，坐在台上讲话，下面有那么多的部下听着，不官僚也得官僚起来。从平民起家的官员，有两种表现：一种是像赵县长这样勤勉务实低调做派的，用我的话叫清晰型的；一种是高调出场以势压人的，叫糊涂型的。前者我就不展开说了，这种领导不怕属下小看，哪怕只是轻轻一句话，也是有底气有城府的，别人根本不敢有悖逆你的念头，即便有也不敢伸张冒进，他知道领导的言行是有来头有依据的，弄不好会玩火自焚。位置本身就是一种权力。知识能力对等的上下级关系，领导也占着绝对的优势，一般人不会冒着自伤的后果去深水区游泳的，那里画着警戒线，再是游泳高手也怕鲨鱼的牙齿。后者按我的解读是能耐有限，用实力压不住人，只能用虚力压人，抖起局长、县长的架子，这个位置是我占着的，我说了要算，有时错了也要一错到底，事情的对错是小事，树起自己的威风是大事。这种用虚力压人的官员，有时会犯一种低级错误，就是把位置和本人同化了，位置就是本人，本人就是位置。搞不清这个位置谁都可能拥有，今天你从这个位置离开了，明天会有另一个人来取代你。好像这个位置就非你莫属这就错了，你的指示就是局长或县长的指示，这不对，你的部下，不乏聪明之人，每时每刻都在对你的一言一行考量。偶尔要要威风，训训下级，人们还可以包容你，觉得你现在是局长，他不是怕你，而是怕那局长，你要哪一天不是局长了，谁怕谁呢？所以当一个局长或县长，你要经常穿两身皮，一身皮是局长的皮，一身是本人的皮，千万不可混为一体。本色的我和角色的我，要分清楚。在角色说角色的话，不在角色绝对不能胡说乱做。这是一个基本的道理，但好多人理不清楚，以至于哪一天离职退岗了，那个局长架子还放不下来，而别人又不可能永远买你的账，这个蛇皮一直没脱干净，挂了许多血肉在里边。人已经从蛇皮脱出来了，身上还想披着唬人吓人的蛇皮，结果造成了许多自伤。有不少退职的局长，因为曾经的部下一个小瞧的眼神而终日郁郁寡欢，更不要说你帮助过的部下给你穿小鞋骂你坏话了，这类人不少都不愿出门见人，特别是不愿遇到那些以前一句话办结的事而现在办不成事对方连句解释的话也听不到的情况。有不少退职局长因生气而得病，到最后也没有转过这个弯来。从这个意义上讲，官位也是害人不浅的。一直是一个普通人，就不会有机会培养出那种拿得起却放不下的心态。像上台阶一样，这是一种普遍的心理，台阶上风光无限，争着抢着要上去，信心百倍地千方百计地上去了，可打心眼里没有想着随时要下来，所以根本没有去学习如何走下来，而下来的路是必须要走的。有的人一步一个脚印地走上去，有的人一步两个台阶地走上去，还有一跃身飞上去的。该到下来的时候，有的人一步一个脚印地走下来，有的人不知道怎么往下走，从心里也一直没想往下走，或者说从心理上到退休也没走下来，还有的不小心跌下来了，摔得浑身疼痛。心理一直在台阶上的不少离职官员，因气而生病，因病而死亡。在一个部委局室中，也有那样一些有私欲有邪念想左右事态甚至想改变领导的人，领导要被其软化或硬化了，你就有可能底虚，或者遇事拿捏不准左顾右盼，没有主见，最后还可能被人取而代之。这说明，你当初没有学好领导的工作方式，或者是没有遇上过硬的领导。秘书是一个基础，基础打不扎实，将来的大厦就可能倾塌。也有天生就有领导能力的秘书，但你一定要学会藏住自己，尊重领导，善意地引导领导，还要给领导空出发挥的余地，说句不太好听的话，你就是比领导水平还高的秘书，也一定不能把讲话稿写足写全，你得给领导空出指导补写的余地，或讲话发挥的空间。当然你不能让领导看出你的有意。你的一切努力最后的成果成绩都归功于领导。你只是领导的一只胳膊或一只手，整体形象是领导的，你不能与领导争功讨名。等有一天你到了位置上时，再充分展示你的才能不迟。”

小撇子插话：“你这家伙这么多歪理邪说，都是从哪里学来的，一套一套的。来吧，再喝两杯酒，润润嗓子，别把咱赵县长的食欲说跑了。”

话题暂停，插播酒话。

吃喝间，赵县长说：“你这个城乡路阅历不少啊，能出一本演讲的书了。”

森森把嘴里的菜咽下去，接住县长的话说：“我们小码头两个发小的故事给了我不少启示，也许正像人们说的，性格决定命运吧。我这人，没事爱在这些方面动动脑筋，对不对不知道。”

小撇子长胡须扫了一下，质疑道：“咱俩可都是回头峰村耍大的，你只比我早进两年小码头，村里的事和小码头的事我了解得不比你少。”

森森说：“上初中时，我随父亲进城住到了小码头，之前我是和我娘及爷爷奶奶在村里生活的。和你不一样，你是十七八岁才进城的。小码头的事我比你清楚。”

赵子民说：“没什么忌讳吧，如果可以，也说说你这两个人的故事吧。”

森森说话的兴头正旺，赵县长一催，故事便随口而出。

“咱不说具体的人名了，就用张三李四代称吧。两人邻居，从小玩大。张三学习好，李四也不错。私下李四常向张三请教作业，李四在班里是班干部，参与组织许多的班级活动，也算是老师的红人人哩。高中毕业之后，同时回到小码头，不久又同时被聘到一所乡级中学任教。教学之余，李四兼任学校保管总务之类的工作，管得实事多，在学校里也是一个吃得香的人。张三教学之余阅读了大量的图书。七七年恢复高考制度，两人同时报考，张三坚持报考高等院校，李四犹豫再三，最后悄悄报了中专，张三从气势上压住了人前面后有人讨好的李四。两人同年考中，结局却大相径庭。一个考上了一流的大学，一个考上了地区级中专。从农村孩子这一点上看，都有了走出农村吃国家供应粮的资本，但从影响上看，从将来前景上看，这是无法比拟的，李四再遇到张三，话题从不在知识层面上逗留，他不愿低人一等。李四两年中专毕业后，分配到一个公社工作，从收发员干起，不言少语的，自己把自己当成最下层的人，勤快做事，不计报酬。后来给领导当秘书，表现得更加谨慎勤快。四年之后张三大学毕业分配到省城工作，担任厅级干部的首席秘书，拿的是大材料。张三胸怀大志，对领导的传统思维旧式做法很看不上眼，而且也常常表现出自己的与众不同，从宏敞阔绰的办公大楼走过，其服装穿着和气势神态，都别具一格自成一体。”

森森边说边表演，像进入了角色本身似的，头在空中左右晃动。

赵子民看到小撇子站起来又要说什么，忙用手势压住，建议他坐下来，耐心倾听。

正在情绪高昂激情演讲的森森却停了下来，中场断电了。

赵子民这次是把小酒杯换成添酒器了，三人不再一小杯一小杯地碰，而是举起大杯一饮而尽。

森森嘴角溢着酒滴，话语的“电”又接上了：“赵县长这酒，好酒啊。我讲的这故事，可能也有点赵县长的影子。赵县长是不是也是从收发员干起的啊？”

小撇子着急地催他：“你这城乡路，快别卖关子了，往下讲。”

森森轻轻走到门前，把半开的房门掩住，又点了一支烟，噘着嘴吐出一团浓浓的烟圈，这烟圈一直冲向圆桌的中央，还有滚滚向前的趋势。森森很过瘾地长叹了一声，才往下讲。

“你知道现在张三李四各是什么结局吗？张三从一个不起眼的部门以一个科员的身份退居二线了。而李四却一步一步地熬成一个常务副县长了，听说省市领导还想让他到上面任更高的职务呢。”

“哈哈哈哈，哈哈哈……”赵子民的笑声，把房间四壁震得雷响。

小撇子回应赵子民：“赵县长是不是猜出人选了？”

赵子民没有正面回答小撇子，而是直接把赞词送给了森森：“你这个城乡路啊，真是一个演讲的高手啊。”

森森感叹道："你说这秘书的基础厉害不厉害？前景无量啊！没有这种基础工作的历练，就是隔着门上炕啊，不经过地面怎么能行呢？这秘书就是从奴隶到将军的地面，是不是这样啊，赵县长？"

赵子民给森森总结："你这篇演讲就叫《秘书的前景》吧。"

森森补充说："我还有一篇姊妹篇《秘书的惨局》呢。"

小撇子插言："你这是吃不着葡萄嫌葡萄酸吧，一辈子当不了秘书，硬着头皮讲秘书的长长短短。"

森森返回一本正经的表情，说："说到底是要修好身啊。"

赵子民接上说："下篇是《秘书的修身》。"

"古人讲修齐治平，修身齐家治国平天下，修身是前提，这也是一生的课题啊。我的理解是，人一生不可能没有官运或财运，有的人机遇多一点，有的人机遇少一点，总有一次在那儿等着你，机遇就是给有准备的人准备的，机遇再多，你抓不住也不行。有些机遇也许一辈子就有一次。一步登天不是没有可能。但修身不足，即便得到，也能失去。德行没修好，一旦官运财运临身，慌忙接手，应接不暇，甚至头脑发热，认为这是老天在照顾你。要得要得要脱了，因贪婪、因美色、因伸手而倒台的官员，我就不用举例了。有钱人也一样，以前偶有欲望，但没有让欲望实践的资本，也就只是想想而已。现在有钱了，钱是能办好事和坏事的铺路石。好事办一百件，周围的人交口称赞。但也有时产出一点邪念，邪念的结果可能就是一件坏事。办坏事同样成为一种可能，有钱啊。一闪念之间，可能就会从天堂掉入地狱，因赌博、因淫乱、因耍横而落荒的老板还少吗？有的甚至连命也搭上了。退一万步讲，没有修好身的人，升官发财的机遇可能就是一次灾难，还不如一直就是一个平民百姓呢。平民百姓即使想做一件坏事也没资本啊。你说那些被圈在监狱中的官员或老板，想不想自己当初要没有当官和挣钱的机遇会是什么样子呢，至少可以有一个举案齐眉儿成女就的顺当结局吧。光景差点可以慢慢熬嘛。可往往就是这样，人往高处走，水往低处流。有了机遇你不去利用，岂不是傻瓜？明明有吃香的喝辣的位置，明明有吆三喝六的形象，明明有让你体现人生价值的职务，你不去争取？人生不就是为了这样吗？古人讲学而优则仕，再有多好的基础积累，没有发挥价值的位置，一切努力岂不是白费了？但这只是一面，好多人忘了，那个学而优则仕后面，还跟着一句话，是仕而优则学，做了官仍然要空出时间来不断学习不断修身，这才能立于不败之地。现在国学热开始回归，但只学皮毛不行，你得用心去思考去体会。像赵县长这样的人，你想让他犯错都难啊，不要说从高处往下掉了，就连悬崖边他也到不了。赵县长，我会表扬人吧？”

小撇子向森森发出一个疑问：“你的意思是说，像赵县长这种级别的人也要每天学习？”

森森对着小撇子说：“我和赵县长没有过多的接触，但凭我的直觉，赵县长可能有两个习惯一直坚持着，一是每天看书看报，我说的不是那种摆样子或浮皮潦草地看书看报，而是用心的，审时度势。政治上也有天气预报，你每天不注意看天气预报，雨天没有准备雨伞，雪天没有安上防滑链，天冷了不知道加衣服，天热了不知道穿凉鞋，不是淋着吹着冻着，就是摔倒滑倒绊倒，连最小的伤风感冒都是自己人为的，更不要说大病临身卧床不起了。防微杜渐，与时俱进，这是一个成熟干部的基本素养与修练。这是一种随时学习知悟大局，还有就是我刚才说的，做深入系统的国学修炼，我们的孔子孟子已经有很好的成果放在那里，真正做大事成大才的人，没有一个不读孔孟的。据我了解，外国有不少成大气候的人物，都是认认真真研读过孔孟的。再一种习惯是每天在写日记。日记行踪晓明朝，晚思已过知是非。清浊自辨悟行止，心明自然身不累。”

为了证实森森的猜测，小撇子把眼光投向赵子民。

赵子民微微点了点头。

小撇子在森森的头脸上摸了一把，又把一杯酒强行摁进森森的嘴里。往回伸头脸时，僵在了空中，伸不回来了。森森把他那根长胡须咬住了。一秒钟之后，森森才松口，那根长胡须“嘣”的一声，弹折回小撇子脸上，溅了一溜酒水。小撇子索性低下头来，把长胡须醮进自己桌前的酒杯里，再用一根手指把胡须上的酒滴折返回自己的嘴边，歪着脑袋舔抿起来。

赵子民看着小撇子，逗笑说：“赵经理这个用胡须吸酒的动作，拍进电影里一定是一个精彩的细节啊。”

就在森森给赵子民倒酒的时候，赵子民突然问森森：“刚才念的那首短诗不是什么名家大作吧？你能不能再慢点说一遍，让我记记。”

森森回答：“近期家族的人正在修家谱，缺个治家格言，我根据前人教诲和自己的体验，编了一段放进去。赵县长如果有兴趣，我给你背一遍？也好让你给斧正斧正。”

赵子民说：“愿意聆听。”

森森清了清嗓门，语速适中地背诵起来。

“言须有理有据，行须合规合章。相处当思微屈自身，相辩不可锋芒毕露。笃厚终归受益，虚诈难免被陷。节俭常对自己，待人不可小气。勤思常能早熟，勤做常能出奇。不攀高自视有余，不附雅自觉无悔。烟酒适度情当专，赌娼远离心自静。难灾临身宽胸舒肺，喜悦来门忌狂忌躁。忠国体持久不衰，孝父母百怨不提。日记行踪晓明朝，晚思己过知是非。清浊自辨悟行止，心明自然身不累。外讲理、内讲情，念人好、不掐短。话可暖人也能伤人，隔墙有耳，言多必失。凡事心存正直平稳，居家情忌诉讼动仪。多听慎取过脑过心，生活比低贡献比高。遇绊而知绕道，通径加速畅达。几十年弹指一挥，早立志多留功效。路遇财宝视而不见，经手酬劳多多益善。多济人急少救人贫，多予人渔少授人鱼。穷不移志富不晒钱，糠妻厚待拙儿多恤。逢困难自信自主力克，遇歹人缓言轻语智夺。结友多虑信实善真，指路常向圣人智者。广接雅趣增多心性，不贪不恋调节情体。谋事力图超拔，功成降低身名。俯视百态自信可渡，仰望大业细小做起。勇于担责曲而能伸，禄不独享功推众人。惜时如命一顶十日，天不亏勤功到自然成。人生多难亦多趣，无悔无怨奔亮程。”

赵子民听完，连连竖起拇指夸赞：“精彩，精彩。”

森森缓了一口气，说：“赵县长如果有兴趣，等家谱印出来，我送你一本。”

“这事你记得，到时让我好好拜读一下。”

森森接话：“好哦，就这么定了。”

小撇子突然像想起什么似的，问森森：“你刚才的话里，还有一个问题，官员和老板都要修什么身，我如今也算一个不大不小的老板了，我不修身，不是一样把企业做得顺风顺水的？”

森森回头对小撇子说:“算你聪明,悟出了这一点。你以为你是谁?你这个土老板,有袜面子没有桌面子,不是我老给你泼点凉水,说不定头热脑大成什么样子哩!还老嫌我蹭饭哩,看别人八抬大轿请我,我去不去?以后好好向赵县长学着点吧。”

“你不是想让我也给赵县长当两天秘书吧?”

森森回应:“给赵县长这样的人当秘书是一种幸运,本身就是一种修身的过程嘛。真能有那种机会,你还巴不得呢。”

赵子民止住两人的搬扯,说:“你俩高看我了,其实我也有许多事拿捏不准。”

森森说:“我这可不是绕着弯儿夸你啊,我内心里是最讨厌那种戴高帽舔屁眼的人的。”

赵子民说:“我知道,我知道,从你说话中,可以看出你的个性来。我也不喜欢那样的人。”

赵子民又说:“这城乡路的另一个话题没挑明,就是说,官员或老板得有一个高参,这能弥补许多修身不足的问题。”

森森一下子兴高采烈起来:“还是赵县长厉害,你小撇子知道我在你身边的作用了吧?”说着,森森的手在小撇子面前晃了晃。

小撇子再一次把长胡须伸进酒杯,醮足洒滴,用手一别,形成一种弹性,“嘣”地一下,把一小串酒弹射到森森的脸上。

这时,赵子民的秘书走了进来,说:“赵县长,县委办通知,下午有个会要你参加。”

小撇子和森森都停止了嬉闹。

赵子民吩咐秘书:“你出去催催服务员,让赶紧给来主食吧。你吃过了没有?”秘书回答:“刚才在下面吃过了。”

主食一到,三人无语,一片拨面进嘴的声音。

临别,森森对赵子民说:“赵县长不必把我的话当真啊,今天我这是关公面前耍大刀,都算瞎说,如有不妥请包涵。”

赵子民拍了拍森森的肩膀,说:“你这个城乡路,肚里货多着呢,一个话题就讲了有两节课的时间，看样子咱们还有很多话题要切磋呢。以后多给咱赵经理支支招，出些好点子，大家都要扶持好咱县上的企业家。”

走出楼道，森森看见秘书的眼神向他扫过来，他顺势说：“好好干吧，跟上赵县长干是你的福气。”

秘书心领神会地低下头来，跟着赵子民往楼下走。

赵子民吩咐秘书：“你去吧台把今天的账结一下，这顿饭是我请的。”

非非在酒店门口候着，主动上前与他们几个一一握手道别。

小撇子单独走到非非面前，问：“最近大马司的生意怎样？”

非非笑着回答：“还可以，我知道你和我们的头是从小的好朋友。”

“你告诉他，改日请他喝酒。有事没事，常联系。”

非非把握着小撇子的手使劲掂了掂，以示牢记。

三十五

大马司把天长顺酒店的史经理叫来，说：“以前我干的活，不管怎样说不能放在桌面上，不能算主阵地，现在咱应该是一矿之主了，从在野派到执政派，总得搞个庆典仪式什么的吧？不能就这样不明不黑地悄悄进行吧？”

史经理问：“你是说正式开张唱戏前，得有一场鼓乐演奏，安天安地安人，接风接雨接喜。咱置办几桌酒席，请一些场面上帮过咱的交情深厚的人，一起来热闹热闹，高兴高兴。”

“就这个意思。”

两人坐下来掐点人名。因煤矿没有正式办证，向工商、税务、煤管、安监、公安以及所在乡镇这些部门一把手发出邀请成为一个难题。要请应请又不能请，不请又不对，不来不合适，来也不合适。最后两人商定，正职不好请，就由各单位的副职甚或股级干部代表，位置是一个单位的形象，只要有这个形象也就足够了。副职或股级干部也不来怎么办？两人又开始犹豫。最后商定，只请这些单位里与两人个人私交不错的那些人，既是以个人身份，又暗含着单位形象，两好。

史经理问："咱在县城各酒店的保安请不请？"

大马司想了想，说："他们属于下一级人员，不在邀请行列，但必须都得到场，护场，助兴，帮忙。特意把川味酒店的非非通知到，看他怎么表现，他要来，说明还是咱自己的人，一切事好商量，他要不来，说明这就是要与我顶着干到底。"

史经理说："我这边，县城里的几个大酒店的代表性人物请一下就行了，看你那边还有没有十分要好的朋友要请？"

大马司说："在小码头，我那时是说了算定了干的孩子王，但真正要好的朋友就七八个，都请请吧，也算一次我做东的朋友聚会。尤其那个现在很吃香的小撇子和能人人森森。"

事不宜迟，第二日即开张迎宾。

天长顺酒店门前，一阵威风锣鼓震耳欲聋，身穿红色太平盛装的锣鼓手变化着队形，有声有色地表演着，齐天十个红色气球随风摆动。几声响炮升空，围观者纷纷攘攘，笑谈不断。

一个能摆放十桌的大厅，陆陆续续有人坐了下来。

大马司用眼光缓缓地向全场扫视了一周，部门的大小领导差不多都到了，心里觉得还有一种角色不见面，再一细想，是那批小码头的弟兄们。再带着这个疑问又扫视了一周，见到四五个码头弟兄坐在一张靠边角的桌上，只是不见小撇子和森森。

史经理站在最前面的小台面上，举起了话筒，说了几句简单的欢迎词，就没啥可讲的了，接着他推荐出大马司。大马司西装革履，边清理着喉咙边整理着装束，走上了主席台。站在那儿，支吾了半天，却说不出一句来，昨晚准备了一夜的话语，此刻却都没有了。大家看着这位平时不打底稿说话不带句号的一号人物，满脸通红地蹦不出一个字来，都有些替他着急。私底下说："不上贡桌的毛蛆生，今天打卡了。"

在史经理的提醒下，大马司只说了几句谢谢捧场的话，连他预先准备好的九个感谢都没说全。

这时，一个身着红色太平装的鼓镲手拍着铙钹从门口走进来，一直引人注目地走到大马司身边。他从史经理手中接过话筒,讲话:“各位领导各位来宾各位朋友,欢迎大家前来捧场助兴。我是谁?等一下你就知道了。在回头峰村和小码头与我们今天的主人一起挤过被窝,逢年过节我和主人的家人一起团聚过年,在小学念书时两人一起逃过学,这是我能代表主人马先生欢迎大家的理由。其次,我还是代表我们五一商厦前来祝贺的嘉宾。再其次,大家从我这身装扮上能看出来,还是今天擂鼓助阵的鼓手。大家猜猜,我是谁?

下面有人喊上来:“你是城乡路——”

“这个名字是我的好朋友们才能唤出口的,一听就知道下面坐着不少我的好朋友。你们不要小看这个城乡路,来路不小呢,没有三下两下的把戏,还叫不上这个名字哩。我给大家摊底吧,城里乡里的事我是能办一些,希望各位在场的朋友有用得着我的地方,吭个声,我尽力而为。不过今天,我在祝贺我的这位好弟兄开张发财的同时,也有一个请求,特别是今天在场的工商、税务、煤管、安监部门的朋友,请求你们尽快想办法给这个八骡煤矿验收办证,以便让我这个好朋友更好更多地为全县人民纳税。好事办好,我代表主人谢谢各位,谢谢!”

大马司有点激动地走上台,与森森抱在一起。趁这个相拥相抱的空儿,森森把嘴俯在大马司耳边,说:“大家等着呢,下来该你宣布宴会开始了。”

这一次,大马司表现出了镇定,他拿着话筒隆重地喊出:“现在我宣布,八骡煤矿开张庆典正式开幕。请大家举起酒杯,同喜共贺。”

大马司与森森及史经理一起走向大厅的各个桌子,轮番敬酒。

就在大家兴高采烈的时候,一曲婉转悠扬的女声,飘荡在宴会厅的上空。接着又有一阵萨克斯演奏的《回家》乐曲响起。

大马司和森森都惊异地回头向大厅的前台看去。

小撇子正好拿着话筒准备讲话。

“各位朋友,各位嘉宾,为祝贺八骡煤矿盛大开业,我们特意请到我县的著名歌唱家,也是我省十大歌手之一的许慧丽小姐前来助兴,同时在全市全省屡次拿到器乐比赛大奖的安元、储良等人也前来祝贺,愿大家度过一个愉快而美好的中午。”

小撇子在宴会大厅另走一路，挨着桌子喝起酒来。最后，连主食都没吃进一口，就被司机搀着走出大厅。

非非没有到场。

小垫垫一个人躲在大厅拐角处，一边举着一瓶酒喝，一边捏着一盘花生豆往嘴里送，顺便照看着大厅外那些拱门、气球、鼓镲之类。

森森尾随小撇子走出大厅，目送着他钻进小车走远，才回到宴会大厅。

大马司的煤窑很快投入运营。

正赶上煤炭价格飙升的时候，八骡煤矿的产出顿见效益，见一天太阳收入几十万。开掘力度也日渐加大。

松柏沟村的一些村民的干扰，不仅没能阻止了煤矿的发展势头，反倒被赵二狗他们惩治得再不敢露面了。赵二狗的办法是亲自登门清查，哪家有出门搞破坏的，单个处制。但是，堵住河里的水，堵不住沟里的溪，来煤窑拉炭的车队，隔三岔五地被暗埋在路上的钢钉坚刀割破，这虽属养车人自己的事，但对煤窑要快速运出煤炭极为不利。大马司告诉赵二狗，虎威抖到一定程度即可，明枪好躲，暗箭难防。强龙不压地头蛇。毕竟咱在人家地盘上发财哩，多少也破些财犒劳犒劳一下村民，省得整天要有操不完的闲心，咱少吃两顿啥也有了。

赵二狗便放出话来，等到过年过节，给松柏沟村村民发面发肉。

果然意外事件少了许多。赵二狗也如约实践诺言，村里人在过年时每人都领到了两袋面和五斤肉。而且，另一个惠民政策也得到实实在在的落实：各家用户烧火的炭，八骡煤矿免费供应。

同时，村里人想在矿上干活的也给予方便，老弱病残要干点零碎杂务的也不拒绝。这样，村矿矛盾渐渐出现转机。

只是非非这边的事有点麻烦。

大马司终于知道，非非捏了张天宝一条软肋麻筋：张天宝自从与小最最有了一腿之后，巴不得想常常占有，他利用川味酒店做掩护，与小最最断不了在这里幽会。开始非非并不知情，可几次以后，善于察微观细的非非就发现了这个秘密。半开玩笑半带认真的现场捉奸，让张天宝再无话可说。这样，作为大马司一个贴身侍从，就完全被非非俘虏了。以前张天宝对非非颐指气使的威风没有了，反倒是非非对张天宝有了随时可能推向悬崖绝壁的威胁。自然，大马司这边的一切公开或秘密的事情，以及以前的一些不愿示人的隐私，就不时地在非非大脑的图表中记录下来了。这无疑像一颗埋在大马司身边的定时炸弹，随时都可以爆炸，这个读秒的主人正是非非。难怪非非敢用那种硬硬的口气跟他对话。虽然，凭着一些余威，大马司的煤窑在快速掘进过程中，非非那边有了一些让步，但大马司也常常心存忌讳，生怕非非突然翻脸，搞得两败俱伤。大马司年轻时在汾河冰面滑冰时，常常逞能霸道地向快要垮塌的薄冰冲越，虽然侥幸地都冲过去了，人过冰塌，招来一阵阵的夸奖声，但事后大马司也十分后怕，稍不留神，人和冰车陷入冰河浑身冰冷湿透的惨象就会发生。现在，大马司正是这种心情。他不知道，自己还能撑多久，这块冰面什么时候就会垮塌。

通过那位副乡长，大马司与赵二狗又结识了乡里的主要领导和乡里煤管站的几位“管事的”，大小好处费，明里暗里也得不定期地“出点血”。至于县煤管、安监部门，大马司觉得不必招惹太多，通过几位局长暗中沟通，只要保持睁一只眼闭一只眼，他大马司就达到效果了。况且，县里出动查黑煤窑，一般都与乡里先行对接，乡里煤管站的人任意一个人给打个电话，他大马司就有对付的办法。打电话的人只一个上厕所的机会就会办妥，而他安排停产停工或进沟堵路的推土机只需半个小时就完事了。再说，开黑煤窑的全县有几百家，到处都有，有大有小，都与查办者打着游击战争，真要轮到这个乡这个矿，也是年里月里的事。矿上有专门负责沟通信息的人士，挣的就是这一份钱，办的就是这一份事。

赵二狗派几个眼线，悄悄盯在国道通往乡道的桥头路口，昼夜值班，值班者手头拿着一张纸，纸上写着长长的一串县里执法单位的车牌号。一旦发现有纸上车牌的车辆进沟，电话就打到煤矿了。再一个点是进沟以后向八骡煤矿拐折的路口，发现可疑车辆，马上告诉后边不远处的装满一斗土石的推土机，只一斗，就能把进出煤矿的公路堵死。等你步行着走到目的地，什么也发现不了。这些情况，大马司都十分清楚。

另外，大马司感到小撇子总是在暗中呵护着他，有好几次，从几个执法人员和几个部下的口中，提到小撇子。在站台上煤时管理人员说煤质不合格，合格不合桥，管理人员的嘴就是标准，说你合格你就合格，说你不合格你就不合格，反正他说了算。还有两次说没有车皮了，差点就把大马司他们的煤逐出煤场。这个时间如果有小撇子车队的司机在场，就会及时把情况通报给小撇子。不知道是小撇子安排过车队的司机，还是这些司机之间有什么深厚的交情。小撇子的一个电话打过来，问题迎刃而解。故意刁难的，有小撇子的人出面就会顺利通过。煤质真不合格的，站台负责人也没法交账，小撇子的人让那些司机把自己上站的煤算在大马司的名下。大马司没有上站指标了，小撇子的人就拨出自己的一部分指标，分给大马司。那几个执法人员还戏逗大马司，说："你有保护神啊！你遇上爷爷了，不发财才怪哩。"非非也在与他的一次不和谐对话里提到过小撇子，好像是看了小撇子的面子才与他有所妥协似的。想起小时候和小撇子他们一起在回头峰玩耍的镜头，大马司觉得小撇子这人还是很讲情谊的，虽然，他们现在走的不一条道。小撇子与森森都曾与他通过电话，让他尽快办证，能名正言顺地开煤矿。他觉得这是脱下裤子放屁，多此一举，没证与有证一样能赚钱，办证有什么用？烧的纸多，惹的鬼多。有证矿的麻烦事太多，无形中要贴进去不少钱。所以他对办证的事，一直迟疑着。

最可怕的是执法部门大部队突查暗访。一旦有举报，县里那批执法大队就连夜出动，专程直奔，一查一个准，赵二狗安排的双道巡岗，一旦有一时半会儿的迷瞪，就可能出问题。不过，毕竟是有组织、有计划、有安排的公务执法，蛇有蛇路，鸟有鸟道，大马司他们总归有解决问题的办法。杀猪捅屁眼，各有各的做法，目的是一样的。

说起来挖煤卖钱，实在是再简单不过的事。煤经过亿万年的演变，就在山腹中藏着，谁有能力取出来，那乌黑发亮的煤炭就是宝，就是金钱。这需要胆量，需要智慧，需要关系，还需要一定的运气。有的煤矿危险时时存在，可就是没有事故发生。有的煤矿只怕死伤，上班下班说的全是安全，可事故却接连不断。死一个人，破财不少，还伤气，搞不好还可能中止生产，切断财源。胆大的吓死胆小的，饭量大的撑死饭量小的。太阳这个火球，是个时间的领跑者，有的人见一个太阳，几十万到手了，有的人见一个太阳和不见差不多，还是一潭死水。生命因金钱而高低错落，有了钱，丑陋的人变得漂亮了，窝囊的人变得洒脱了，祖辈啃土都啃不利索的人家，变得进出门坐轿车，解饥饱进饭店。以前一个美女嫁给一个穷光蛋丑八怪，是一朵鲜花插到牛粪上了。而癞蛤蟆有了钱，成了大老板，鲜花专找牛粪插，开得是越来越艳。天鹅专扑肚大腰粗的癞蛤蟆，活得光鲜滋润。而且，牛粪上也不止只插一枝花，癞蛤蟆也常有水鸟光顾。当官的爱见有钱人，有钱人更爱见有钱人，谁和钱有意见？家里的妻儿老小父母兄妹，谁有钱谁说了算。社会上的同学朋友，谁有钱谁就是老大。以前对你有意见的人，想着法子消解怨愁，把你曾经的错误也当成正确的来讨好你。以前不远不近的，绕着弯子找一个支点说两人有过美好的渊源。社会上打架斗殴致人伤残甚至死亡的，拿钱可以摆平。钱是人的胆，一个石城的煤矿老板，去广州买车，看着他土里土气的，车模直接把他带到低价车位区，眼神里流露出小瞧低看，话都不想和他多说一句。这老板一时恼火，走到豪车区把最贵的一款车买走了。村里人一辈子省吃俭用积攒点钱，掐着算着，才能修起一幢砖窑院子，搞不好还要欠一屁股债，至少要误掉一季的庄稼收成。有钱人专找村里阔绰宽敞的地方，起二层三层盖洋房、修庄园，主人根本不用动一砖一瓦，就可以大摇大摆地住进去。有钱人在大城市买房，不是一间一间地算计，而是把一个单元或一栋别墅直接划在自己的名下。有钱人哪儿受了气，在哪儿用钱把硬气赎回来。有钱人吃一桌饭的钱，穷人一年都赚不来。有钱人的一条烟，就是一个工薪人员一个月的工资。几百万、几千万的现金，堆在你面前，烧手，看你敢不敢接，也压人，看你敢不敢担。人一生要不轰轰烈烈地冒一次胆，赚一把钱，爹娘就白生了你。不会赚钱的人，连老婆也可能跟别人跑了。钱，就是硬道理，钱，就是生命线。不怕你猴子不上杆，就怕你铜锣敲不响。

这山里挖煤，不算太复杂，可有的人就是赚不了这种钱。大马司十分清楚，那些把自己辛辛苦苦积攒下的几万、十几万块钱扔进山里头的，大有人在。这些人没有吃山的命。没有关系不行，只有关系也不行。没有关系可以培养关系，有了关系也可以失去关系。如何把关系用足用好，才是赚钱的法则。送的太少了，关系的作用是有限的。送的太多了，又怕得不偿失。如今这人，都现实了。小关系办小事,大关系办大事。

大马司脑子里被钱占满了,想着全是与钱有关的好事。想着自己日进斗金的现状,大马司甚至想出十年、二十年以后的自己将会是什么样子。当然,大马司也想起自己小时家里的穷困。娘是一个瘫子,嫁给爹以后一连生六个儿子,还没算完,又接着生出三个丫头片子,生归生,却不知怎么养育成人,多亏有个奶奶,跟在这个娘的屁股后面,挖屎弄尿地拾掇,不算怎么干净利索,终究还是一个一个地养活大了。老大的一双鞋一件衣服,经过缝缝补补,一直能穿到老六的身上脚上。爹倒算是一个做买卖的,可也不正经做,整天吃喝嫖赌的,也赚不下几个钱。要只凭爹赚的钱来养家糊口,全家人都得去喝西北风。全仗了奶奶娘家的帮衬,兄弟姐妹九个冬天流着稀鼻涕红着冻伤脚,夏天蹚着积雨水光着赤脊背,没规没矩没章没法地长成人。大马司排行老大,刚出生,一家人喜天欢地的,看着他虎头虎脑的样子,全家人都宠着惯着他,奶奶常把他的小毛脚往自己嘴里填,稀罕,从心底里亲。可他还不到一周岁,老二已近临产,接着老三老四,一一轮番出生。大马司成了义务保育员,抱着老二引着老三喊着老四,满村乱跑。转驴驴转狗狗,千万不要转下头手手。上学,上不到心里,又没人强求,背着家里人逃学旷课,和那些年龄大的好吃懒做的混混们乱窜。小撇子、森森,这些小时耍过的伙伴,在一起时总想出一些破坏捣乱的歪点子,他们走到哪儿,哪儿就会有灾难。再后来,凭着一点拳脚功夫,来到小码头,整天争闹打斗,合码头人没有待见的。他们跨过码头桥,又把坏印象带给了城里人。那时,大马司根本没想到,自己有朝一日,能赚到这么多的钱。想完以前想未来,想完了好事想坏事,大马司也逼迫自己往坏事这方面想一想。他有意识地往自己目前的困境想去。这时,张天宝的形象又一次冒了出来。

大马司心里不能存太多的事情,想起张天宝,就马上给他打电话。

大马司把张天宝叫到自己办公室。面对这个吃里爬外的叛徒,大马司一肚子的火气,但表现在嘴上的语言却不软不硬:“你和小最最的事我已经清楚了,而且,丽丽这边你也有了想法。你知道,我最痛恨的是什么,你也知道,我这个人是一种什么脾气,换了别人肯定是白刀子进红刀子出。看在你跟了我这么多年的分上，你也确实为我做了不少事，我就放你一马。我好事办到底，让你喜欢的小最最堂堂正正地跟你过人家吧，史经理那边我也说好了，他答应不再纠缠了，你也知道杀父之仇夺妻之恨是什么结局，小最最虽不是史经理的妻，但称妾不为过吧，这已不是什么秘密了。我与史经理坐了半个晚上，总算把他的弥天大火浇灭了。明天你到会计那儿拿上两万块钱，算我给你的新婚置办一套家具吧。再在我这儿干下去，是不可能了。”

长得人高马大的张天宝，最后竟跪在大马司面前一把鼻涕一把泪地号哭起来，感恩声、道歉声不止。任大马司怎么劝都不肯起来。最后，大马司自己走出门外，丽丽才把张天宝打发走。

把小最最指配给张天宝，史经理并没有意见，甚至可以说是给他甩掉了一个包袱。原先，小最最这块田地是史经理开垦挖掘出来的，一只丑小鸭，一夜之间蜕变成一只白天鹅。相当长一段时间，是史经理苦心经营并精心侍弄的一亩二分水地，可这土地肥沃了连草都想长进来，而且这水地并不拒绝。渐渐地，史经理也放任不管，任其疯长。小最最已然是一个烂货，凭着一身骚姿狐气，到处献身，连带着色彩的各种小型洗浴中心她都常常光顾。和她过人家，张天宝等于浑身都戴着绿帽子。比起从村里带到城里的乡村姑娘，她有无穷无尽的花钱欲望，张天宝能不能驾驭，以后能不能过成日子还是个谜。这是大马司对张天宝的惩罚，也是将计就计。你不是待见这个小妖怪吗，就让你待见，不待见也不行。有了大马司的“指婚”，身无着落的小最最自然是抓住了一根救命稻草，有了先前的染指，你张天宝也曾有过虚拟的山盟海誓，这假戏必须真做起来。至于张天宝如何安排自己那位村里来的姑娘，此为后话。

三十六

张天宝长得人高马大，虎背熊腰，脸上的横肉红中带白，年轻时肯定是姑娘们都爱见的白马王子。跟着大马司多年，发福了。原先聪明的脑袋，又增加了不少智慧。他不是一个没有心机的人，不然，也不可能从一个乡下人一进城就取得了大马司的信任，而且一干就是多少年。眼看着赵二狗这样的莽野之人倍受宠爱，而自己因一时不慎被逐出“家”门，狗失其主，必遭欺凌。张天宝盘算着自己的出路。

这一天，他带着小最最开了一辆桑塔纳小轿车(他在天长顺酒店外出办事专用车，是临走时大马司赠予他的礼物)，来到与八骤煤矿平行并进的另一条沟，这里是非非的煤矿。他想取得非非的信任，做一份像赵二狗那样年薪百万的工作。车刚开进沟不久，他发现有两个人在半山沟梁上转悠。凭直觉，他觉得机会来了，便停下车来，对小最最说：“今天中午，你就等着非非大鱼大肉请咱的客吧。”

张天宝下了车，绕着沟丛山脊，来到离二人不远的地方，从身上掏出一个小本本和笔，胡乱描画起来。等两人走近时，张天宝已画好一张地图。

看着张天宝画图的那份专注，那两个人蹑手蹑脚地凑了过来。

“这位朋友，你这画的是什么呢？”

张天宝回头看了看两位，悄悄说：“同行同道的，不要装傻装痴了。”

那两人看上去也就三十岁左右，张天宝顺便问：“刚出山吧，连个路也寻不见，还能找见偷拍的窍门？”

那两人像是遇到了知己，围在张天宝身边，两台摄像机也放在了地下。“向前辈请教请教，初来乍到，请给予指点。”

“有证件没有？”

有一个人拿出记者证让张天宝看。张天宝看过之后，马上扔了回去，说：“你哄三岁小孩啊？”

“真是个老江湖呢，一眼就被你看穿了。”

“让我看看你的胶卷，能不能过关。”

二位便打开摄像机让张天宝看录像。看完，张天宝说：“不行，距离太远，图像也不清晰。”

“那怎么办？”

张天宝想了想，说：“看你二位大老远来这里也不容易，就帮帮你们吧。”

张天宝让二人看自己刚画下的地图，接着瞧了瞧周围，才说：“你俩瞄的这个煤窑，确实是个黑口子，但刚开不久，而且是时开时断，出炭量也不多，真就是晒出来，意思也不大，就怕白干了。你俩看清我画的这张地图，就是翻过这座山的另一条沟，那里有一座黑口子正热火朝天地开着呢，每天都有大把大把的人民币入账，那可一条大鱼。从哪里进，从哪里出，要拍的真货，你要拍摄的地点，以及矿主的电话，我这里都记着呢。”

“这不是你正在做的事，我们怎好意思夺人之美呢？”

“我的文章已见报了，不过先上了一个小报，他们也答应过要尽快消除影响而不再扩大。我这次就是来负责商谈的，随便再采几个点，看样子今天油水不会太大了。”

“没想在这荒山野岭还遇上知音了。”

“不用我再教你俩怎么做了吧？”

“谢老兄好意，你能给我们你这张图吗？”

“咱做一个小交换，虽然你们这胶卷不太值钱，但也算一个小凭证，以后也许还有点用。你们给我胶卷，我给你们图和电话。”

“行，咱说话算数。”

两人拿了图纸，张天宝取了胶卷，各自分手了。

张天宝下山钻进小车里，对小最最说：“办妥了。”

非非的煤窑开在比较隐蔽的深沟里，从外面看，规模不是很大，一进到矿区，却十分壮观。

张天宝的小车被门卫堵在矿区外。

经交涉，放行。张天宝把小车直接开到了非非临时办公的一处挨树林的小房子旁。

走进小房子，张天宝拿起搁置在床头的那部摄像机（兼摄影功能），把那胶卷安放进去。

非非正在看电视，听见响动，转过头来，看到张天宝和紧随其后的小最最，问：“大老远的，带上你的美人给我显摆来了？”

迎着非非这句话，小最最扭了一下妩媚的腰肢。

张天宝说：“闲话少说，你这里摊上事了，摊上大事了。”

非非说：“神秘兮兮的，莫非有人要断我的财路？”

“你看看再说吧。”

张天宝把手上的摄像机摁开,让非非往跟前凑了凑。图像开始出现。没几分钟,看完那盘胶卷,非非说:“这不就是咱煤矿的远景图吗,有什么大惊小怪的。”

“你认得就好,你承认就好,就怕也有人认得,也要你承认。你知道我这胶卷是从哪儿来的吗?”

“是不是这两天人们到处在传说的那些小报黑记者?怎么,这么快就瞄上我啦?”

“掏钱吧,没有五万十万的,你能打住?”

“该掏就掏吧,怨咱命苦,不怨政府,有钱大家花,谁有本事谁就来花这钱,有啥办法?”

“多亏让我碰上了,不然你中了野枪都不知谁放的。”

“你这是邀功请赏哩吧?”

“当然,你可以不把这当回事,但你保不准哪一天就有类似的危机再一次来临。”张天宝说着,把胶卷从摄像机里取出来,装进自己的口袋。

“还有一件事想告诉你,这俩人是新手,我哄骗他们说拍到的这个胶卷不能用,随后那两个记者被我打发到八骡煤矿了。如果不出意外,今天,最迟明天,大马司得放一次血,往少里说,也得五万。”

“这记者就这么厉害?他们怎么要钱?”

“把拍到的内容,加一段文字,说这是某某县某某乡的一处私开黑煤窑,尽管国家各种法律法规明文禁止私开滥挖国家资源,但这里的黑煤窑却久禁不止,不知道那些执法部门的人整天在干什么,不作为造成了国家资源的巨大损害。然后拨通矿主的电话,让一个代表和他们见面,在摄像机上给你播放一遍。告知你马上要送省台播出。要想消除后果,请拿钱来。宰你没商量。”

“为了把黑煤窑开下去,你只能乖乖把钱送上来。报案也没地方报,也不能报。”

“是啊,你是花钱免灾哩,还是破罐子破摔哩?县上乡里也要跟上你倒霉,说不定有的官员还要跟上你受处分免职哩。”

“大马司这下有好戏看了。你这曾经的部下，也真够狠的。这叫恩将仇报，过河拆桥，你知道吗？”

“这种事不定什么时候就突然来了，也不能全怨我，今天是让我碰上了，而且他们根本神不知鬼不觉地已经把证据拍到手了。这种事盯住谁家谁家倒霉，那么远来一次，他们肯定不会空手而归的，这点你放心。这边不倒霉，那边倒霉。今天遇不上，明天就可能遇上。以前我专给大马司擦这类事的屁眼，现在人家不用我了，我总不能死皮赖脸地给人家服务吧？热脸蹭人家的冷屁股，这类事我不干。”

非非说：“你这叫不叫扛上搅茅棍往主人脸上抹屎？”

张天宝说：“我这叫走出地边边，翻了眼圈圈。偷人的事是我干的，但我不承认，你拿证据啊？”

非非又说：“你很现实啊，吃着谁家的饭，办着谁家的事。”

张天宝抢住非非的话头：“大马司不给我饭吃了，当然我不会给他办事了，办了人家也不一定买账。可现在你也没给我吃饭呀，我给你办了一件大事，同时还替你摁了一下你的劲敌，这点你知道就行，就怕给办了好事，也讨不上一点好哩。”

小最最终于插上了一句话：“他这人就这德行，谋上一件事，往死里弄你。成事不足，败事有余。”

非非不无暧昧地看了看小最最，突然问张天宝：“现在要是我聘你为我做事，你有心思没有？”

“可以考虑，但名誉上和实际上都得是副矿长待遇。”

“你这人的德行，我知道，两样东西少不了，美女和美酒。美女能陶醉你，美酒能麻醉你。有了这两样，做事的劲头才能提起来，没有这两样，就是蔫了的黄瓜、落架了的茄子，再说啥也是假的。这样吧，咱现在回县城川味酒店吧，这里只能给你吃一碗面。回去给你摆一桌酒席，让你和小最最美美喝几盅，把你的嘴堵上，然后咱再说正式聘你的事。”

“就这样了一件于你于我都比较开心的事？”

“为了奖励你今天的表现，饭后到会计处领一万元现金，这总可以了吧。”

“就按你说的办吧。还看以后的事你怎么对我哩。”

三个人即刻动身，回县城川味酒店喝酒谈事。

非非自己开着小车先走一步，张天宝拉着小最最紧跟其后。

张天宝看着前面非非那辆奔驰，对小最最说：“可惜这么好的车在他手上给糟蹋了，像是一头笨牛拉着一辆人力车，连我这破大众车也跑不过。”

小最最说：“人家是赚钱的老板，平时有专门的司机，今天单独和你谈事，也许有点不便。男人会赚钱就行，哪像你这头野狼，只会开个车。”

张天宝说：“这山路开上个崭新的奔驰，是引上新媳妇往垃圾堆里走哩。在这深山沟里，能摆出什么谱来？咱这大众，是汽车厂家专门为这山路制造的，耐摔打。”说着话，他同时腾出一只手来，伸过来在小最最脸上捏了一把，说：“我这只野狼，你这个狐狸精已经不稀罕了，有本事今天吃饭你逗逗那头笨牛，看他能不能闻出你这身尿臊味？”

小最最用手捅了一下张天宝，口上连连说出“讨厌鬼”三个字。车身向左右晃了晃，张天宝说：“你不要命啦？”

在一个路口，张天宝提示小最最：“你往山上看看，那两个记者应该差不多拍完走人了。”

小最最扭身向外面的山上看去。

张天宝用胳膊肘顶了顶小最最，示意她往前看。

果然，又走了不远，那两个记者正在前面的路边站着，像是要等着搭一辆车。

张天宝赶忙把遮阳板放下来，又迅速戴上了墨镜，对小最最说：“不要说话了，不能让他俩认出我来。要认出来就坏菜了。”

小最最把扔在后座上的那件棉大衣拽过来撑在自己胳膊上，这样，副驾位置的两个可视点都给遮挡了。

小车急驰而过。一团烟尘把那两个记者熝回去好几步。

张天宝隐约听见有叫骂声传来。

小最最也小声嘟囔着：“不坐就不坐吧，还值当你这样欺负人？压死人你也不要想活。”

张天宝说:“这些人压死一个算一个,整天干的没有一件人事。”

走出一段距离,张天宝又说:“这两人要真挡住了非非的那辆奔驰,就有意思了。他们要找的人,就是正给他们开车的人。坐上人家的车,再讹上人家的钱,多有意思,就像你一样。”

小最最一时没有反应过来这最后一句话的意思, 半天也没醒悟过来,像正月里被人挠痒了一下,腊月里才想起来应该笑笑似的。走了一段路,小最最才反击张天宝:“你以为你有多高贵,好像我想讹你似的。这话倒对你特别合适。讨谁的便宜,害的也是谁。”

张天宝说:“你连句话也说不了,这叫吃谁恨谁,挨谁搞谁。”

小最最说:“像你这种人,纯粹是社会的毒瘤,放到哪个肚子里,哪个肚子就要腐烂。”

张天宝打住这个话题,把小最最的一只手摁在右手的方向盘上,自己搭在上面的手控制着车身。小最最不敢乱动,生怕小车因自己的举动而发生事故。张天宝一边抚摸着小最最的手,同时掌控着方向,一边对小最最说:“你好好想想今天中午怎么和非非喝酒吧,你要表现得好,咱今后就有大钱可赚好事可享了。”

小最最说:“这两天客人来了,我不想喝酒,恐怕会让你失望哩。”

张天宝说:“什么客人不客人的,不就是每月来访几天的老顾客。不行,不仅要喝,还要想办法让非非喝醉,这样咱才能谋到非非给咱的一个好职务,好职务钱也赚得多。我要有了钱,你还不是贴天地活?”

小最最说:“非非那小酒量,你还不知道?二两就喝成红脸关羽了。你还没进入状态哩,他就先给放倒了。”

张天宝那粗大的手在小最最的绵软的手上捏了捏,飞快地离开方向盘放在自己的鼻孔外嗅了嗅,又飞快地摁回到小最最的手上。小最最刚要抽手,就又被摁在方向盘上了。张天宝口上说:“不想活命了?车速这么快,你要咱两人都飞到沟里去?”

小最最的手听话了,被摁在方向盘上一动不动,任由张天宝揉搓。

张天宝接住刚才的话:“男人和男人喝酒,越喝量越大,二两的酒量能喝成半斤,半斤的酒量能喝成一斤。男人和女人喝酒,半斤的酒量二两就晕糊了。要遇上你这样漂亮的女人,男人醉得更快,酒不醉人人醉人啊。男人一醉酒,啥的事也敢给女人许诺。这样,就喝到份上了。”

小最最摇了摇妩媚的脸盘,说:“你就不怕把我喝到非非的床上去?”

张天宝笑了笑,说:“对我而言,好不容易才遇上这么个漂亮多情的女人,怕。对你而言,有老江湖的一套本领对付他,不怕。对非非而言,睡你一次也影响不了他睡别的女人,更不怕。”

小最最用头轻轻顶了顶张天宝的腰部,有点娇嗔地说:“你们这些臭男人,见到美女,就像猫闻到腥似的,控制不住。”

张天宝郑重其事地说:“据我了解,非非在男女问题上一直是很谨慎的,没有把握的事他不会去做。个性倔强,做事狠绝。他这人对钱的兴趣比对女人的兴趣大得多。他曾对我说过,女人祸水,美女败家。”

小最最纠正:“什么女人祸水,是红颜薄命。这种事情是一对一的,说女人是祸水,谁让你男人来蹚这盆祸水来?说一个女人坏,肯定也会跟着有一个坏男人。”

这话题让小最最突然想起一个人,就说:“你听说过一个叫城乡路的人吗?这人可是个不被美女迷惑的人,连大马司和小撇子都很怯惧他。”

“听说过,他和小撇子是铁股子,和大马司也是小时的朋友。怎么,你招惹过他,他不从?”

“那次在天长顺酒店吃饭,当着大马司和我们三个女人,和小撇子干了一架。当场把小撇子身边的那个漂亮姑娘给赶走了。”

“那个姑娘我见过,人是长得不丑,死缠皮,粘在丰盛昌总经理办公室,把那小撇子折磨得可以,还说要给他生个胖小子哩。”

“可那个城乡路让她三天内从县城消失掉,这话能不能生效?”

“这城乡路是个厉害人,我估计小撇子只能用钱了断了。”

“这个姑娘会答应吗?”

“你知道大马司这个人的脾气吧,小撇子也差不多,这城乡路你别看他没有这两个人有钱,横起来都得买他的帐。这小码头出来的人关键时刻都敢玩命。这姑娘要不离开小撇子,别说你要遭祸,就连小撇子也别想好过。这个人想好的事必须落实。”

“这下,有好戏看了。”

张天宝看了看前面的路,说:“快到了,酒瘾来了吧?”

小车拐进县城时,路上的行人多起来,小最最突然把手抽了回来,像上了当才醒悟了似的说:“你的左手又不是残疾,不会控制方向盘?硬让我的手被你摁在你的右手下,一路上担惊受怕的,坐得我好累好累。”

张天宝忙说:“咱有难同当,有福同享。”

小最最撇了撇嘴,说:“今天这酒,你不要指望我,看你自己的表现吧。”

张天宝说:“看情况吧,我今天不计划喝太多,争取一瓶打住。”

非非的奔驰刚在县城川味酒店的后院停稳,张天宝的大众也开进了院门。

张天宝正要开门下车,眼前一幕情景让他迟疑了一下。院门一侧,闪出一个人来,再细一看,是县上的挂职副书记范伟长。

非非揽着范副书记的腰,先一步走进了川味酒店。

张天宝转头对小最最说:“这非非真是个江湖大盗,把县上的领导也不知不觉地摆进自己的棋局了。也是咱俩有缘,今天能与县领导共进午餐了。”

小最最说:“权哥哥,钱弟弟,分不开。嫩手手,银碗碗,合得来。”这话,让张天宝惊愣了半天。

三十七

八骡煤窑假记者诈骗的同一时段,回头峰煤矿也发生了一件让小撇子欲哭无泪的怪事,把矿长和分管安全的副矿长折腾得死去活来的。

坑下煤头工作面出现小股塌方冒顶,造成一个外省工人死亡。当天下午,矿长让人就近在山野外埋了人,那死者样子惨不忍睹。只一天时间,从外省赶来五六个家属,有亡者女人、有孩子、有父母亲,哭着喊着,要见丈夫、见父亲、见儿子。矿上把遇难家属安排到城郊一家宾馆,好吃好喝侍候着,美哄着。他们穿着白丧衣服在宾馆进进出出的，挺惹眼。

小撇子坐了一辆车来到宾馆，想安抚一下，毕竟是为自己煤矿出过力流过汗的工人兄弟。夜色中，小撇子看见有两个鬼似的穿着白衣服的人在宾馆楼上楼下胡窜乱奔，借着酒气耍酒风，扬言要到县政府告状去。小撇子快速走进一间客房，问矿长："这两人是谁？"矿长回答："是刚到咱矿没上几天班的外省工人，这死者是他俩前两天才介绍进来的，说是他们一个村的，是叔伯兄弟。上班头一天就被压死了。"小撇子说："这安全矿长是怎么当的？照这样下去咱还不赔得锅也砸了。快事快了，二十万到三十万，尽快了结此事。拖长了，对咱矿上影响不好。"矿长说："这事你不要管了，今晚你就回去吧，和这些人也说不下个三长两短。我马上就办，明天就打发他们回家。"

第二天，小撇子打电话问矿长："那伙人，还在不在？"

矿长说："刚被我说服了，好说歹说，最后以二十五万成交，我估计今天上午他们看过尸体，下午就可以返程了。钱我已经准备好了，等他们临走时，再一次性付给，省得反反复复没完没了。"

小撇子说："行，就这样吧，咱派车把死者家属送到火车站。临走，再好好招待上一顿饭，一个大活人说没就没了，遇到谁家也不好受。"

晚上，森森在老温澡堂叫小撇子过去喝酒。小撇子心里正郁闷着，恰好和朋友排遣一下，他安排司机买了一箱白酒和一堆肉罐头，匆匆忙忙赶了过去。

小撇子通过叮当作响的台球厅走进一间风味小吃铺，从一扇小门来到老温澡堂。澡堂里没开灯，他黑咕隆咚地找了半天，也不见一个人。澡堂今天好像是歇业了。最后，他来到他以前上班的一间小屋，仍然没人，正要返身走出，突然有人叫住了他。原来是森森。

森森一个人躺在一架钢床的上铺，就着窗外射进来的一线光亮，正在看书。

在森森翻身下床的时候，小撇子捡起扔在床上的几本书，看了看，又扔回床上接着说："以前耍枪弄棒的武林高手，现在成了民间学者了？"

森森回答："以前咱还真不懂，家里人整天让看书看书，我老觉得那破书有什么看头。现在，我是一天不看书心里就痒痒，这书还真想多看点哩。古人讲，‘万般皆下品，唯有读书高’，还真是这么个道理哩。”

“你不是又在为赵县长讲课做准备吧？那些奇谈怪论，不是都从这书上来的吧？”

“你这土包子，不懂了吧？毛主席教导我们说，书要活学活用，不能急用现学。你要带着问题看，把书上的知识与你的经验结合融汇在一起，不能死看。其实，好多书都把你的成功与失败写到了，勤看书能避免你走很多弯路。你要有兴趣，我先给你选择几本，看了你就知道了。”

“我办公室的书架上书多得是，中外企业成功人士的经验与教训都写在上边了，只是我没时间去看。”

“磨刀不误砍柴工，当领导不能老让细七碎八的杂事搅缠住，要你那手下的人干什么？你没看进去，说明你还不知道其中的好处。那些太深太玄的理论，你也一下看不进去，况且也不能只看一些企业方面的书，各方面的书都得看看，我先给你准备几本入门的书吧。你这种人有许多恶习难改，老让我说你。可你从心底里总是不服，看的书多了，你就知道我的用意了。”

小撇子将信将疑地说：“试试看吧。”

森森又对小撇子说：“那个漂亮姑娘打发了没有？”

小撇子的长胡须抖了一下，回应：“因为这个姑娘，你要和我玩命，我敢不打发！你这人，见我有好事就看着不顺眼，我要是那号重色轻友的人，非和你拼命不可。摘不到葡萄说葡萄酸，咱以前连二婚女人都没人跟，现在好不容易有年轻漂亮的姑娘扑闪，却被你一拳头打飞了，你是见不得穷人过年。”

“我还真给你说清楚，你再不要动这念头，叫我碰上，见一个打飞一个。除非你把我打飞。”

“人家大马司身边是美女如云，我就这一个，你也不容。”

“那当然，大马司我怕是管不了了，你这里不一样，你是党和政府公认的大人物，是为老百姓造福的人物，你的一举一动都有人关注着。你没有事还有人想给你编出点事出来，你要真有点绯闻传到社会上，你的好名声就打了反拍子了，不把你打得喘不过气来才怪哩。你不可能为了贪图那一块臭肉就前功尽弃了吧？再说，双莉这边我也得负责到底，这事咱们当初是有约定的，你忘了？这样的好女人，你要不懂得珍惜，就是你瞎了眼了。你以为她就是一个傻子？你那四两半斤我不清楚？你现在是有名望、有地位、有金钱的人，当然有人扑你，史双莉是在什么情况下跟的你，你混了心了？”

这时，老温已站在两个人身后，他打断两人的争吵，把他俩引到了澡堂的餐厅。

老温女人把自己炒的几个菜端到桌子上的同时，小撇子的司机也把几个肉罐头摆了上来，接着把酒也拿了出来。

森森一看这来头，马上就是一段顺口溜：“天一顿，地一顿，美酒好友喜相逢。昔日耍尿小撇子，今朝老板是赵董。”

小撇子马上按住话头，说：“快不要吟那些酸臭诗文了，我这里正在火烧曹营，你还在那儿东吴招亲哩。”

老温问出了什么事。

小撇子把矿难之事来龙去脉地说了一遍。

森森一本正经地问：“那女人和孩子是真哭真悲伤，还是假哭假悲伤？”

小撇子瞪起眼，长胡须也煽了起来：“谁家死了丈夫死了亲爹，还有假哭假悲伤的。”

森森说：“你不是亲自见过那穿白衣服的人了？真是他们的亲人？”

这一说，让小撇子有点发愣，想了想，说：“你别说，还真有点不对劲。”

森森说：“你也是个傻子，遇事就不能冷冷自己，往别的地方再想想？你钱再多也不是这么个花法吧，你把钱给老温和我，哪怕三万五万，我们一辈子都念你的好哩。你这钱，捣得蒜也不麻了。”

小撇子半天无语。

森森继续分析：“我估计，要是假的，他们连尸体都不会去看，拿上钱就走人，还怕你看出毛病反悔哩。”

小撇子马上拿起手机，接通矿长的电话，问明情况。

果然，矿长那边回话：“这些外乡人，真是认钱不认人，根本没有去看看死人的想法，连送车站都不让送，拿上钱就走了。”

森森这边听得一清二楚，口上连说："经典之作，经典之作。"

小撇子问怎么回事。

森森看着老温女人走回厨房，直奔主题，压低声音，先说另一件事，他说："那个死皮不要脸的姑娘到底走了没有？你刚才没给我说清楚。"

"扯这些寡话有啥用？"

森森郑重其事地说："很有用，有大用。你现在给我说清楚。"

小撇子说："开始她吓唬我说，已经怀上了我的孩子。到医院一查，没有。她确实怕再见到你，也觉得跟上我不会有太好的结果。在医院，我一次性给了五万块钱，打发走了。"

"这就对了，你以后要在这方面慎重点，别玩走火了。"

小撇子把话头绕回来，说："你给我说说这假矿难的事吧。"

森森拾起前面的话题，一步一步地给小撇子分析。

"矿难的整个过程都是按规程设计好的，一步都没差。他们一步一步地做，你一步一步地跟，这套子严丝合缝的，你不钻进去才怪呢。别看我没到现场，一算一个准。"

小撇子一时纳闷，长胡须也软了下来。

森森把全过程给小撇子演说了一遍："每天咱火车站，汽车站都有外地来这个煤炭大县打工挣钱的人，当然，肯定也就有接站介绍工作的人。有的可能是老乡，有的根本不认识，是经人介绍对接上的。通过几倒手，由你矿上一两位工人引见，来你矿上上班。上一两天以后，他们在坑下把这个新工人一锤砸死，或故意碰死，再制造一个冒顶事故。等你的安全员到了现场，只能看见一堆炭渣埋着一个人，根本不可能往其他方面想。号称是老乡同村的跟前人，在你面前给死者的亲人打电话，一两天之后，死者的老婆孩子就赶到了。他们预先安排好分工，有扮演老婆的，有扮演孩子的，在你面前感天动地地号哭一番，就来表演寻死觅活，并扬言要到县政府告状去。县里把安全看成是头等大事，县长都与省市签过军令状的。实际上各煤窑死人现象经常有，有不少都不报县里，报上去县里相关官员要被问责甚至处分，对死人的煤矿绝对要封杀并罚款，逼得你赶忙处理事情，最好速战速决。这种时候，你的钱就不是钱了，你面前的这女人孩子都是比爹娘还贵重的角色，恨不能用一捆一捆的钱把他们砸回去，花钱免灾，尽快结束这伤气败运的事态。这种心理他们研究得比你透彻。等事成之后拿到钱，他们再到暗处分。一个完美的人为事故就完成了。随后，他们在背后还在笑骂：咱们又遇上一个傻子了。然后再去物色新的对象。你回去查吧，那两个肇事工人肯定不会再在你矿上干了，干了几天的工资也不要了。改天就又到一座煤窑进坑了。”

“这些人就没有一点人性？拿一个大活人往死里弄？”

“世上什么样的人渣没有？人里什么样的邪事不能发生。比起在坑下死受活受挣你的那点钱，这样来钱快而多。至于那个死者，是哪里人谁也不知道。反正家里人以为是出来打工来了，又不知去了哪里，即使知道在哪里，几个月后，还不定又跳槽到哪个煤矿或哪个企业了，谁能说清楚？”

老温说：“咱不说这些恶心事了，喝酒吧。”

小撇子一直郁闷着，身在澡堂，心却还挂着矿难这件事。他像个机器人似的，森森说让喝几个，他就喝几个，醉了没醉，自己也不清楚。老温阻止住森森的劝酒，主动邀请森森喝起来。时间不长，老温叫来司机，提前把小撇子送走了。

为了落实森森的这番分析，小撇子让办公室主任到埋人的野沟里挖出死者，看身上头上有没有锤棒等硬物砸伤击打致死的痕迹。再问那两个工人在不在矿上上班的情况。经落实之后，情况正如森森所言。

小撇子如梦方醒。

与此同时，小撇子也了解到，矿长在处理矿难事故中有很多让人费解的事情发生。第一，安全员发现事故现场有可疑的人为痕迹，他也如实地向矿长做了汇报，矿长对小撇子汇报时却有意地避开了这一细节，致使事态一直往制造矿难者的圈子里猛钻，在源头上没有把好关，无意中怂恿了那些所谓的家属们的肆意闹腾。第二，处理事故的双方谈判中，本来已有二十万成交的意向，可在正式签订合同时，矿长却写成了二十五万，这等于把矿上辛辛苦苦赚来的五万块钱无端扔出去了。

基于这两点原则性错误，小撇子认识到：新矿长人选亟待考虑。

三十八

正是煤炭价格突升猛长的时候，村里的老百姓、路边的小商贩、商场大楼做买卖的，等等，都纷纷摩拳擦掌，筹备钱物，一窝蜂地开起了小煤窑。一条大沟，几十个甚至上百个煤窑口子绝对不带夸张的成分。

有证的加快节奏地开，没有证的小偷小摸地开；有关系的半明半黑地开，没有关系的时走时在地开。村里的人，趁着月黑夜深的后半夜，在离家不远的沟下地边，刨开荆丛灰渣就是炭，一家人几个小时挖出一三轮车炭不是问题，天亮时倒在自家院里，积少成多，找一辆运输大卡车，几千块钱到手。风声不紧的时候，一家人再来到用荆丛石块掩盖的小煤窑，再挖出一车，打的是游击战。也有从城里来的商人或职员，仗着拐弯抹角的一点关系和苦打实熬存下的几万元，想扑下身子大干一番，结果坑口选得离煤层远了些，只见炭渣不见炭，几万块钱比打水漂走得都快，又遇上常有县乡煤管部门突查，不几天，一分钱没见着就再无能为力了。也有的人开了一半不见炭，赔钱卖给别人，别人再挖几米却见到了乌黑发亮的煤炭。卖者自骂“财运不济屁冲了眼”，而买者自诩“命里有财低头拾宝”。

钱，是一个能让不少人眼红心黑六亲不认的东西。钱，是一个能把红灯变绿、法纪走虚的东西。本来是老祖宗留下来的煤炭，一夜之间突然变得值钱了，本应有所隐藏的私欲，不顾一切地开始暴露了，谁抢住有煤炭的地盘，谁便拥有了金钱，也就拥有了吃香的、喝辣的、穿金戴银、住洋房、开轿车、抽高级香烟的资本。私挖滥采，绞尽脑汁，明知法律是一条红线，但用野蛮、用权势、用背景超越红线的人比比皆是。刨开山洞，排过杂石，取出煤炭，卖出挣钱，这种简单的游戏，并不需要多少智慧和知识。胆量是谋取的前提，金钱是享受的资本。这一时期，这个特殊的地域，有煤的沟梁地面，黑尘灰烟弥漫，大小车辆穿行。绿树草坡长了几十年几百年，在一瞬间变得支离破碎，残损无形。

谁也没有精确地计算，这个地域到底因大小事故死过多少人，甚至连一条沟里死了多少人也不知道。那种短期快速小型的挖煤方式，是一种带有掠夺性的开采。今天干，明天能不能干还在两可。买窑柱，支洞顶，修路面，都是要花钱的。花了钱而无法保证更多掠夺的举动，很少有人去办。即使办，也是很简单地搞搞，为了更多更快地纵深挖煤。这样，安全系数就是零，死人的事就时有发生。洞内坑外，煤场路面，都有死伤者。村里一家人突然失去一个男儿的事，不足为奇。工人拿上预付工资跑掉，工人暗中害死窑主，不是没有。正规炸药买不到，就不能在有限时间内更大程度地采出煤炭，土制炸药便应运而生。没有规则地使用和没有安全地保管，导致土制炸药随时可能爆炸。有人形象地说：那些耀武扬威的老板手上的钱，每一张上面都沾着鲜血。

百万富翁，对一般人来说是一个神奇的传说，而在这里，几个月产生一个百万富翁绝不是假话，千万富翁也能一数一大串，亿万富翁也大有人在。高级豪车，摩天别墅，随处可见。

生命，成为豪赌一把的抵押。赌对了，人间天堂一座。赌输了，地狱之门一扇。激情与慌躁，渴慕金钱的到来。紧张与疲累，无视死亡的光顾。

一个只有几十户人家的小村，开了十几个饭店。

与煤炭相关联的产业，洗煤厂、焦化厂、选煤厂等纷纷撑起门面，建场立房，与时俱进地发展起来。煤化产品的深加工，煤炭升级的新产业，又一次在华北、在港口、在站台，高歌猛进，捷报频传。

石城县，是个小到几乎可以忽略掉的小县，一时间在北京、上海、深圳、香港等地声名大振。在各种车展中，两辆被开走的豪车中，至少有一辆是被石城人开走的。在背山面海的高级别墅区，常能听到有石城口音的人进进出出。石城大街上，悍马、宾利、奔驰、宝马、路虎等各种名车每天都在增加，把原本并不算狭窄的道路挤逼得常常出现堵车的情况。不少偶尔路过的外地人，十分惊奇，一个被群山峻岭包围的小小县城，怎么会有这么多有钱人？

一派荒莽迷蒙的野山大沟，一座没有路径的原始峰岭，突然出现一条阳光闪耀的入山小路。寻着小路钻进大山的腹部，满世界都是珠光宝气的财宝，入山人不知道自己是该先拿玲珑剔透的玉器，还是该先挪走闪闪发光的金山。这是现实版的童话世界，这是一生难遇的皇宫圣境。本地人端着金钵满嘴涎水地啃吃那稀世美食，丝毫没有顾及脚下也在睁着蓝眼的狼狗。从外面偶尔进来的生客,还没有人腾出太多的时间用心注视。这个世界好像只有各人对各人负责的镜头。一条没有管制的山溪往各种器物和人体身上浸透,有的角落已被积水洇塌,有的腿脚已被腐水泡肿,但所有人都全然不顾。不管本地人还是外来人,都睁着眼睛扑向珠宝。

在石城公安破获的一起入室抢劫的案件中,不少大小老板才意识到金钱的危险就在身边。

不用向导和内线,这几个外来盗贼循着豪车,进入豪宅区。先对一个防范意识不强的老板实施绑架,胃口不算太大的十几万现金到手以后,一串电话和一串车牌号也同时到手。几天以后,石城前五十名排位老板的信息都掌握清楚。什么时间出行、什么时间回家、走哪条路、坐什么车、办什么事,等等,都被长长地列在一个小本子上。

小撇子是率先被下手的一个。

一个初夏的晚上,豪宅区的一群别墅都卧躺在灯光微醺的城市一角熟睡。刚从一楼浴室走到客厅的小撇子,手里拿着一块浴巾,擦着头上脸上残留的水滴,着一身舒适绵软的睡衣,他还没有坐稳那套皮沙发,就发现门口的过道有一个人影闪动。他迅急站起来向门口走去。一个蒙面人毫不躲避地逼在他面前。一只手装在宽大上衣下面,好像随时准备出示一把凶器,另一只手指向小撇子,嘴里发出的声音低沉而凶狠:"你不要乱动,我要钱不要命。"惊悸之余,小撇子脑子里迅速闪过小时在码头对人打斗的一个出手动作,好汉不吃眼前亏,这个人肯定是有备而来的,现在看见的是一个蒙面人,门外还有多少人?不得而知。既然有能力不动声响地开了他家的防盗门,肯定是一伙训练有素的专业团伙。硬抗不如智取。想到这里,小撇子冒出一身冷汗,他声音有点发颤地问:"我要命不要钱,你要多少?"对方伸出一个巴掌。"五万?"对方闷喊:"五十万!"小撇子对自己的全身审视了一番,示意对方睡衣里不装着钱。正要转身,蒙面人喊:"我就在这门道口等着,你在客厅里去拿钱。"

小撇子在客厅里的几处转悠着,一边想着心事,一边不着边际地乱找。最后找见一把钥匙,打开一个抽屉,里边放着五万元整捆整捆的现金,他拿出三捆钱,恋恋不舍地走过来,很不情愿地递给蒙面人,说:"这是平时家里用来买菜买粮用的钱。客厅就这么多。”

蒙面人手里,已经握着一把亮闪闪的短刀,拿过小撇子递来的三捆钱,低声催促:“太少,再找找。”

听口音,是外地人,先前咬了两句普通话,现在露出本色口音了,小撇子更加谨慎起来,他不由自主地往墙根靠了靠。这是小撇子准备打架时的一个准备习惯,防的是背部受敌。现在是一对一,小撇子心里并不底虚,但有点亢奋的身体已经开始摇晃起来。如果此时对方的刀子要向他逼来,他必须做好随时躲闪的准备,猫腰侧身踩斜步,从下往上,一手挡住凶器,一手发力完成一个黑虎掏心的动作。如果对方是个干猴身材,身手劲道,他要立即卧地,以迅雷不及掩耳之势,不顾一切地以“通天刨”完成关键一举,先在对方下部着力,接着不减冲力直达下巴,再至鼻眼。门道中能容二人平行通过,不适合多人对打,即便这时外面再有人冲进来,也只能挡在外侧,这样很便于小撇子发挥。他没有让自己的身体再往客厅宽大的地盘移动,对方再逼近,他也不能退却。小撇子用眼睛余光看到门道鞋柜上的一个硬质鞋盒,关键时刻这也是他用来晃挡出击的武器。

盗贼的心态是速战速决,如果此时让对方用刀威胁再实施绑架,那就完全被动了,要在对方刀子伸出的一瞬间,做出上述一系列动作。但是,勇斗不如智夺,在对方没有武力出击之前,最好一边应付着拖时间,一边用语言交涉着谈条件。一般来讲,这些盗贼要的是钱,不会没仇没怨地玩命。破财保命,这是小撇子此刻首先考虑到的。想到这里,小撇子对蒙面人说:“楼上卧室的立柜里可能有十几万,是我用来周转的资金,你稍等,我上楼给你取。”说着,他身子猛往盗贼跟前一闪,逼开对方一步,以防在他转身一瞬间对方伸出凶器,然后才转身向楼梯走去。

小撇子用随时都会鹞子翻身的步态走了两个台阶,没有发现后面有什么动静,就加快了上楼的速度。

上了二楼,走进卧室,随后紧闭了房门,并加了反锁。史双莉正在床前整理衣物,见小撇子鬓上的长胡须一个劲儿抖动,就问:“出什么事了?”小撇子走到史双莉跟前,说:“不要说话,外面有贼,快给我手机。”

小撇子着急慌忙地拨弄了半天，才发现这不是自己的手机，里边存的通讯录也只有自己家人和跟前几个人的。小撇子双手颤抖着，一时找不见通讯录，他把史双莉拽到自己身边，说："你快给我接通森森的电话。"

刚接通，森森在那边说："怎么，弟妹，小撇子还没回家？这狗日的。"

小撇子赶忙说："我就是小撇子。"语音有点枯涩。

"这么晚了，还不上床抱老婆睡觉，要我干啥？"

"寡话少说，我家里来贼了，快过来一趟。"

手机里出现短暂的空白，森森低沉而快捷地说："知道了，你等着，十分钟以内我赶到。"电话马上挂断了。

小撇子又一次检查了一下从里边反锁了的房门，示意史双莉注意听外面的动静。

大约三分钟左右，小撇子放在楼下客厅里的手机响了。

没人接。小撇子想，这可能是盗贼向他催促的信号。

又过了三四分钟，手机又一次响起来。这一次，小撇子拿捏不准手机里要体现的意思。正犹豫着，小撇子听见有人拿着响着声音的手机走上二楼来。两口子浑身紧张起来，缩在门口，小撇子双手紧握着房门把手，同时一条腿用力抵着门板。

一阵响亮的敲门声。

两人听着外面的动静，四只手都堵着里边的门板。

"开门，快点开门。"

小撇子听见是森森的声音，才松出一口气，然后打开房门。

"你这小码头的孩子王，也怕死啊？贼在哪里呢？一楼都搜遍了，没一个鬼影。"

小撇子往楼下望去，四五个派出所的民警正在到处搜索。同时，自己住处的外面响着"哇呜哇呜"的警笛声。他没想到森森在不到十分钟的时间就把全副武装的民警也叫到现场了。

一场虚惊。

森森和一位负责办案的民警协商，留下两个民警，其他人坐上警车，打着警灯和警笛回派出所,随时待命。

两位民警潜藏在一楼的一间卧室内，小撇子走出门外看着远去的警车，返身关门回家。长胡须还在不停地抖动。

约过了十分钟,小撇子的手机响了,手机里发出那个盗贼的声音。

“你的动作挺快的，你是不是不想要命了。你的身后经常有一支枪顶着哩,钱不到手我们是不会善罢甘休的。”

小撇子不自觉地回头看了看,是森森,没有什么枪顶着。森森看着他的表情,说:“熊包,看把你吓成什么了,当年孩子王的胆量去哪儿了？这还能成什么大气候哩？”

手机的声音是加了录音的。森森找见两个民警,又听一遍手机里的回放。一位民警用自己的手机向领导做请示。领导问清了来电号码,同时吩咐这边:“一直与这个盗贼保持联系,不要中断。”

小撇子用颤抖的声音与盗贼对话。

“我家的门窗都连着通往近邻好友的警报器,不是我报警的,可能是近邻向公安报的。”

“你那十几万找到没有?先把这十几万准备好,今晚我们定好交钱地点和时间,随时和你联系。明天一早你赶快取钱,要现金,总数五十万一分不能少,不然,小心你的后半夜。”

“已经在二楼找到了,点了点,是十五万,家里就这么多了。”

“行,你穿好衣服等着,我们和你电话联系。”

摁掉手机,小撇子回头看着森森。森森说:“不要关机,怕没电了现在就充上,不要同盗贼断了联系。”

小撇子接上手机的电源线,充电。两位民警走进楼下的卧室里潜藏好。森森看着史双莉一脸的惧怕,神情动作都显出痴愣和呆滞,就说:“没事,不要怕。猪肥遭捅,树大招风,大不了损失几个钱,没仇没怨的,不会有人往死里治你。你先上楼休息吧,这类事有我在,你不要担心,去吧。”

史双莉又看了看小撇子,小撇子也说:“没事,你先上楼去吧。”

史双莉这才心有余悸地走上楼去。

等了一会儿，盗贼的电话打过来了："用一个白色透明塑料袋装好那十五万，开上你的小车，出小区大门右拐，在十字路口，往南走，一直到税务小区门口停车，到时我们有人接应你。"

"好吧，我现在就准备动身。"

电话设置了录音，森森认真又听了一遍，把潜伏在一楼卧室的两个民警叫到客厅。森森说："我现在和赵总开车会那盗贼，你俩请示一下你们的领导，我的意思，你俩就地潜伏在赵总家，小心这盗贼采用调虎离山计，后方出事更可怕。你俩说这样行不行？"

两位民警说："行，我们请示一下我们刑侦队队长。"

森森伸出手，捏住小撇子不停抖动的长胡须，定在空中，可根部一直在抖。他对小撇子说："不要老那个熊样，拿出你惩治张大拿、张小拿的那股劲，不要还没见盗贼对你下手哩，你自己先把自己吓趴下了，没一点龙性。你保持与盗贼联系，我保持与公安联系。"

小撇子问森森："要不要装点假货，上下用真钱，中间都用纸？"

森森说："不用，当下也准备不利索，他们鬼着呢，见不到真钱，你也走不脱，即便走脱，他们要发现被你耍了，会冒险和你玩命的。你在明处人家在暗处，你一个人对付不了这些心狠手辣的坏人。"

两人从客厅的一角向地下车库走去。

小撇子驾车，塑料袋里的钱捆放在副驾座位上，森森低伏在后排座位下。

有近十年驾龄的小撇子，倒挡挂成前进挡，把车库墙壁顶得咣咣直响，好不容易倒出车库，后备厢又让一棵树划擦了一下。小车摇摇晃晃地开出别墅区的大门，又被森森低沉的叫骂声慌得愣怔在那儿。车再启动，向右拐，森森悄声说："有我在你怕什么，不要着急，一步一步地来。税务小区还在闹市区，我觉得这不可能是真正的交易地点。"

到了税务小区，小撇子的车也没停，森森马上说："停下，这是他们指定的地方。现在，你已进入他们的控制时段，不能要你的那一套小聪明。咱后面跟着一辆小车，我估计是公安的便车，行动已经开始了。"

果然，车刚停稳，小撇子的手机屏亮了。"再往前走，到城郊那个水泥厂的小桥旁见面。”

森森马上用自己的手机发出短信:“城外,水泥厂小桥旁。”

公安马上回复短信:“信号源在前面公路旁的铁路桥洞下。按对方指定线路走。”

小撇子蹑手蹑脚地把车停在水泥厂的路口。

“到了没有? 怎么这样慢慢腾腾的,是不是反悔了?”盗贼又在电话里催促。

小撇子回话:“我已在水泥厂的路口了。我的车是一辆白色霸道,你们来人取钱吧。”

对方说:“好的,你再往前开两公里,把车停在铁路桥洞口,然后提着你的钱袋往桥洞口走,把袋子放在那块大石头旁。”

小撇子又挂上了前进挡。

“好的,我们看见你的车了。你放下钱后,回到你车上,等我们取钱验收后,你再驱车返回。”

通话结束后,森森在后面督促:“赶紧动身吧,你这个傀儡,还等什么。”

小撇子提着钱袋走近桥洞时,看见有人在桥洞下晃动,凭他的直觉至少有两三个人。

放下钱,小撇子又四下看了看,见没有别的过路人和车,才缓缓地转身离开。

小撇子刚坐进路旁的车里,对方就打来电话:“十五捆没问题,而且也都是真货。算你够意思,现在你可以开车回家了。”

小撇子启动小车,打了个转身,向县城方向走。

没走几步,森森说:“咱们的人靠上去了,你看车的右方。”

小撇子侧目一看,十几个全副武装的警察紧贴着铁路下的墙根向桥洞推进。

又走了大约一里地,森森让小撇子把车停住。

“就在这里等消息吧,我估计用不了半小时,事情就办妥了。”

小撇子这才神情放松了,长胡须开始抖动,对森森说:“我这回可让你这个狗日的城乡路要美了，你在背后抖绳子，我在前面做动作，这种感觉够美的吧？”

森森回击：“是盗贼在耍我们，看你那熊样子，不是我在后面抖绳子，前面的你不散了架才怪哩。”

正说着，森森接到公安打来的电话：“把车开过来吧，盗贼三人，都拿着刀子，现在已被顺利擒拿制服，你俩过来认认，然后咱回局里审讯吧。”

两人赶忙赶赴现场。

被公安摁在桥洞下水草边的三个盗贼，浑身泥泞污脏，拉拽到小撇子面前时，三张脸被一把强光手电筒照得明晃晃的。小撇子对跟前的公安人员说：“右边那大汉就是进入我家的盗贼。”

三个人被推进公安执法车，拉回公安局了，连夜审讯。

据三个盗贼交代，这全县前五十名的老板的具体情况都一一记在了一个小本子上，小撇子是他们下手的第一个。出师不利，这第一把火就把自己烧了进去。经过向上级汇报，经过人像比对，三个盗贼以前在其他地域所作案子都有了落实。这个案子的告破，等于一串连锁案都落地有声了。

三十九

一位被黑煤窑窑主称作“厉鬼魔王”的县领导，其日记里记载，在一次深夜突查公路拉炭车辆，差点被闯关驶过的大车轧死。在巨额利润面前，管与被管是一对尖锐的矛盾，严格执法与非法获取是水火不容的对立面。在诱人的金钱面前，从来不乏玩火之人。切断非法获取财源的公正，常常要面对污邪的挑战，有时甚至是生命的代价。从炭车追炭源，从炭源寻矿主，很见功效。以前，带着执法队突然行动，往往乘兴而去扑空而回。后来才知道，执法队里就有不少内鬼，一时也难查清楚。只一个上厕所的工夫，报信电话就打出去了。他坐的小车几天一换，但还是被黑煤窑专门负责盯他的人发现了。“厉鬼魔王刚换为晋××××××的车号了，请你们见到这辆车避着点。”

再以后，集中执法队不说出击地点前，先把队员们的手机收回到大队长手上，这样，就切断了内鬼与外界的联系。根据举报线索，用最快速度，直达目的地，效果十分明显。持续不断的大力度检查，冒着生命危险的第一线督战实干，黑煤窑迅猛扩展的趋势才稍稍遏制，也刹住了疯采乱挖的势头。

强压之下，各个黑煤窑的主人已成热锅上的蚂蚱，一边蹦跳着寻找适宜躲藏自身的地盘与时机，一边又强化保护荫庇的力度。有的干脆卖出倒钱，有的转租合并。有证的煤矿有年产不达三十万吨的，也在购置邻近合适的黑口子，形成一证多矿开采的局势。

非非的煤矿，煤质好，产量大，张天宝动用各种关系，通过一段省城和县市的跑动，使得准采证正在审批过程中。对外的统一口径是：待批待产过程中，现下是出渣修整阶段。实际上，出渣只是一个幌子，把运出来的渣石堆放在煤场明显的位置，以备上面执法人员前来时检查。大量出坑的煤炭，并没有多存，基本上是出一车走一车，及时卖出去了。

市县煤管局负责验收矿井发放证件的人员，来到非非煤矿检查，还有一个人也被传唤到现场。这个人一脸的沮丧，他是开采这个煤矿的前期人。他动用了自己所有的积蓄，还从银行贷出一批巨款，总共投进三千万元。按他原本的计划，是想大干一番的，他特意聘请了一个煤炭勘探专家，发现了这个储有大量煤层的地方，信心百倍地干了近两个月，纵深开掘了几十米，拉出的石头炭渣差不多把附近的沟岔都填满了，还运出大沟几十车，终究没有见到真正的煤层。每天都听到勘探专家说马上就会看见煤炭了，可一天又一天，就是看不见炭。到最后，实在支撑不住了，他好像掉入了一个陷阱，越挖越深，越深越挖，挖得硬是没有余力了，也没见到一块炭。他失去信心了。他怕再挖下去，就更血本无归了，于是心生厌倦，准备彻底放弃。这时，有人介绍来非非，非非并不是煤炭内行，站在那儿疑疑惑惑的，不知所措。前期开采者断言，这里肯定有大量储煤，但自己实在是心有余而力不足了。非非虽没开过煤窑，但他看见那么多的渣石一个劲往出拉，生怕自己也陷入一个无底洞，就退出煤场，不做更进一步的考虑了。那一车一车的石渣，都是用一沓一沓的人民币推出来的啊！等于是把整捆整捆的人民币烧了纸钱了，谁看着不心疼啊。从一座大山里往出拉石头，不要说几百万几千万，就是上亿元放进去，也见不到什么名堂。

一旦跌入这沼泽之地，就会越陷越深，直到把你整个人都掩埋掉，哭都来不及，死都看不见尸骨。你一人栽进去，三辈子也不要想翻起来。

没办法，前期开采人找到非非的一个近亲，又让那勘探专家跟上，想方设法去说服非非，他只要能收回已投资进去的三千万，就把煤矿彻底转给非非。两个人的说服力度很大，非非也很是动心。临到交钱签合同时，非非还是打了退堂鼓，他怕这一举不慎，把自己一辈子都毁了。这三千万不是个小数字啊！他手头也就几百万，真要盘下这座煤矿，他也得找担保人去银行贷款，后面的事还是未知数。前期开采人为了尽快退出火坑，最后亏一千万要与非非成交。非非在懵懵懂懂中，像有一只无形的巨手推着似的，以二千万签订了合同。

也算是非非命里有财，他接手后只一周，煤层就露面了。

眼看着一车一车的乌金拉出煤场，一笔一笔的金钱顺利到手，前期开采人只能一声一声地发出哀叹。非非一出门捡了个大元宝，自然欣喜不已，两千万的投资没几天就赚回来了。先前一车一车拉出来的石头，现在都变成一车一车的乌金，看一眼都让人动心。正赶上煤炭价格飙升的时段，上千元一吨的煤价，随便抓一把煤炭，都会是暖手暖心的人民币啊。现在，非非积极准备办理正式的开采证，证件一到手，他就可以大张旗鼓地做大事了。

那个前期开采人，听说非非要办开采证，又有相关人通知他到现场，来证明这个煤矿的来龙去脉。来得急切，看得眼黑，言行动态中透着挫败般的沮丧叹息。马上到手的金钱，被自己千方百计地拱让出去了。欠了多少亲朋好友的情，欠了一千万的债。两只手打着自己麻木的脸，赤着脚跳进汾河洗不清。开始的雄心勃勃，变成一摊烂泥。满面的霜打秋叶色，蔫不拉几的。手拿着山珍海味往别人嘴里送，自己干瘪的肚皮腹中空空。咬断舌头自己往肚子里咽。人要倒霉，喝凉水都塞牙。

相比之下，非非这边春风过后百草丰茂，秋色宜人，满园挂果。

这次验收，没有被通过。原因是这座煤矿诸多措施都未能达到安全指标，但话口没有完全堵死。非非口若悬河地对验收人员讲了许多即将实施的安全办法，其宏伟扎实的计划与构想，深得验收人员的赏识与认同。但毕竟是没有到位的思路，验收人员只能作为下一批待批煤矿来考虑。

这种结果，也暗合非非心意。待批矿，他就有以出煤代出渣的借口，也免去了那些正式矿井所需缴纳的费用。先开采一段时间，确认以后形势大好又煤层丰厚时，自己再加大安全措施的投入，正式领取一个合格开采证。现在，他的矿在待批阶段，一样可以鱼目混珠地出渣出炭，打的是一个微妙的“擦边球”。

非非的这种思维，与一个关键人物的支撑有直接关系，范伟长。这个挂职副书记，在省市有很深厚的关系背景，包括县里的主要领导也不知道他的水到底有多深。县里在上面有些难办的事，一经他插手，总会顺风顺水地批下来。这人一般不在场面上多露面，县四大班子的各位官员见了他，也大都敬而远之，并无深交。他也乐于自安，不事张扬。

川味酒店，成了非非接待县乡各级相关领导和执法人员的中心。对非非煤窑证件的事，每天都有人在饭桌上谈，但谁也没谈到实质上去。非非一句“正在出渣阶段，等开采证一下来就正式投入生产”，别人就再不往深处细究真问了。相互心照不宣，各得其所。

时不时地，人们发现范伟长在川味酒店用餐。一般都是自斟自饮，很少有人陪伴。偶尔也有人前来敬他几杯，但他闲话不多，只顾贪杯，孤闷着往肚里倒酒。别人也不好再多留恋，几杯过后，便告别离去。不少领导和执法人员暗地里都觉得这个副书记对麻辣川味偏爱，不做太多解悟。

非非自然心知肚明，只要这个人在这里吃着喝着，他就不底虚。

让非非也没想到的是，这范伟长突然与张天宝打得火热，接着，这副书记级别的人，竟然与那个“公共汽车”小最最也粘得不浅。有几次，非非发现这姓范的整夜都住在了酒店的宾馆里。天不亮时，有人看见小最最悄悄潜出范伟长的客房。

非非对张天宝说：“你的心肝宝贝对你有点发腻了，你的心不疼吧？”

张天宝回应：“这种女人天生一副贱相，哪垞肉肥往哪堆上扎，不奇怪。你当我是傻子？看不出门道来？”

小最最不清楚，从她和范伟长第一个晚上在川味酒店猫腻，张天宝就发觉了。他就在隔壁的房间住着，他是半夜潜伏进来的。前一天晚上，几个人在川味酒店一起吃饭,临近结束时,张天宝说要去一趟煤矿,有个要紧事急办。范伟长喝完酒就要了一间房,睡觉去了。他没想到,随后跟进来了小最最。看着细皮白面又媚相十足的小最最,就有些动心了。兔子被守株待兔者逮了个正着。

张天宝在酒店外的马路上把躲出来的非非迎住,闲溜了一圈,就回来了。

张天宝悄悄对非非说:“如果不出所料,小最最此刻肯定正在范领导房间云天雾地哩,这不是一盏省油的灯。我要当场捉住这个偷兔的,让他以后更好地为咱们服务。”

非非当即否决了张天宝的说法,说:“你现场给领导难堪,这是给咱砸场子哩。你知我知他知,有些事一挑明就没意思了。”

“不捉奸拿双,他能买账?”

“你这个聪明人尽说胡话,偷兔的比你更聪明,一个眼神就会告诉你一切。”

“偷兔的”是只有两个人在一起交谈时对范伟长的称呼。在一次酒桌上,谈起范伟长每餐必要的兔肉,张天宝告诉在场人,小最最小名正是叫兔兔,因为她属兔。话说出口,桌上的人对小最最都做了一番打量,眉眼鼻梁的搭配还真像一只兔子相,尤其是那微微隆起的小嘴唇,更逼真。范伟长送过来一个眼神,小最最的脸立刻就红了。当着领导的面,话到一层纸面上,就再不能捅破了。非非和张天宝两人都看出,这“吃兔”人,想变成一个“偷兔的”。这个机会,让非非和张天宝不露痕迹地空出来了。

四十

森森被小撇子聘为丰盛昌公司的总顾问,挣着一份和副总一样待遇的工资。

丰盛昌公司在年终召开职代会,通过小撇子做的全年工作报告,并对全年工作先进者颁发证书和奖金。还要对各个子公司的领导人选的岗位进行调整。

会前,小撇子和森森把回头峰煤矿的矿长叫到总公司办公室。

矿长叫李金锁，他从省煤校毕业后曾在一所国营煤矿担任技术员，数年之后，适逢小撇子开办煤矿要聘内行人员来经营坑口，经人介绍，李金锁被招来任职。小撇子要聘他为经营副矿长，面谈时，小撇子问他如何经营的思路，李金锁开始还是谨言慎语，一问一答，后来他从一个节点上放开了思维，把自己多年来的理论知识与实践经验进行了巧妙的整合，从微观到宏观、从政策到实际，做了十分精彩的分析与讲述。小撇子临时决定，从副矿长直接擢升其为大矿长，年薪一百万。这对于在原单位每月只有几千元工资的李金锁来说，当然是个令他心花怒放的选择。这一年的收入，他二十年也挣不来啊。

那次处理矿难事故，一方面他也想从中捞取点好处费，另一方面也觉得死者挺可怜的，对其家庭多做点补偿也算积德行善。事情调查清楚后，他也很后悔，但挽回已不可能了。小撇子对他的那些警示，他一直没忘记，心里唐唐突突的，觉得自己这矿长怕是干到头了。

先是总顾问森森与他的对话，森森对矿难整个过程做了大概的梳理，然后找准几个节点深刻分析，对其严重失误进行入丝入扣地点击，揭批，最后发展到怒火爆发的高潮。森森站起来点住李金锁的鼻子，竟然骂出脏话来。李金锁自始至终没有太多话语。

“矿难制造者的算盘打得是如此如意完美，差不多可以用丝丝入扣来形容了，损害的是人性道德。而你的所作所为，用助纣为虐、同流合污来形容一点也不过分，损害的是人性道德与经济效益。再丰收的粮库，也经不住这种硕鼠的不断蚕食。作为矿长，你对矿上、对总公司就是这样负责的？”

小撇子从外面走进办公室时，森森的火气还是很大。

小撇子坐在自己办公桌后面，一边喝茶，一边定定地望着李金锁，眼里透出不可侵犯的威严。

最后，小撇子郑重地对李金锁说：“公司的钱是鲜血和生命换来的，该花的几百万几千万都舍得，不该花的一分钱也不能乱花。”

这句模棱两可的表态，李金锁摸不住深浅，他知道，这个人的态度决定着他的命运。

接下来，三人先后走入职代会会场。

台上台下，坐了满满一会议室人。丰盛昌公司的各个副总以上领导十余人在台上就座。公司总经理兼董事长赵成武和总顾问森森坐在主席台正中的位置。台下第一排和第二排坐着各个子公司的负责人。第三排以后坐着来自基层的职工代表。李金锁坐在二排靠中的位置，一直像个受惊的老鼠似的，很少敢正眼往台上看。他的内心深处，正在等待一场"死刑"的宣判。

小撇子做完工作报告，各项议程表决通过，接着是先进职工受奖。轮到总顾问讲话时，森森情绪激动地站了起来。

"我今天不说太多的话了，只围绕回头峰煤矿的李金锁矿长说几句。"

台上台下的人，都把目光聚焦到李金锁身上。李金锁浑身颤抖着，后来干脆把脑袋蒙到了桌面上。

"作为丰盛昌公司主要单位的负责人，也就是咱回头峰矿的矿长李金锁，是今天职代会受到表彰的先进之一。一年来，经历了各种风风雨雨，坎坎坷坷，又遭遇了错综复杂的矿难事件，李金锁同志始终牢记使命，不负众望，前后奔波，日夜操劳，终使一切难题迎刃而解，保持了回头峰煤矿的持续发展。这种先进，这种能为总公司经济快速增长而流血流汗的先进，我们应该大奖特奖。今天，我们对先进的奖励金额，实在是不多，准确点说，只是对大家积极奉献勤奋工作的一个精神尊重，而不是价值尊重。我们应该把李金锁这样的先进当成总公司的一种财富，一种动力，一种核心，没有他们的努力，就没有我们公司在社会上的位置，就没有我们丰盛昌公司良好的形象，也就没有持续发展不断转型的动力。我提议，让我们为今天包括李金锁同志在内的所有先进再一次鼓掌，为给丰盛昌公司做出贡献的各位职工鼓掌！"

会议在热情洋溢的氛围中结束。

所有参会人员一一退场，空落落的会场里，只有一个人迟迟没走，李金锁待在座位上，埋着头抽泣。收拾会场的后勤人员只得暂时退出来。有人把这情况报告到总经理办公室。

小撇子和森森相跟着回到会场，来到李金锁面前，说着一些安慰的话语。

谁也没想到，李金锁突然号啕大哭起来。

四十一

赵二狗是个粗人，凭着勇气和胆量，受大马司重用，在八骡煤矿狠赚了一笔钱。执法人员频频到场明令禁止，贴封条，堵坑口，赵二狗胳膊扭不过大腿，只能在夜间加紧偷采，但执法人员屡次警告，突查不断。眼看着隔一座山那边非非的煤矿一车一车地往外拉炭，心里憋屈得不行。这八骡煤窑的马像被捆绑住了马腿，动弹不得。赵二狗让大马司想办法批个开采证，但步子太晚了，而且县局这一关先过不去。这块煤层已属非非办证开采范围，不可能一女二嫁，滥发证件了。

张天宝曾向非非提出建议，让他找大马司协商，把八骡煤窑收购了。非非对张天宝说："你觉得可能吗？大马司是什么样的人你不清楚？咱俩都曾是他吆五喝六的人，他能倒在你脚下？茅虫死掉，臭气不散。哪一天真撑不住了，他也许会找人寻咱的。"

张天宝说："适当的时候找找也无妨，我觉得有这种可能性。反正他的这个煤窑不让开了，卖给我们还能得到一笔可观的收入呢。"

两人正说着话，非非的手机响了。接通之后，一个陌生人的声音传来："你是这个黑煤窑管事的人吧，我们手里有你这儿的一段录像，不想看看吗？你们要不想看，省电视台的人可是想看得厉害呢。"

非非回答："第一，我们这个矿不是黑煤窑。第二，我知道你是想诈我们的钱。第三……"

话没说完，张天宝抢过了手机。里边的声音仍然没断："我们查过你们县有开采证的煤矿，没有你们。"张天宝把话抢过来，捡要紧的话题说："你现在在哪儿，我们能不能见上一面。"对方说："这还算知趣点，就在松柏沟村口那棵大槐树下吧，两小时以后，准时到。"张天宝接住问："我们想花钱免灾，得多少，你给我个大概数目。"对方说："看你还算识相，就一巴掌吧。"

挂断电话以后，非非挺疑惑的，问张天宝："你不是对付这种事有办法吗？这一巴掌打出去可就五万哩。"

张天宝说："这小中医碰上老中医了，我看他能给我开出一个什么样的药方子。这远枪不如近刀子，扎不住人，你还能理弄事？这事你不用担心了，由我来处理吧。”

张天宝打问了几家煤矿，有明的有黑的，这伙人赚钱赚下瘾了，什么样的煤矿都要下手捞一把。黑煤矿一抓一个把柄，明煤矿也想着法子逼钱。说你的煤矿不规范，不符合国家安全生产标准，而且有清晰的录像为证，安全标准的哪一条哪一款是怎样规定的，你们的煤矿是怎样怎样的，一说一个准。这些人把安全生产文件和政策吃得一清二楚，一放在桌面上，谁也说不过去。要把秘密拍到的视频播在电视里，加上主持人根据法律法规的对照解读，马上可以定性你为“黑心矿主”。

国家正规大报和省级以上的电视台记者，也曾来过石城，他们住的是正规旅店，吃的是有标准的饭局，不要当地政府和任何人掏一分钱，自己回去能按规定报销。到哪儿采访，都是堂堂正正的，报出来的新闻，都是有理有据的。那种小报记者或假记者，来去都是很隐秘的，拍镜头也是偷偷摸摸的，做这种事的人，有的是一些不太正规的小报和子报记者，证件用的也是那种比较含混的证件，说真不真，说假也不算太假，打的是一种擦边球。也有套用或自制证件的假记者，还有曾经在正规报刊干过而没有交回证件的过期记者，不管是什么记者，他们一丝不苟拍下的录像是真实的情况。报纸、电视台的记者，正面反面都采访报道，这些记者专找毛病，拍的都是放不到桌面上的内容，一旦通过什么渠道让报纸刊登或电视台播出，就是麻烦。类似的事情不是没有发生过，一旦发生了，在社会上形成极强的负面作用。县政府以及各乡镇，一经查实，都得有相关人员的相应处分。而且，牙疼不只是看嘴病，全身都得等在那儿待查，一个小煤窑出事，全县所有的煤矿都必须停产整顿，就是一直正规开采的有证煤矿也不例外。这种损失是十分惨重的。什么时候再能恢复生产，得等上面的通知。

小风浪一样能翻了大轮船。对于“记者”，连县委县政府都是十分头疼的字眼。

张天宝知道，这伙“记者”绝不仅仅是单项作战，换个角度说，他们绝不仅仅是瞄着一个两个五万。

果然，给非非煤矿定的下午两点，之前的十二点和一点，之后的三点和四点，都有约好的。拍录像用了几天，是什么时间拍的，谁也弄不清楚，但要钱的时间是相对集中的。

这种钱，就像一个无底洞，填不满，有第一次，还可能有第二次。这次是五万，下一次可能是十万。这批人做过，回去以后又给另一批人介绍，地址、线路、焦点、拍法等都是现成的，煤矿工人辛辛苦苦挖出的煤炭钱，只一句话，几万块就扔掉了。

张天宝联合几家煤矿，征求了有关方面的意见，又调用了几位派出所的民警，决定对这批“记者”做一次彻底惩罚。

根据各家不同的交钱地点，预先在隐蔽的暗处都安放了摄像机。张天宝他们如数把钱给到“记者”的接线人手里。钱出手以后，张天宝他们要求把“记者”录像的胶卷退出来收归自己。到最后一家的十万拿到手，“记者”干脆把摄像机也给了交钱人。等到三四家的钱都收到以后，几个“记者”兴高采烈打道回府之际，几位民警突然围堵上来，被鸣笛的警车带回了派出所。

他们掌握的一条原则是：不管你是真记者还是假记者，只要收钱就是违纪违法的。你要不认账，有现场拍到的镜头为证。然后，民警根据“记者证”和本人提供的信息，往报社和电视台一一打电话核对。是假记者一个电话就能落实清楚，是真记者也能很快打问清楚。非法收取的钱肯定得如数退还，再做什么惩治，看情况而定。真是报社的人，报社领导前来说明情况，再说带人问题。是假记者，派出所请示上级，按相关规定做出处理。

这种事情给县乡政府的启示与教训是：加强正规煤矿的安全生产管理，严查黑煤矿的非法开采。

四十二

回头峰学校迎来了县内县外许多老师的观摩。

省报一篇《深山飞出俊鸟来》的文章，以整整一版的位置给予了报道。每年一度的省“先进校长工作会议”，解小云成为一个关注的焦点。应众位参会校长的建议，规定议程之外，专门辟出一个晚上的时间，解小云做了一个专题报告。省里闻讯赶到的媒体记者，做了全程重点的拍录，会后解小云又被记者们堵在了会场外的门道里。摄像机和照相机的光亮，频频在解小云的脸上闪动。随着解小云的叙述，一个叫赵成武的企业家，成为大家饭前会后热议的话题。

两天的先进校长会议，延伸出一个长长的链条。每隔几天，就有一辆大巴车停在回头峰学校的大门外。外县或外省远道而来的校长和教师们纷纷走进校园，走进教师办公室，走进教室，看学校的管理制度，看学校引导式教学方案，看一堂优质教学课，看一次学生的课外活动，看师生一天的工作生活流程。

每个年级，每门学科，都有省市县级的教学能手，教导主任随时随处点一个教室，参观人员便可在课前进入，坐定听课。一切都是常态化的教学过程，每节课都有精彩纷呈的教学亮点。县教育局教研室有常驻回头峰学校的教研员，一批一批的本县各校派出的前来体验学习的教师，轮回周转，定期研讨，大力推广。回头峰学校成为一艘教学起航的航空母舰。

校长解小云几乎每天都要坐在某一个教室听课，听课笔记与课后反馈写了几大本。这里的课堂教学，不需要提前预约，也不需要重点告知，只要在课前坐在教室即可。解小云告诉学校的每个教师，是金子就不要怕火炼，每堂课都是对一个合格教师的检验。随时听课，相互听课，已经成为一种惯例。这就要求每个教师，每堂课都应是过硬的，偶尔成功的一节课不能是一个好教师的定性，每节课都成功的教师才是好教师的标准。

参观者的行程里有一项是去校园外的，就是走入家庭，询问学生的课外作业完成情况或家庭配合程度。这等于是对一个学生教育全方位全过程的了解知情。

家庭反馈是学校教育最好的检验。课外生活是课内教学最有效的鉴定。这是不少教育名家提出来的，也是外地教师最为关心的议题，也是许多学校和教师最想了解的内容。

学生课堂上的一个表情细节，体现心理曲线的高低弯直。学生无意中的一句话语，能考量出家庭“天色”的阴晴雨雪。优秀教师的优秀不仅仅是一堂堂成功的课,更在于对每一个学生的心理把握和因势利导。成功的教师,不仅仅是让优秀的学生优秀起来,更在于让底子弱理解差的学生进步有望,学有长进。

学习的目的,不仅仅在于有的学生考入高校,更要紧的是让所有学生都在品行养成、潜能挖掘、智性开发上有所拓展。教育与教学并进,学成与养成同在。

春风是万物萌发的前提。回头峰学校整体上形成了向上争优的氛围,奖优罚劣、奖勤罚懒的制度,让每个教师的潜能得到最大限度发挥,让真正愿意在人生路途上体现价值的教师,有了平台。教学,是一个辛苦而幸福的职业。当一个班的学生在你的努力中呈现出整体超越的成绩时,就像你精心设计的蓝图变成一座座明丽高耸的大厦,那种兴奋与幸福,能让你长时间地心花怒放。激励与奖金,固然是一种催化剂,是一种正能量的轨道推力,但教育教学来不得半点的含糊与苟且,再聪明的教师也不可能不用心不用功就有花艳果硕的丰收。智商与机巧,藏在每个人的知识层面之下,如何用最短的时间获取最有效的成果,是摆在每个教师面前的要务。课堂用语因人而异,或柔婉曲折,或率直明朗,但能不能扣住学生的思维神经,因势利导地拨动解悟的琴弦,才是最为中心的要素。

在这种氛围里工作,那些凭关系取巧的人,那些以平庸为乐的人,那些生来就不具备教学天赋的人,是不可能占住优势的。只一两个回合下来,格局就清晰了。不需要谁来抚慰暖心,你自己首先就会选择放弃与逃避。教育虽然有较长的周期性,但自己的事自己肯定清楚。回头峰学校经过了一个学期前后的调整,教师的阵容就基本定下来了。在用人问题上,解小云是很苛刻的,不讲关系、不讲文凭、不讲来路的“三不”原则许多人都知道。没有她亲自听课亲自座谈,轻易进人是不行的。

几年下来,回头峰学校已有的、新培养成的优秀教师和优质课教师,占了县乡很大的比例。

教育教学的良性发展,让教育教学成果的涌现就成为一种必然。一脚踏进回头峰学校的大门,每位教师的工作热情就首先被自己调动起来了。相互之间，没有太多的闲暇说长道短，搬弄是非，心里只有教案和学生。

凡是来回头峰学校取经或体验的外来人员，都能感受到一种敬业与向上的氛围。

四十三

"回头峰现象"成为全社会一时都在关注的话题。

有的资深记者在这个固定名词的背后，挖出了许多潜在的意义。有些报刊把小撇子赵成武的特写照片放在篇首，用追踪报道的形式，连续整版隆重推出。赵成武以前在码头聚众打架、因抢表一事而招致严打入狱的往事旧节都被扫瞄到了，"回头峰"之"回头"情节，为后面校企联手打造"回头峰"之"峰"，做了有力的铺垫，使文章的人性意义有了深刻的揭示。刊登在报刊的文章，突显细节，强化立意，带有较强的可读、可悟、可传的报告文学性质。

小撇子大奖特奖优秀教师的严格兑现，并出资让回头峰学校教师在暑假期间集体外出旅游的事例，引起许多县内县外教师们的热议。县新闻中心和县电视台做了追踪报道。国家级的媒体记者，以及驻省记者，也有不少闻讯赶来，采访到了许多经典镜头和重要细节。

有的记者为了避免雷同，直接把视点移到了小撇子的爱人身上，从她身上看一个女人的魅力。从择偶结婚到侍奉公婆，再到助推男人成为一个企业家，成为一个有社会责任感的慈善家。有的记者把笔端探到了老温的澡堂，有的记者把小撇子守护铁厂的故事演绎成一段神奇佳话，有的记者则以一组纳税数字开头再推出一个省级劳模的形象，有的记者是从一堂优秀教师的公开课入笔，再铺开叙写许多优秀教师的群体形象以及支撑学校的着力点。还有一篇报道，竟然从小撇子靥上的长胡须谈起。总之，围绕小撇子和回头峰学校，小处入口，大处着眼，深层挖掘，多面构思，各有妙笔，多角出戏。

这正是副县长赵子民预想的结果。

同时，另一个有趣的现象出现了：县城里或别的乡镇有些脸面的人，都把自己的小孩转到回头峰学校就读来了。赢在起跑线上，这是大家的共识。孩子从小在良好的教育环境中学习，在知识技能上足量跟进，在悟解心智上及时开发，是聪明家长的首选。一个小孩一生要遇上一个好老师，就可能有一个很好的发展。许多人的实践，证明了这点。因学校条件有限，不少家长临时移居回头峰村，妥善解决孩子的食宿问题。尽管解校长在准入生源上把关很严，但还是有不少人找到了更为得力的说合人，有的直接找到了局长和县长。学生就读，县上有明文规定，按各自的户籍所在地就近入学，但政策后面也有不少的对策。借读，临时就读，有的甚至更改户籍住址。政策是死的，人却是活的。

回头峰学校升入初中的学生也有了特殊的待遇，搞得乡办初中也十分被动，不少从回头峰小学毕业的学生都变相地被县城的县直中学给挖走了。只要是从回头峰来的学生，分数差一点的也招录。学生的内在潜力是每个要成绩要名次的县直中学的期望。有的初中招生，只要打问清楚这个学生是某某优秀教师教出来的，就直接录取了。这种结果的反馈，是让来回头峰学校读小学的人越来越多。

小撇子赵成武的形象，成为全城人街谈巷议的主题。回报社会，兴学助教，富民强国，都是可以戴在小撇子头上的花环桂冠。

这天，小撇子又接到森森的电话，要他到老温澡堂聚聚，适逢老温七十岁生日，饭前约定，不醉不散。

老温专门在澡堂腾出一间雅座，参加者六人。各自的老婆都应邀到场。酒是小撇子提供的，一箱高度汾，是老温平时最爱喝的酒。一箱葡萄酒，预备给三个女人喝的，但老温女人提议，今天女人也喝白酒。小撇子的女人史双莉率先表态：“咱女人今天也不能输给大老爷们。”森森的女人犹豫了一下，接着说：“我尽力吧。”

酒事进行得酣畅淋漓。森森竟然握着史双莉的手长时间不肯松开，嘴上连连说：“谢谢，谢谢，谢——谢，谢谢——谢。”最后才把这“谢”字后面的内容说完整：“谢谢你让我的好弟兄成为一个成功的企业家。”小撇子这边，也抱着森森的女人，嘴里说：“我代表丰盛昌公司感谢嫂子和大哥，没有这个狗头军师，我小撇子就没有今天。”

森森的女人叫胡巧云，原本是个大家闺秀，长得细腰秀眉的，自从嫁给森森后，跟着森森也接触过不少的三教九流人物，她一般表现出来的是一个小店员、小媳妇的形象，虽然不断有各色各样的人常来家逗留，但她都不做太深太长的交流，只是添茶倒水顺势应酬，始终维护保持着森森家庭主妇的形象。今天，紧躲慢躲也被喝进不少白酒，身子漂浮着，脑子却清醒着。现在，她被小撇子抱着，听着他歌颂森森的话，打心里高兴，但被一个森森之外的男人当面抱住，还是第一次。羞怯与酒精，让她脸上发出少女般的红光。

老温女人见小撇子抱着胡巧云，满嘴喷出酒话，就端着一杯白酒走到小撇子跟前，把酒杯摁在了小撇子的嘴上。这样，既解了胡巧云的围，又堵住了小撇子的嘴。

小撇子好像想抱女人的瘾还没过足，就又来抱老温女人。老温女人正端着酒杯，小撇子失去控制自身的动作定力，让他的脸上胸上洒了不少酒，结果形成两手扶着老温女人两臂的姿势。小撇子的话也随着这个姿势说出口来："老温是我和森森的叔哥，你就是我俩的嫂娘。老天有眼，让我一辈子净遇你们这样的贵人、恩人，我将来就是当了联合国的主席，也不能忘了你们的恩情。"小撇子说着，两眼竟然泡出几滴泪水来。

老温赶忙打断小撇子的话。他对森森说："小撇子喝多了，不能再让喝了。"

小撇子擦着眼泪坐回自己的座位，自己给自己添上酒，举起来兀自喝进嘴里，又端起酒瓶往杯里倒。史双莉走过来，夺了酒瓶，说："没酒量就不要逞能了，人家谁又没有要硬灌你，说不定下午还有要紧事哩。"

小撇子头一歪，眼一瞪，说："老子的朋友，老子的酒，老子想喝多少喝多少。"说着，又从史双莉手中夺过酒瓶，摇摇晃晃地往杯子倒，结果有一半酒倒在桌子上了。

森森认真了，他用手指点着小撇子说："你这个狗日的，在我们面前要酒疯是吧？当你妈了三天半老板有钱了是吧？双莉怎么啦？你喝多了她照顾一下你，不对？你英雄你能喝是不是？来，今天谁熊了谁头栽地走三圈！"说着，从桌旁拿了一瓶酒，"咚"的一声放在自己面前，又拿了一瓶朝小撇子面前的桌上用劲蹾下。整个圆桌上盘盘碗碗都被震动得发出了响声。

小撇子也不示弱，火气直冒，长胡须也直竖竖挺飘起来：“好的，你这个王八蛋，要较劲是不是？好，你是‘城乡路’，我是‘阎王路’，今天要倒在你手下，我就不是我妈养的！”

胡巧云低声嘟囔：“用人家的酒，和人家较劲，有意思吗？”

森森对着胡巧云，接着也对着在场的人，喊：“谁的酒？谁的酒？谁的酒！这是国家的酒，是酒场上的酒，放在我面前，就是我的酒！”

小撇子低声接住森森的话，说：“是你的酒，是你的酒，不要说大话，有本事开喝，咱一对一，拿起瓶子往下倒！”

森森和小撇子同时拿起瓶子，在空中很夸张地碰了一下，仰面往下栽。同时又发现瓶盖没打开，这才满桌子寻启瓶器。

老温从椅子上站起来，说：“你俩都是英雄，都是酒仙，但又都是我的好兄弟，你俩往下喝不喝我不管，但我要喝一个敬二位的酒，这么多年来，二位对我老温不薄，我老温这辈子没啥能耐，全凭二位帮忙了。”说着，把自己面前酒杯里的酒仰面喝干。

站在老温两旁的小撇子和森森同时抱住老温，各自都不再说话。接着，二人又单独抱在一起，相互捶捣着对方的肩背，呜呜地哭起来。随后，两人都打着嗝跑到外面，各自呕吐起来。各自的女人也来到院外，给各自的男人捶捣着背部，用凉水给男人漱口。

酒劲稍醒后，两个男人分别坐在圆桌旁边的单人沙发上，似睡非睡地相互道歉起来。嘴里的酒话喋喋不休。

下午五时，小撇子的电话响了。回头峰矿矿长李金锁打来电话。小撇子对大家说：“不行，我得去一趟，你们先吃着喝着，也许我晚上就会赶回来。”

小撇子的司机把主人扶上小车，一溜烟走了。

临走，史双莉告诉司机：“在车上记得给他喝上解酒药。”

四十四

老虎沟，正是几十家明黑煤矿的所在地。在老虎沟刚入口的山洼处，是一块相对开阔的地盘，酒店、商店、歌舞厅有十几家。有不少是用活动墙做的临时小店，有单间的也有两间的，前街后院通着。小酒店，后院加一个做饭炒菜的厨房，店里摆几张圆桌和小方桌，吧台挺窄的，就那么一长条，够开票收钱就行，靠吧台放一张高橱柜，烟酒饮料之类一层一层往高处搁。别看店面小，厨师却都用的是一顶一的，尤其做那些味重色浓的饭菜，盘子瓷碗还没上来，一股扑鼻的香气就先飘过来。不管是面食还是炒菜，满当。附近煤矿的民工下班后走几步路，要一碗炒肉面，辣椒葱蒜搅进去，汗脸油面的，吃得舒坦热辣，再让细腰弯眉的服务员舀一碗面汤，呼哧呼哧灌进肚里，香烟点上，把烟雾吐向空中，和描眉画眼的服务员调侃几句，然后再不急不慌地踱出店门。也有不急于上班的工人，三五成群地围坐在桌前，素菜荤菜点上几个，白酒啤酒一瓶一瓶地往下喝。在这个老虎沟下窑上班的大都是外省来的，四川河南的，陕西山东的，一个人拉着一村的人都外出打工来了，外甥小舅子，堂兄表弟的，相互帮衬着，遇事也显得人多势众。聚在饭桌前，讲的都是只有自己人能听懂的方言，黏糊糊的，热切切的，像围坐在自家的炕前地头，或高声亮耳地讲，或两两嘴耳窃窃私语的。酒喝得痛快，话说得淋漓。上一个班也就三四个小时，苦点累点却有二百块左右到手，月末月头挣六七千是常事，到附近的信用社往家里寄钱，留下自己吃肉喝酒的，再苦再累也值了。吃足喝饱后，赤红着脸，各自披了外衣走出饭店，摇摇摆摆地走到开阔而繁茂的村街，看上去扬眉吐气的。本地人也不敢轻易招惹。有兴致的，就近钻到歌厅，唱唱歌捏捏脚什么的，把一身的酒意散发个差不多，才回到矿上睡觉。

老虎沟的街面上，有一个看上去很具规模的大型酒店，三层楼高。靠街门楣上方两个大字醒然入目——宁馨。楼上楼下靠山临水地有不少雅座和歌厅，另设桑拿部、洗理部和洽谈室。不熟悉的人进去找不到出来的门。省市县领导下来指导工作或执法调研，不管是部门招待还是乡镇请客，绕几步路也选择这里。

在一定程度上，喝酒也是工作，或者说是更重要的一项工作。酒喝得好，领导心情愉快，感情也贴近了许多。工作上的事，看在眼里，说在口上，心情不好看雪是灾看雨是祸，心情好了看雪是景看雨是诗。一种情况可以有两个说法，一个是：虽有美中不足但亮点频现，值得表彰；另一个说法是：看上去是小事，但影响大局，必须彻底整改。两个说法都没有错，效果却截然相反。在更高规格的汇报会上，会给更高的领导产生较深的印象。关系也是生产力，还可能是更重要的生产力。这是每一个基层干部都熟知的。干部中有对上不对下的，有对上也对下的，当然也有对下不对上的。在用人制度不公正不透明的社会体制里，后者是最难以得到重用的。而位置是一个干部立身做事的平台，有了好的位置，就有了较高的身价和奉献的可能。否则再有理事才能也枉然。在社会渐渐走向开明公平的制度里，以前不少不合理的用人惯例才会一一打破。

这天下午，宁馨楼迎来一批特殊的客人。

参加全县五一职工篮球赛决赛的两支代表队全体队员前来就餐。十几辆小车风尘仆仆地来到老虎沟，依次停在宁馨楼的后院。

一支是以局办公室主任带队的煤管局代表队，一支是以县政府办主任带队的机关代表队。论实力，煤管局队略占上风，可比赛结果却出人意料，机关队教练技高一筹，关键时刻使出绝招，以两分优势取胜。

煤管局队的主力阵容都是从各乡镇煤管站抽出来的年轻人，基本是曾获过全市前三名的原石城一中的主力队员，外加一名从市煤管局抽调过来的专业队队员，打的是体力加技巧。煤管局局长酷爱篮球，目标很明确，志在力夺冠军奖牌。赛前县体委有明确的文件规定，不是本单位的人不允许参赛，有人专门检查身份，一旦有争议，以身份证为准。那位从市局抽回来的队员，在市里开出证明，身份成为长期下派县局的巡视员。好多代表队提出抗议，体委主任手执那份证明到处给人看，终使该队一直打入决赛。

机关代表队的主力阵容，有两个是曾在大学时担当校男篮主力的分配生，有两个是中专学校毕业分配的校队中锋和组织后卫。算一支学院派球队，打的是技巧加体力。县里分管煤炭的县长助理同样对篮球十分喜爱，从始到终关注并参与着本队的比赛。教练是从省农大请来的体育系教授。

两队比赛一开始，各用各的打法，而且成功率都挺高。煤管局队队员体力好跑动快，穿插交叉，攻防神速，挡人换人迅捷，以快攻为主，传切上篮频频得手，一度比分遥遥领先。机关队不慌不急，后卫与前锋挡切配合，后卫与中锋传调结合。虽然也屡见成效，但对方回防快强度高，致使进攻失误不少。教练审时度势，两次暂停之后，不断变换战术，让两个后卫与两个前锋直接对接。两个前锋左右边角发炮，连续命中。遭遇堵截后，教练又及时变换为中锋拉到后卫位置，用高大身躯掩护，一个后卫竟连续三个三分投中。比分很快跟进，几次打平。最后一节，两家都互不相让，比分交错上升。结束前三分钟，煤管局局长上场，用“老资格”逼使对方队员不敢接近，局长对盯守的对方队员说：“要碰倒我，这个局长让你爷爷当。”对方队员只得远远站在他面前，结果局长不负众望地投入两个两分球。关键时刻，教练派县长助理上场，与局长对接攻防。县长助理是副县级领导，又直接管着煤管局，煤管局局长自然不敢目无领导，结果县长助理接连投入两个三分球。全场比赛终了，机关队以两分险胜。

散场后，煤管局局长走到县长助理跟前，竖起大拇指说：“领导神勇，我甘拜下风。”接着又说：“今天这球打得很精彩，咱两个队一起庆祝一下，我做东。”随后，两个队的全体队员分别坐上各自的小车，来到了距离县城三十里以外的老虎沟宁馨酒店。几天的紧张比赛，两队队员都十分疲乏，有大局长请客，想那饭菜肯定也错不到哪里，不是有非常要紧的事，没有不来的道理。

四十五

两队球员加后勤闲杂人员和当地的乡镇领导班子等共坐满五桌。吃完饭已是下午四点多了。宁馨酒店最大的歌舞厅响起磁性十足的音乐，一群人鱼贯而入，放嗓豪吼。

县长助理与政府办主任先行开唱，两曲歌罢，全场掌声雷动。一个是摇滚歌手的唱技，一个是民族唱法的味道，风格不同，各具韵味，按煤管局局长后来在话筒里传出来的评价是：具有专业水平的歌手。局长又说：“今天咱这打球是强强对抗，唱歌也要形成对抗。挑战两位领导，咱煤管局也派出两个选手。不过在我们两位上场之前，先由我献个丑，完了再由咱东道主乡里也出两位，咱来个三强对抗。我们是堤内损失堤外补，球场失意歌场胜。”

局长选择的歌是男女情歌对唱，和前面两位领导无法形成比较，算一种特别的唱法。男声用其本来的男中音，女声用的是他变声的假女声。水平不算太高，却很逗大家开心。一曲终了，同样引来满场的掌声。

接下来是那位从市里抽调过来的球员开唱，他点的歌是难度很高的《北国之春》。低音婉转悠扬如行云流水，高音坚挺上扬似立壁千刃。歌声荡漾在歌厅的每个角落。歌没唱完，已博得数次掌声。这队员，在大学里不仅是男篮主力，而且是校园十大歌手之一。

煤管局办公室主任接着登场，他唱了一首似唱似说的现代流行曲目，年轻人中有几个把手举到空中猛拍。

轮到乡里出曲子时，乡长正在为难之际，一位歌者已手拿话筒走进场内。曲目点的是《一剪梅》，开始几句还勉强跟着音乐，接着就走调了。歌者并没有意识到自己的错误，而是不管不顾地随意哼唱，音乐是在山上走着，他却恣意行走在沟底，好像音乐和他毫无关系。更为出奇的是，歌词也在随意地变动，一句绕到《东方红》里，另一句又拐进《南泥湾》了，再一句又飘到《红星照我去战斗》。

歌者嘴上唱着，脚步也没有闲住，走到几位县局乡领导跟前，一边握手，一边说着：“你好，你好。欢迎光临，欢迎指导。”接着又走向两队的队员中间，一一握手，一一问好。音乐随意走着，他却把歌声变成说话声。路过中场到另一批人之前，又随意唱出一句。最后，曲子已停止，他的问好声和歌声还在继续。

县长助理问煤管局局长：“这个人是谁？”

局长回答：“是老虎沟一个煤矿的老板，社会上的人都叫他大马司。”

县长助理又转向乡长，问：“这就是你们乡里的实力选手？”

乡长不无尴尬地说：“事先没通知他，不知他怎么听到的消息，不邀自到了。”

县长助理用定定的眼神看了看乡长，不再说话了。

之后，又有几人随意点唱了几首歌。几位领导不愿再在此久留，便走出歌厅。

乡里局里的领导陪同县长助理走到歌厅外面的楼道里，大马司紧随其后，当着大家的面对乡长说："各位领导来一趟不容易，尽地主之谊，今天这饭我请了。"

乡长不置可否。

路过大厅，迎面碰到小撇子和赵成武，赵成武的旁边站着回头峰煤矿的矿长李金锁。县长助理马上说："咱省级劳模也来了？今天可真是高手云集啊。"

乡长和局长也上前争着和小撇子握手。政府办主任嗓门挺高地在几个人后面喊："这大财神，不是来给我们结账来了吧？"

小撇子赶忙回话："小意思小意思，专门请你们还怕领导们没空哩。今天这不算正式请，改日再专门设宴请各位领导。"

政府办主任说："什么？你真结过账了？不能不能，不能让这堂堂的煤管局大局长空口说白话，空捞情分，局长你说吧。"

小撇子马上接话："主任不必多虑，这客就是咱局长请的，绝对没错。"煤管局局长也抢着说："招待不好，还请原谅哦。"

政府办主任马上对着煤管局局长挤眨了一下眼睛，音调低下八度来："好吧，再次感谢大局长的盛情款待。"

县长助理回头寻找乡长和大马司，两人已退到远处的墙根，探着眼神向这边观望。

四十六

那个被称作"厉鬼魔王"的县领导叫章成仁，是县纪委书记，因纪委对党员干部都有管辖权，上到县处级，下到镇村级，再到一般的党员，都能管住，更重要的是，这人工作起来有股子一贯到底的精神，县委会议明确分工，私挖滥采这项艰难"工程"由他来主管。

领导是主导工作的核心，有什么样的领导就有什么样的队伍。

全县煤矿明口子黑口子有成百上千个，一煤独大的县域经济，在煤炭价格一路飙升的形势下，要想一时半会儿刹住，很难。但一连串的煤窑事故，几乎每一天都在发生，不一定在某一时刻，就会发生惊天动地的大事故。危险每一天都潜伏着。当地一位农民说："生产安全，安全生产，越生产越不安全，要想安全除非不生产。"此话虽有些偏激，但也确实道出了当时石城县的一种现象。中央和省委已经意识到这个问题的严重性，三令五申要求各县严查死打那些无证经营的、破坏资源、破坏环境的黑煤窑。

章成仁亲自带着煤矿执法大队，每天天不亮就出发了，先是在公路上堵截，然后顺藤摸瓜，深入各个沟沟岔岔找黑煤窑口子。也有根据举报信上提供的地址和电话，直达黑口子的情况。执法大队的队员，不仅都是年轻脱跳的小伙子，而且有不少都是眼里眉上写着精明聪慧的有心人。开始的行动，并不顺利，执法队几点出发，去哪个方向，都有人预先向黑煤窑通报，人匹马夫地开进目的地，全然没有能够证明开采的迹象。执法队里的人，吃着公家的饭，挣着公家的钱，却有好些是"内鬼"。也许，黑口子的主人是自己的亲戚朋友，也许他们本人就在其中有股份，至少，暗中拿着好处费。

章成仁改变工作思路和方法，同时也加大了训化力度。一经发现有私通黑矿的行为，立即开除。集中队伍的时间，也做了调整，有时半夜突然出发，有时只集中不出发，有时一天之内连续突查十几二十个黑矿。出发之前，先不说方位，把每个队员的手机都统一收缴回来，由大队长一人保管。队伍中有几辆皮卡车专门负责拉炸药，发现一处黑窑，炸毁一处，彻底封堵，以防死火复燃。有专门的爆破手，有专门负责记录登记的文职人员，每天要做汇总和入档。

章成仁见到那些可疑车辆，便在弯急坡陡的路边设卡。他率先抢在公路当中阻拦，截获了好多来路不明去向不清的拉煤车辆。也有对执法队的阻拦采取冒险冲卡的司机，章成仁有两次就险些被拉煤车撞倒，但他毫不畏惧，绝不退缩。有领导这样冲锋陷阵，执法队的人也不敢再拖拖拉拉、躲躲闪闪，渐渐地，都训练成一个个敢作敢为勇于出击的队员。

跟着煤车，找炭源，顺藤摸瓜，在老虎沟这次的执法行动中，充分体现出执法人员的八面威风。一个上午，就有七个黑口子被现场查住，正在出场的煤车和还没有来得及拉走的煤炭，都被执法队扣在场内，全部充公。每个黑口子最后都遭遇了毁灭性的爆破。执法队的人员，眼看着那些窑主们哭丧着脸，不断地求饶，但都无济于事。在强大的攻势面前，在严峻的任务之下，谁也不敢站出来袒护。即使遇上亲戚朋友，也只能照章办事，绝不姑息。有哪个敢来硬碰硬，立刻被执法队带回拘留扣押，审讯罚款。

临近中午饭时，执法队已是硕果累累，但章成仁没有一点儿收兵回营的意思。再往纵深搜索，就是八骡煤矿了。

执法队员中有不少出现迟疑消极现象，除过章成仁，大家都知道这是码头大赖皮大马司的地盘。他们也有不少人享受过大马司不菲的待遇。章成仁说："不许休息，继续进行。"大家只好跟着往前推进。

前面几个黑口子的造势扬威，接连不断的爆破声，八骡煤矿这边不可能没有知觉。先是路面被沙土堵上了，再是矿上用来开采煤矿的三轮车、矿灯、炸药等都被转移到暗处了。

路被小山似的土石堵着，执法队员只好绕山头行进。结果发现了在另一条沟里的非非煤矿。既然被章仁成看到了，就得来查一查。走路捉虱子，稍带办事。只要看见黑色，神经敏感的执法队就不会放过。在他们眼里，黑色是职业任务的颜色，黑色是任务指标的源头。执法队员在章成仁的安排下，迅速来到非非的煤矿。煤场中堆放着一大堆渣石，相比之下，另一堆不太显眼的煤炭，微不足道地畏缩在煤场一角。有知情人告诉章成仁，说这是正在待批发证的一座矿。章成仁让人找来经管煤场子的张天宝，问："你这个煤矿有没有证？"张天宝凑近回答："章书记好，这个矿已在煤管局备案了，开采证再过几天就批下来了。现在是出渣修整阶段，等正式批复下来，就能投入运营了。""那场子里的炭是怎回事？""出渣时，中间也夹杂着一些煤炭，扔掉就可惜了，我们把它滤出来了。"章成仁看着一脸堆笑的张天宝，强调："整改阶段，要加紧步伐，但不允许煤炭交易，一经发现，从重处罚，而且证件也不能给你们再往下发，直至彻底封堵。"张天宝马上应声："章书记说得是，我们一定认真执行。"

大队长走过来对章仁成和张天宝说："这里我们已来过不止一次了，整体上还算不错的。不过听说你们也隔三岔五地卖炭，现在章书记亲自到现场查看，这些事以后要绝对杜绝。"

张天宝跟着说："一定改正，我们不能给县上抹黑。再要让大队长和章书记碰上我们还卖炭，就彻底炸毁。我们还想为咱县多纳些税呢，因小失大，我们也不会干那傻事的。请领导放心。"

章仁成告诉执法队开罚单的人："那也得罚款，也算给他们敲个警钟。你说呢，大队长？"

大队长说："罚两万吧，算是一个提醒，也算给你们敲一个警钟。"

单子开好，大队长和负责收款的人员来到矿上的一间临时办公室。张天宝在门外悄悄拽住大队长的衣袖，说："你也是，你不说他章书记能看出来我们卖炭？"大队长横起眉头，训张天宝："你以为章书记什么也不懂？他这些天是干什么来，你不知道？我先点出来让少罚你点款，是你的幸运。要让章书记再往下说，你就不是这个数能打发了的。执法队是什么人，你把这支队伍都看成二虎虎了？我们走到哪儿还没有空过呢，你这是最少的。你要觉得吃亏了，咱现在就把章书记叫过来，查查你们的账？再到各处看看你们的安全隐患？"

张天宝抬起手来就在自己脸上打了一巴掌，马上道歉："改日一定登门谢罪，你不要计较我这个不会说话的大老粗。"说完，主动给大队长打起了门帘，两人先后走进办公室。

大队长刚一走进临时办公室，脚下就被什么绊住了。他看见坐在远处一张办公桌前的范伟长，范伟长正面向一台电脑搜索着什么。给大队长的是一个侧面剪影。

向大队长说话的是近在眼前的非非。非非说："大队长好，这几天你们辛苦了。"

大队长嘴上的话不是很连贯，他说："要不，这两万块，改日再说吧？"

非非看了看远处的范伟长，转身对大队长说："不用了，你们也不容易，要完成任务。再说，章书记那儿也不好交账，改日，我单独请大队长喝顿酒，希望你能给我个面子。"

非非对自己的会计耳语："两万块之外，另给大队长五千块，算是今天大队长和其他弟兄们的一顿饭钱吧。"

这话说得不高不低，大队长刚好能听见。

大队长和收款员来到章成仁面前，章成仁说："他没难为你吧？我看见他好像对你不满似的。"

大队长说："他说，像你们这样公正执法，县上的私挖滥采现象很快就能刹住的。"

章成仁说："咱现在绕过山头，看看山梁那边那个矿。"

执法人员很快就消失在不远处的山头下。

执法队来到八骤煤矿时，工棚也倒塌下去几角，柴草、土石遍地都是。章成仁领着执法队队员走到窑口前观望。

所在乡的煤管站站长对执法大队长说："这个黑口子已经废弃多日了，没什么查头。"

章成仁听见这话，问这位站长："是吗？你是不是觉得我像一个三岁的小孩，就是要泥泥的把式？你在这个矿上收了多少好处费？"

站长面对章成仁的逼问，不好再说什么，一闪身，钻到人群里边。

章成仁转头问大队长："依你看，这个黑矿开着不开着？"

大队长看着颇有破绽的掩埋痕迹，犹犹疑疑地回应："至少近期内开采过。"

章成仁说："那你还等什么？叫爆破员吧。"

站在人群中的赵二狗听说要爆破，忙走近章成仁，说："等等，章书记，我是附近村的村民，我敢保证，这个口子近期没有开采过。不过，也免不了常有村里人到里边挖点烧火做饭的煤炭。现在下面说不定还有人哩，要炸，就把人蒙死在里边了。"

章成仁看着赵二狗，说："你不是叫赵二狗？什么时候把户口转到松柏沟村了？"

赵二狗很惊叹，县级领导离他这个平头百姓八竿子也打不着，怎么开口就直呼其名，他一时也不知道该怎么回答对方的问话，就顺势说："章书记能认得我这个小人物啊？”

章成仁接住话头：“你怎么是小人物呢，前几年那个轰动全县的交通肇事案，谁不清楚啊？没有把你定成黑社会，已是便宜了你啦。这么大的人物，我还能不清楚？前一段，‘石城吧’上那个叫放黑羊的狼犬也是你吧，你不是还想灭了我章成仁的家老户小，还要把我五马分尸哩，你真个当代英雄啊。你那桥头路口负责盯梢我的人，也有三迷三瞪的时候，这一次你输了吧？而且，我还知道，你就是这个八骡煤矿的负责人。我还正要找你哩，你这是不请自到啊。怎么，今天跟我们回一趟执法队吧？”

章成仁这话说得在场的执法队员都有些愣怔，这章书记就是章书记，他心里什么都明白。看样子，这章书记是有备而来的。

章成仁盯住赵二狗问：“你能肯定下面有人？”

赵二狗一脸血色地回答：“听村里人说，村西头的马思坡父子俩进去挖炭去了。不过按时间推，差不多应该快出来了。”

“那我们就再等等。我们都不怕饿肚子。”

执法队的人，围着煤窑口子等时间。

章成仁的手机响起来，他掩在耳旁接听，说了两句，撤身向人群外走去。众人都给让出一条路来。

电话是一位省里的领导打来的，说话的声音十分平和。

“听我的一位亲戚说，你正带领着执法大队深入一线突查黑煤窑开采情况，是一个勤政为民的好官啊。那个八骡煤矿的情况怎么样啊？”

章成仁回话：“这是个没有证的黑矿，我现在正在这里，看样子近期也有过开采，老领导很关心我的进步成长，我不会给领导抹黑的，一定不辜负您对我的栽培，请领导放心。顺便问句领导，这八骡矿和您……”

那边跟着话头说：“你想哪里了，这八骡矿和我没有任何关系，该咋查咋查，反过来说，就是有什么关系，这个节骨眼上，你不能讲情面，可不敢因小失大啊。听说，你的工作力度很大，这就好，不辱使命嘛。我相信你的能力，适当的机会我一定把你举荐上去，有能力的人就应该放在重要位置上嘛。”

打完电话，章成仁回到黑口子跟前，问：“里边的人出来了没有？”

大队长说："出来了，刚走。"

章成仁对大队长说："那好吧，今天咱的工作做得差不多了，准备收场吧。大队长你安排一下爆破组的人，等我们走后，把口子给炸了。"

大队长说："好的，我来安排吧。"

章成仁和其他人员都撤离了现场。

人走出老远，才听见一声爆炸声传来。

赵二狗随着一部分村民撤到松柏沟村的村边时，大马司的电话打过来了："那个厉鬼魔王把咱八骡矿咋样了？"

赵二狗说："这厉鬼魔王真够厉害的，差点没把我逮走，当时吓得我一身一身地冒汗。他知道我是那个在'石城吧'里骂他的那个放黑羊的狼犬，还知道我是咱八骡煤矿的负责人。你是没看见那眼神，真能把我吓死。还好，有一个电话起了大作用，接完那个电话，口气松动多了。口子是被炸了，谁家也得炸，只要查到的黑口子，都得炸。好多口子都是毁灭性的封炸，咱的口子只做了象征性的爆炸，烧眉燎发似的，那个大队长是个聪明人，听着姓章的说话口气，就知道如何实施爆破了。无关要紧，只要用半个时辰就能开挖出来。"

大马司说："这就好，这次我可是动用了大人物了。你没事吧？"

赵二狗说："没事，没事。姓章的临撤走时，瞪了我一眼，像要吃人似的，看样子再要让他碰上我，我怕不会有什么好果子吃了。"

大马司说："不要心熊，该怎么就怎么吧。你和弟兄们找个饭店，去喂肚子吧。"

赵二狗又说："我看这个矿早晚会被他们关停，躲过初一躲不过十五。看这形势，挺紧的，老这样老鼠躲猫似的偷着采，也不是个常法，迟早要出问题。非非煤矿那边口气也挺硬的，要让他们老举报咱们，那就没好日子过了。"

大马司在电话里停顿了半天，才说："这个狗日的非非，是该和他理论一下了。这根搅茅棍，不铲除不行。"

四十七

由县政府一名姓张的副县长挂帅，从全县各个单位抽调出二十位精兵强将，参与汾河岸边直至码头一带的房屋拆迁工作。一块显著位置的大型喷绘板面当空立起，上面写着“滨河花园小区”的领导小组名单，工程招标单位，拆迁范围、进度，还画着设计效果图。

板面跟前，建起一间临时办公用房。拆迁指挥部的人员，填表盖章的、统计进度的、签订合同的、面积核对的、解释说明的，坐了满满一屋子人。不断有村民进进出出，很是热闹。一盏荧光灯吊在高高电杆上，昼夜长明。

大部分村民，积极响应，没几天就找到临时安居借住的房屋，举家老小搬走了。也有一些老住户恋恋不舍地等待观望，经拆迁工作组人员反复地劝导，心有不舍地离开自己原来的居所。负责揭顶推墙的挖掘机，昼夜不停地守在工地刨挖推拖。电源水源先后停供，居住已经没有了条件。

小撇子每天都要抽出时间来工地一趟，看看拆迁工作的进展。

有两户人家迟迟没有搬出，而两家的位置王好在中心地带，看上去十分惹眼。

工作组有几批人对其劝说开导，但无济于事。最后张县长亲自登门劝导，仍没效果。到后来，双方形成尖锐的对峙局面。

一户是世居码头的老住户，一户是拆迁前才把房产买到手的新住户。老住户生有两儿两女，都已成家另住，一幢小院子按规定能安置两套新房，可两位老人向张县长要五套，要给自己和儿女分别争取一套，这差距太大，无论如何不好协调。新住户是个以前当过干部的离职人员，脑瓜子灵，嘴巴子快，说话的频率比工作组的人还快，讲的道理比工作组的人还多。他先一步知道这一带要拆迁，三不值二从一户人家买下一幢破旧院子，基本上没进去住过。工作组的人进院时，院子里正用新砖新水泥起二层楼，把本就不大的院子堵得连人往进走都挺困难。院外的各处窑房白天黑夜往倒拆，院里的建筑却黑夜白天地往起修。工作组的人怎么也劝不住正在盖房施工的工人。就在工作组要强行阻止工人停工的关键时刻，这位离职干部才露了面。他对工作组的人说:“要停工也行,你们现在就量一量院里一层的建筑面积,然后乘以二,我要修的是二层,再加上原有面积,算算是多少,将来按算出来的面积给我新房子。你们要同意,我现在就签合同。”这种无赖言行,当下就把在场的工作组人员激怒了。双方僵持良久,互不相让。工作组的人只好退出小院,把这个情况如实向指挥部做了汇报。

张县长找到小撇子,商量这两个钉子户的搬迁问题。这次,森森也随同小撇子来到指挥部。

听完工作组人员的汇报,小撇子立马火气冲天,当场表示要对这种无理取闹的行为绝不姑息,必须采取强制措施,严厉打击。这情绪正应合了副县长和工作组其他人员的心情,大家在义愤填膺中拟写出强制拆迁的方案。

方案被一个工作组成员激情澎湃地宣读完之后,小撇子站起身来,说话的语气缓和了许多,说:“张县长和工作组的同志做了大量的细致耐心的工作,作为工程项目单位代表,我很敬佩。关于这两个钉子户如何处理,刚才草拟的强制拆迁的方案,是一种办法,但容我再想想,我也和今天与我一同到场的工程项目的副总指挥森森,以及丰盛昌公司的经理们开个会讨论一下,协商结果再和咱张县长碰碰头,形成一个最后的意见。现在我们拟出的这个方案请大家严格保密,不要对外人讲,这作为最后一步的选择,大家说可以吗?”

工作组中有不少人用疑惑的目光看着小撇子,有人还想要说点什么,被张县长劝住了,他说:“凡事要留有余地,太激动、太急躁了容易出问题,激化矛盾,你死我活,不是咱们的目的。赵总说得对,咱再想想,也许有更好的办法。”

之后,森森和小撇子走出指挥部,在车上,森森对小撇子说:“你现在历练得很有大家风范了。”

小撇子说:“硬拆,不是不行,但总觉得这不是最好的办法。不是咱软弱,多少事过来了,你也知道,我也不是那种捏成圆的就是圆的、捏成扁的就是扁的的人,对这些无理取闹耍无赖的烂人,确实很怒火。但事出有因,还要区别对待。要摁住一个人,在咱们来说,不是什么大事,毕竟咱占着主动。事情处理太过简单化了,会有许多后遗症,尤其是在这个咱们生活过的地盘。”

森森说："要是放了在咱年轻时那阵子，连明天也不等，就干掉这两个钉子户了。咱们这方面的教训太深了。"

小撇子说："一见这种歪事邪事，就满脑袋撮火。这和泼妇当街脱裤糟蹋人有什么两样？恶人恶治，你倒软，他还敢更进一步往你头上拉屎。听他们讲完，我那火气就不打一处来，不过，事情还是多想些办法为好。"小撇子说话时，那根长胡须并没有上扬。

森森说："道理是这个道理，仔细想想，太过偏激了，好事就怕办不好。"

小撇子说："你这城乡路，遇事点子多，你给咱分析分析。"

森森开始分析："咱小时家里生活紧张，大人们像护犊子似的护着咱，生怕孩子在外面受委屈，越是穷孩子的家长越是担心自己的孩子，这你也不是没经历过。那位老住户，一辈子就熬赚下这么一幢小院子，四个儿女虽已成家另过搬出去住了，但借这个拆迁的机会给孩子们挣一套住房，也算尽了父母的一点心意，要求是有点过分了，但这是普天下父母都会有的心思。这和那个在院子里不顾一切地修房加面积的新住户不一样。"

小撇子心有感慨，认同此理，进一步提出疑问："那咱就答应给这个老住户五套房子？拆迁标准不一样，别的人家要再冒出来也问你多要房，不就乱了？"

森森说："我已经打听清楚了，他的大儿子是咱小时玩过的朋友，现在考上大学分配在省城，混得不错。二儿子差点，在一个企业打工，生活比较紧张。两个姑娘都嫁给了工薪阶层，光景也能过得去。咱给他三套住房，老人一套，二儿子一套，明意上还有一套是大儿子的，但大儿子肯定不回来住，可以做家庭周转房，供两个姑娘侍奉老人时回家临时居住。你看行不行？"

小撇子说："你倒是给人家想得挺周到的，人家愿意不愿意？"

森森说："这件事得让他大儿子回来解决，事肯定能办成。一方面他也不会不买咱们的面子，咱这办的是大好事啊，千百年来谁有能力为咱小码头办这么大的好事？他这个聪明人不会不清楚这个道理。而且，他也一定会按理按情知悟这事的。"

小撇子说："这样办最好，也算对咱俩的发小朋友有一个交代。"

森森说:“我回头给这发小打个电话,让他来说服他爹娘。”

小撇子又提出一个疑问:“按他家院子面积,只能给两套,这三套的说法,怎么交代大家?”

森森说:“活人还能让尿逼死?咱在设计户型时,应该是有大有小,也好应对各种情况的发生,两大套不能变成一大两小,四套小的都可以。”

小撇子说:“这家老住户,就这样办吧。那个新住户怎么处理?”

森森说:“我的意见,咱拆迁以前他在院子里奠基起墙所修的面积,给算进来,拆迁开始又要修起来的二楼面积不能算,又给了他一定的面子,也维持了咱拆迁指挥部的尊严,也是规定之内可以说出去的理由。”

“如果对方不答应呢?”

“咱已经做到仁至义尽了,他要再不同意,就只能强拆硬拆了。到时候所有拆迁户就都对他不满了,是他一个人影响了大家住新房的进度。人心如此,得道者多助。就是他将来住进这个小区,人们也会讨厌他的,从另一方面算账,他是输了,而且输大了,这不是用钱能买回来的。这种人天生爱讨小便宜,估计在单位工作时也不是什么好鸟,咱要真按他意愿办了事,指挥部的人所有拆迁户都会小瞧咱,连领导也把你看得低人三分。这一件事办不好,整个拆迁建房造福百姓的大局就全乱了。何况这也不是咱们办事的风格。”

小撇子说:“看来,还是你想得周到,咱现在就返回去见张县长吧,把这事尽快定下来。”

“你再想想,看我说的这些可行不可行。心急吃不了热豆腐。”

“不用再想了,了一件算一件,现在这事情太多了。咱快刀斩乱麻。再想下去也就是个这理了。”

小撇子让司机掉转车头,回指挥部。同时,给张县长拨通了电话。

两个人下车向指挥部走近的期间,小撇子突然问森森:“那个景区开发进展到什么地步了?”

森森回答:“大的意向和方案已经敲定了,咱近期去一趟省林业厅和省旅游局,按正常情况,估计很快就可以上手实施方案了。前期的工作我已做得差不多了,下来就看你这个老板实施方案的力度与热情了。”

小撇子拍着森森的肩膀，走进了指挥部。

人走进指挥部了，森森的话却还接着刚才的话题，他对小撇子说："你不要给我戴个副总指挥的帽子就什么事也没有了，我的工资你可一直没有发呢，你这夹皮沟里出来的夹皮，别尽在嘴上糊弄人。"

这话被坐在办公桌后面的张县长听见了，接上话茬就说："副总指挥怎么能不给挣工资呢？赵总要实在手头紧，我从这边给支付吧，要不彻底调过来也行。"

小撇子看着张县长眨成一团的眉眼，哈哈哈地笑起来。

森森很是认真地盯了一眼小撇子，然后转身向张县长举起双手作揖，嘴上说："张县长见笑了，我这个朋友见谁都大方，就是对我抠，喝酒还老说让我掏钱。"

三个人坐下来谈正事。

四十八

大马司在歌厅拙劣的表演，很长一段时间引为全县各个角落里的笑谈。大马司企图通过歌声接近与煤矿有关的各级领导，然后再在领导面前大大方方地结账，以此来加强领导对他的认可度，可无论如何他没想到小撇子突然从天上掉下来，来了一个天衣无缝般的表现，搞得他像羞葫芦一样走也不对在也不对。这一出戏，不仅没有取得领导的好感，反而破坏了原本就不算太好的形象。他清楚，这次小撇子的搅局，彻底破灭了八骡煤矿要申报一个开采证的计划，也把他进一步逼进了一个死胡同。也许，小撇子并不知道他要请客的计划，预先两人也没做过沟通，但客观上事态的发展说明，是小撇子坏了他的大事。当然，自己做事不合理不给力也有一定关系。在大庭广众面前，不要说和小撇子这个省级劳模县级纳税大户相比，就是和非非这个自己曾经的部下相比，他也感觉有了一定距离。

瘦死的骆驼比马大，大马司不甘心自己就这样淡出历史舞台。

这一天，天还不亮，大马司坐着自己的小车从县城往八骡煤矿赶。在车上，他掏出手机接通了非非的电话，说：“我的开采区正在往前掘进，井下的矿工告诉我说，已经可以听到隔壁你那里的响动了，你最好极早避开，另寻走向，否则不要怪我不客气。”

那边，非非回话：“我开煤矿在先，你那片采区都在我的规划范围，我正在批复的证件上也是这样写明的，以前采走的炭赚到的钱，我不向你索要已经给足你面子了，现在你鼻涕流到眼里了，反倒让我避开，纯属无理取闹。”

大马司说：“你小子长脾气了，敢和老子叫板了，也不撒泡尿照照你是个什么货色？”

非非进一步反驳：“你不要这样老子长老子短的，现在雨天变晴天了，你也不要再摆什么老大的谱了，你这黑煤窑早已被县煤管局列为查封对象了，再等几天我的开采证下来，你就歇凉凉去吧。”

大马司话里冒着火气：“你等着吧，高粱面捏人人，没有我要不成的。明天我就带工人下去把你的口子挖通，用石头堵上你的通道，咱看看谁能采到煤！”

非非只两个字作为通话结束：“奉陪！”

正说着，小车拐上一段陡坡路。司机突然对大马司说：“马总，路上有劫匪。”

大马司看也没看前面的路，脑子里转腾着如何对付非非这件事。嘴上对司机说：“开你的车吧，管什么劫匪不劫匪的事！”

司机紧接着对大马司说：“前面那辆拉煤车好像是咱矿上的自备车。有两个劫匪已跳到车板上了。”

“你把小车靠近一些。”

小车很快与拉煤车形成平行局面。

拉煤车副驾位置外，站着两个蒙面人，一个人手里握着匕首，已经顶在了那个押车人的胸前，另一个人的头也伸进车窗里，喊着逼迫驾驶员交出过路费的话。

危险迫在眉睫。

大马司的司机说：“是咱矿上的车。押车的就是咱八骡矿的销售科主任。”

大马司让司机把小车开慢一些，与正在上坡的拉煤车并排行走。

大马司把头从后车窗伸到外面，对着两位劫匪喊："要命还是要钱，快下车，不然要了你俩的狗命！"

听见大马司这边的叫喊，两个劫匪已明显表现出底虚，回头看了一眼大马司，慌忙选择着往下跳的路面。

嘭的一声，两位劫匪从车门外的站板上滚落下来。

大马司不知什么时候已经把小车内的一把装火药的土枪架在后窗上，对着两位劫匪的腰腿间，打出两枪。

大小车同时停下来，大马司和大车上的销售科主任以及两个司机也走下车来。两个血肉模糊的劫匪趴在公路上，站不起身子来，口里不时地向大马司他们求饶。

大马司对销售科主任安排："你留下来处理这事吧，我还有紧事要赶回矿上，先把他俩抬到路边，挡一辆车送县人民医院急诊室，先摆脱危险再说。"说完，大马司招呼司机，两人坐进小车里，车尾冒出一股浓烟，很快就消失在远处。

回到八骡煤矿，大马司把赵二狗叫来，安排下坑封堵非非煤矿坑道的具体事宜。

安排完事，赵二狗还没出门，销售科科长那边打来电话，说那两个劫匪由于出血过多，一个死亡一个重危，现在还在人民医院急诊室呢。大马司一时热血涌上心头，浑身慌躁不安。随后他告诉销售科科长："马上向公安报案，同时全力抢救那个重危劫匪，需要的话，赶快用110送省城大医院，钱的事不要怕，花多少就多少，这件事你就全面承担起来吧。我这边有急事，走不开。"

与此同时，在山那边，非非也叫来张天宝和贴近的几个人，商量如何对付大马司的决绝挑战。

张天宝说："依我跟了他多年的经验判断，大马司有可能今天下午就有举动，不信你试试看。"

非非问："他带人到坑下，不可能只是堵堵咱的坑道吧？"

张天宝想了想，说："绝对不可能，他至少要带三十号人马，而且人人都会操一把砍刀或拿一根镢把，随时准备和你决一死战。这人有股子狠劲，到了紧要关头，就是要玩命的。”

非非阴险地笑了笑，口上说了一句张天宝听不懂的词：“困兽犹斗。”

非非把张天宝打发走，对矿长具体安排起对付大马司的细节。

四十九

小撇子领着市人大常委会一班人在回头峰煤矿进行执法调研，从坑口的轨道煤箱到职工宿舍食堂，从上墙教育制度到班前安全培训，从总调度室的现场动态视频到进出车辆的有序分流，县煤管局和安监局派了专门的解说员，回头峰煤矿也派了讲解员，从国家在煤矿安全上的政策规定，到煤矿细节性的安全措施，都做了较为详细的解说。此外，小撇子和分管安全的矿长也在随时随地介绍说明。

市人大常委会执法调研人员中，有市煤管安监部门的局长陪同，县人大主任和县长，以及县煤管局安监局的局长都在现场，回头峰煤矿所在乡的书记和乡长也紧随其后。

就在这时，县煤管局的局长和县安监局的局长几乎同时接到一个要命的电话：八骤煤矿发生了爆炸事故。

接着，县长也接到了同样的电话。

刚要走进办公室的小撇子也接到了电话，但他没有去接。

市人大副主任，看着几个人收接电话的表情，隐隐约约地，也听到一些对话的内容。

慌忙凌乱中，县人大的领导留下来陪同市人大的工作人员完成接近尾声的执法调研活动。两个局长风急火燎地坐上小车走了。县长和市领导作了简单的告别，也走了。

回头峰煤矿相对周密细致的安全措施，与八骤煤矿爆炸事故形成一个极大的反差。

带队执法调研的市人大常委会副主任把市煤管局的局长叫到跟前，问：

“你是不是又让县煤管局的人给忽悠了？怎么这次检查没有这个八骡煤矿？来前我们曾安排，好的矿要查，差的矿也要查，这下有好戏看了。”

市煤管局的局长挠着头皮支吾着：“这八骡煤矿——，好像没听说过。这不是咱登记在册的煤矿。”

副主任与几个人走进小撇子的办公室，突然问小撇子：“你听说过这个八骡煤矿没有？”

小撇子看了看还在屋外站着打电话的县人大主任，长胡须往下巴沿扇了扇，转头对市领导说：“听说过，以前这个煤矿炭质挺好，也出过不少炭，但没有开采证，县煤管安监执法队最近严查无证开采，好像被封堵了。”

“不出炭就能发生爆炸事故？”

“这倒不可能，是不是又有人进去偷采了？这个我可实在说不清。”

“你当然说不清。”

等了等，副主任把不快的情绪调整到另一件事上，他对小撇子说：“听说赵经理还是一个尊师重教的模范哩，能简单说说吗？”

小撇子说：“煤炭资源是祖先留下的，再回报给子孙一些，我觉得这是我们应该做的。”

副主任拍了拍小撇子的肩膀，说：“我看过省报上报道你的文章。不错，不错。”

气氛马上转阴为晴。

这时，小撇子的电话再一次响起。响了几秒钟，小撇子看了看来电显示，摁掉了。他继续抬头和副主任交谈。

电话声很缠皮地又一次响起，小撇子又摁了。刚摁掉，又响起。小撇子找到关机键，准备彻底闭音。副主任说：“一个劲打，说明有急事，你接吧。”

小撇子对副主任说：“对不起，那我出去接。”说完就起身走出室外。

小撇子对着手机大声喊：“有什么事不能等一会儿说，赶死鬼似的，有啥事？”

里边传来回头峰矿长李金锁的低声细语：“赵总，大马司被炸死了。”

小撇子突然大声说：“什么？什么？不要瞎说！”

事情落实之后，小撇子一下子痴愣在那儿。刹那间，小撇子的脑中翻过一团一团的乌云，一浪翻过一浪，几乎把他的脑海全给占满了。

小撇子的脑袋突然颤抖起来，长胡须急速地抖动。紧接着，那团乌云带着雷电雪雨横扫过来。他的脑门快要裂开了。他试探着让自己坐卧在脚下的草地上。凄凉雷雨中，大马司随着一道闪电跳上云端，时隐时现地、翻波推浪地、龇牙咧嘴地傻笑，语无伦次地胡说。大马司从家里的笼盖里偷出一张海碗大的葱油饼（准备给他爹外出拉平车受苦吃的食物），一出大门，就朝不远处槐树底下的小撇子跑来，屁股后面的书包被甩得啪啪直响，大马司把葱油饼一掰两半，分给小撇子一块，两人向学校走去。夏季汾河发大水，有人说码头一带有个小孩被卷走了。三五个会水性的脱掉外衣进河寻捞尸体，在出事地带上下约二百米的距离内，从上到下潜水滑行，几个人连续滑行几次都未找见，最后，小撇子与大马司并肩滑行，才在水下一块草石搅缠的淤泥地捞出死者。小撇子带着大马司他们那群小伙伴摸黑来到县城南街吴家大院外，大马司率先挺身而出，他告诉小撇子："你和大家先在外面等着，我先翻墙进去，开了大门，咱再进去找那个卖假表的。"小撇子和大马司先后从公安局的大门开车出来，先是他想约大马司吃顿和解饭，结果大马司不应。之后，大马司又打电话想约他，却被他摁掉了。前几天的一个下午，是他最后一次见大马司，又是他，不动声色地把大马司想在煤管局局长面前表现一把的机会给剥夺掉了……

小撇子蹲坐在自己煤矿办公室外面的草丛里，天色完全黑下来时，他都不知道。他更不知道，市县人大执法调研组是什么时候离开的。

小撇子一个人蹲坐在草丛中，矿上煤场里的灯依次亮起来，三三两两上夜班的工人匆匆走过，他揪起身边的一团草和低树上的枝叶，编成一个简易的草帽，戴在自己的头上。旁边不远处的工棚里，传来低低的一声鸟叫，他向前爬了几步，悄悄地喊："大马司，大马司，别藏了，快出来吧，我看见你了。"

回头峰煤矿上山的公路上，亮起一道强光，一辆小轿车一直开到小撇子的小屋前。

森森与几个人从车上下来，走进屋内，接着又走出来。几个人正要上车走人，森森突然喊："等一等，你们听。"

一阵沙哑的号哭声传来，循着哭声，森森找到埋在草丛里的小撇子。见到森森，小撇子像见了亲人似的抱住他，嘴里一直说："大马司一直不出来，明明逮着他了，他就是藏着不出来，要赖哩，要赖哩。"

森森从小撇子手中接到一张三人黑白照片：大马司站在森森和小撇子中间，三个人都穿着绿军装，戴着绿军帽，军帽正中都别着用薄铁皮做成的红色五角星。大马司除过个头大一些，三个人没多大差别。

森森与小撇子一同坐卧在能没住人头的草丛里，说着，哭着，哭着，说着。

五十

事发地：老虎沟八骡煤矿与非非煤矿交界处。

初步查明的起因：事故是八骡煤矿矿主大马司与非非煤矿矿主非非因争夺煤炭资源引起。

事情经过：大马司带着三十个手持砍刀镢把的工人在事发地与非非煤矿的工人发生争执，在双方势不两立的争斗中，矿主非非迅速逃离现场，留下副矿长张天宝和七个工人继续对峙。在势单力薄的决斗中，张天宝原路悄悄退出，在经过事发地段，引爆了预先准备好的炸药。造成十九人死亡、两人重伤的严重后果。此外，据知情人说，还有下落不明的十几个矿工也被困在井下。已查明落实的死者全系八骡煤矿工人，其中矿主大马司也当场身亡。非非煤矿只有一人是重伤。

肇事矿主非非出事后逃走，至今下落不明，警方正在加紧搜捕。非非煤矿经营副矿长张天宝现在已被控制，待事情查明后再做处理。

时值秋冬交接之际，加上连续的绵绵天雨，老虎沟十里沟谷里不算太大的洪水扬波掀浪，柴草泥石翻滚而下。在靠山进出的盘山公路上，隔几步就有一辆小车陷入泥坑石缝，有的车干脆停泊在路边的草丛石墩边，车上的人下车步行往沟里头走。在看似无路的沟岔边，被大型推土机开出一条泥石路。推土机仍停在路边的山脚，等一拨一拨的人过去一瞬间，再继续往宽里拓路。走过这一段，一个开阔敞亮的地面出现了。这就是八骡煤矿。国家公安部决定采取“铁拳行动”,惩治一切违法滥采的非法活动,八骤煤矿的重大伤亡爆炸案成为全国重头调查对象,各路媒体闻讯纷纷赶来,做及时的现场报道和追踪报道。

在一个临时搭建的简易工房内,架着一口大铁锅,锅上悬着一架压河捞的木梭。跟前的地面上放着另一口大铁锅,锅里是冒着热气的肉菜。所有来的人先发一件军大衣,有要用餐的,就到大铁锅前端一碗河捞面,加上菜,就站在外面的空地上吃。

地面上画着警戒线,现场由省煤炭厅和省公安厅的人控制着,省内和邻省的矿山救护队一批一批地赶来,在规定区域排着队,等待总指挥调遣。救护车都打着闪在场边待命着。闻讯而来的中央台、新华社以及各省市媒体记者胸前吊着相关证件,手里举着摄像机,寻找有重要价值的报道镜头。

从坑下抬出的死伤人员,通过一条通道被救护车及时拉走。

煤炭部和公安部的领导,在省市领导陪同下也来到现场。

死伤人员的家属都被控制在矿区以外。县公安警察、县中队及各派出所民警全部出动,在不同的地域不同的方位坚守着,根据命令完成各自不同的任务。老虎沟口的宁馨酒店成为临时接待点。石城县人民医院附近还设有一个临时接待点。老虎沟通往县城和邻县医院的沿线公路,都站立着能保证救护车畅通直达的交警。

出事当天,中央电视台和新华社已有及时的报道。省市各媒体也有相关内容报道。老虎沟,一时间成为千家万户人们关注的焦点。

八骤煤矿矿难事故中的受伤人员,经最近的县级医院采取紧急治疗护理,病情稍稍稳住之后,即刻送往省城大医院全力救治,采取一切措施不再让死亡的人数有所上升。已经没有生命气息的遇难人员,被临时安放在一间简易房子里,政府有专人负责与其家属对接,在相关标准的基础上,用尽可能充裕的钱物,善待厚恤。

与此同时,全县和全市所有煤矿立即停产整顿,省内很多正在整顿的煤矿,也延续了验收复产的时间。接着,全省所有的非国营煤矿也勒令停止生产,并紧锣密鼓地各自进入安全自查阶段,等省执法队一一审查通过后,方可投入运营。

石城县县长被给予严重警告处分,县分管煤矿的副县长免职,县煤管局局长和安监局局长遭受处分并撤职,八骡煤矿所在地的乡长被撤职,书记受到处分。安监站站长也被撤职。公安人员加紧追捕在逃矿难主谋非非。那个挂职副书记范伟长,被省里的领导紧急召回省城询问。

五十一

老虎沟渐渐失去往日的繁茂嘈杂,各种建筑物被冬季的第一场大雪覆盖成一片白色。进沟的公路,再看不到车水马龙的景象。

"铁拳行动"亮出一张向一切私挖滥采国家矿山资源宣战的王牌。被称作"厉鬼魔王"的章成仁继续担当起石城县惩治黑煤窑的总负责。形势所迫,那些党政干部参与黑煤窑直接投资或间接保护的现象渐渐收敛,那些远在省市的曾经充当某某煤窑暗中说情的高层领导,再不敢如前造次。八骡煤矿爆炸案,引起全国不少重要媒体的充分关注,后续报道和追踪报道不断在电视和报刊上出现。上峰持续不断的深入检查,记者犀利敏锐的大力度亮剑,使那些顶风作浪的人越来越少。

章成仁成为当地农村老百姓心目中的"恶人",谁家孩子啼哭吵闹不听话,父母就会说:"看,章成仁来了!"这孩子便会一下子忍住哭闹,变得温顺归依。

就是那些正规的有证开采矿,一听说章成仁要来检查,也不由地吓出一身冷汗来。

这是经过无数次较量得到的结果。

据知情人说,章成仁个人曾遭遇过暗杀他的威胁,有人甚至寻到他远在外县的家里搞后院起火的勾当。他坐的小车曾被路上特别放置的利刃尖刀划破轮胎,他的小车前有人拿着棍棒之类的凶器阻拦过。"石城吧"里,诅咒他八辈子祖先,要把他五马分尸的帖子,不止一次地出现过。钱,是一个让人敢冒一切风险的筹码。你断了那些社会恶霸和具有深厚背景人物的财路,这些人自然不会善罢甘休。明着惹不起你,暗中也给你制造不少麻烦,让你知道这

"忍"字是怎么写的,这钢刀利刃割着的心不好受,也一定要给你这钢刀利刃带上些污血和晦气。章成仁表现出一贯的刚勇强硬,那次在八骡煤矿检查时,那个自己以前的上司从省里打来电话说情,左右犹豫之下,没有对这个煤矿进行毁灭性爆炸,致使这个黑矿死火复燃,险象重重,直到后来的重大事故的发生,至今想起来,他心里都纠结不安。从那以后,他痛下决心,坚持用硬汉形象塑造自己,不管什么人,不管什么关系,他再没有姑息迁就,纵容包庇,一经发现,彻底封杀。他知道,在这个时代节点上,在自己人生的履历中,这是重写大写的一笔。路到崖口断壁,没路也得开路往前走,真要是到了需要舍身一跃的那一步,他也无怨无悔。对那些要和他死拼硬抗的对立面,绝不手软,毫不畏惧。章成仁有一次向县委书记汇报工作时说:"我是把脑袋提在裤腰带上做工作哩。"

这章成仁也确实是个不惜力气和不怕恶魔的工作狂,只要接到举报,就是深更半夜,他也要不顾一切地翻身起床,有时带着执法队,有时就和司机两个人,直扑现场,抓现形。

也有软磨硬泡的人,找到章成仁的办公室,拿着一箱上千元一条的香烟,或者一张十万元不止的卡,拐弯抹角地套近乎,拉瓜扯蔓地拉人事。章成仁先是挺有人情味地软拒绝,对方要再进一步得寸进尺,他就翻脸变色,直到把对方连人带东西赶撵出去。对方要躲得快,他会把所有礼物从窗口全都扔下楼去。他提防着各种各样的陷阱,他知道,自己一时不慎,就会满盘皆输,名声扫地。

巨额的煤炭利润,远远超过在金山淘矿,明哄暗骗的手段也时不时地偶有发生。有一次章成仁接到举报,带着人来到现场,却全无一点开矿痕迹,甚至连一点黑色都看不到。现场只是一处整洁明亮的住户人家。执法队人员只好无功而返,全副武装的队员从这户人家开走时,遭遇了房屋主人一脸的嘲笑,附近来看热闹的村民也纷纷议论不休。章成仁的心情十分沮丧。

天色擦黑时分,章成仁又带了小股队员,悄悄潜到房屋附近。这时他们看见一辆三轮车停在院门口,有人扛着尼龙袋从屋里走出来往车上装。从扛袋子人的用力程度上判断,章成仁觉得这袋子里装的不是粮食作物,于是命令几个执法队员迅速围堵这辆三轮车。果然，经检查，袋子里全是煤块。煤块从哪里来？章成仁和执法队员又一次来到房屋里，终于，他们从一张立柜后面，发现了暗通山里的洞口，那一袋一袋的煤炭就是从这里挖运出来的。这个家庭每天天黑以后开始进洞采煤，天亮之前收拾得干干净净，了无痕迹。

纸里包不住火。举报者正是从那辆三轮车的可疑行迹上，发现了这家人的不一样。房前屋后，都是肥田沃土，这家人不种地不产粮，却常有“粮食作物”搬来运去，而且每每在晚上拉运。这三轮车，就成为一个可疑之物。

这三轮车晚上开到哪儿了？

开到十里之外的成成运输车队了。成成自从几年前那次车站进煤成功之后，从两辆大车到五辆大车，最后发展到十辆大车，成立了车队。车队大院建在城郊一处河床开阔地，四面用砖砌了围墙，院内建有车库和办公楼。大小煤矿盛行时，成成的运输车队日夜奔忙，效益十分可观。煤炭形势急转直下时，车队的生意迅速下滑，常常出现“吃不饱”的现象。三轮车的主人曾是一座黑煤矿的经营者，与成成有过无数次的合作。面临严查死堵的形势，成成不愿再去一些不明不白的地方拉煤，怕惹上一些说不清的事体，但又不愿伤害老熟人的面子，于是，在自己的车队大院也有了这样一些上门生意。变通着与正规煤矿的煤炭搅混在一起，把这些三轮车运来的小股煤消化掉。

自然，在这件事情上，成成也脱不了被处罚的牵连。

五十二

两个钉子户。

那个“老住户”，经过其在太原工作的大儿子的耐心说服，顺利地搬出来了，时间不长，老两口和小儿子就搬进了第一期完成的高楼里，两套住房都由小撇子个人出钱，从水道电路布设到地砖墙砖铺就，再到家具电器的购置，两位老人逢人就夸小撇子，说小码头这街坊邻居真够义气，总算让自己活着的时候享受了这以前想都不敢想的天堂生活。小儿子也不再给人打临时工了，被分配到小区物业公司，有了一份正式的工作。

那个“新住户”，没有接受指挥部的意见，不仅要算自己在院内一层新修的面积，刚刚建起的二层和仍在起高的未来三层面积也要算进来，这让指挥部所有工作人员都十分气愤。中心花园的一条通道正好路经这幢老院，基础路面已经铺至院前，戳心窝子似的一幢老院像一条剧毒大蟒横在高速路的当间，十分惹人注目，也造成了各种大小车辆不时地大面积拥堵。那位离职干部撑得很硬，不知从哪儿找来的外省的外国的拆迁政策规定，而且背得滚瓜烂熟，找对自己有利的条文抠着字眼写成诉状，去省城找政府，上访不断，扬言不达目的绝不罢休。在断水断电断路的房屋里，每天晚上要住着人，推土机、挖掘机几次到场都无法下手。最后，竟把自己近八十岁的老娘背进屋里居住。

谈判不成，绕又绕不过去。经过几次会议研究，指挥部决定强行上马。

最后通知的规定日期一到，由总指挥张县长亲自带队，挖掘机推土机以及十辆工程装运车，先后到位。县公安县中队调集两百余人，全副武装开赴现场，县人民医院的救护车、县消防大队等，都做好了一切应急准备。

张县长先通过喊话劝说，无人应答。再派人进屋察看，屋里只睡着一位老人，医护人员跟进把老人用担架抬了出来，挖掘机靠前，确认屋里没人时，刨塌房顶，接着是院墙，一一破拆。只一会儿工夫，一幢院子便成为一堆废墟。拉运垃圾的大车迅速进入，一车一车的破砖烂瓦全都拉出现场。

老人被拉到人民医院病房临时居住，医护人员全程检查诊疗护理。拆迁赔偿通知书有专人当天送达事主。

那位离职干部被本单位领导传唤，纪检部门和检察院也先后介入。

滨河花园小区工程，按进度如期实施。

五十三

石城县的财政收入，连续多年排在全市的首位，并冲进全省五强。一个只有二十五万人口的县域，煤炭资源几乎遍布全县的沟沟岔岔，几座国营大型煤矿每天都在足量掘进中创造着巨额利润。省营市营县营产量在六十万吨以上的规范矿井每时每刻都在不停地运转。“八骤煤矿爆炸事故”大大催进了县域煤矿的规范化开采。石城县也因此闻名全国。

一个在全国排在五十强的上市公司突然进驻石城,对全县许多年产三十万吨到六十万吨的正规煤矿进行了兼并重组,或买断经营,或联合开发,形成一个大型开发体系。安全系数大大增强,生产规模大大提升。一时间,国内不少煤矿专家、经营能手纷纷来石城施展本领。那些撤出煤炭行业的本地有钱人,用寻求的目光,筹划转型跨越的路子,有的远走重庆、上海等地,有的围绕省城周边,也有的就地在石城县域发展,发展势头十分猛劲。县政府出台优惠倾斜政策,鼓励支持在本地投资转型的企业家,同时也对外来科技含量高的企业投资者给予大力扶持。

房地产公司资金的足额输入,让石城耸立起四个耀眼的经济转型代表性建筑。一处五星级国际酒店的落成,引来了不少政界、商界、影视界的尊贵客人;一处以晋商文化为载体的古镇大院;另处两处是以山水文化、回归自然为主题的景区开发,起点都定位在五星级的标准。另外,本县三个中国名村的开发,也资金到位,花开有主。当然,也有不少拥金自乐、恃财寻欢的主儿,或钓鱼游泳,或射击游猎,或出国豪赌,或倾心收藏,或养生健体,或嗜淫贪酒,等等,不一而足。

小撇子的滨河花园小区建成以后,安置了大量的贫民住户,也吸引了不少外来商客。临街商铺,鳞次栉比。楼群空间,林荫步道,路灯高悬。喷泉广场、艺术雕塑、健身器材,等等,逐一布局。一座临河面山、拥翠捧绿的现代化小区,吸引了不少前来相房择居的石城人。

同时,小撇子的企业渐渐呈现出多种经营综合布点局势,平民超市、花木种植、菌类培植、游乐项目、驾驶学校、蛋鸡养殖、冰酒酿制、快捷酒店等,他在各个领域都进行着有益的尝试。

最让小撇子倾心的是那座山水景区的投建。主景区在高山崖壁,天然生成的山崖像一个倒扣下来的簸箕,簸箕里有一处悬空寺庙。寺庙两旁由上下两层悬空栈道连接,其中有一段玻璃透明路段,游客路过,低头就是万丈深崖,人像浮在空中似的。悬空栈桥外沿,垂天飞下几道瀑布,丝丝缕缕地洒滴在游人身上。对面茂密葱茏的山势,像九条巨龙飞奔而来。由栈道钻入隧洞,间隔露天崖壁，往下探一眼，天旋地转，深谷中浮岚流云滚动翻卷，疑是人间仙境。

史料记载，这曾是一条秦晋古道，也是兵家战略要冲。古道到此，路窄山险，是一处天然屏障。有山脊之巅的陡峭石阶，人走在石阶上，两旁劲风横吹，小孩和体弱成人须四肢着地通过，一不小心就有可能掉下崖谷，连落地的声音都听不到。景区建路开发时，两旁加了铁索拉链，游人可扶着拉链慢慢通过。还有两山对立的一线天路，不要说一夫当关万夫莫开，就是一条毒蛇盘在中间，行人也无法绕道通过。

古道行至山腰，有一处草屋书院，景区开发时，做了适当扩修，丛林绿草间，窗轩凌空，林鸟鸣唱，蝉声连绵，一股一股的山雾气浪在眼前游动。亭廊小座，四面临风，山树从谷底发力，跃至身边，摇曳生姿，随风伴唱，瑟瑟有韵，与远处隐隐传来的沉浑有力的松涛声，高低应和，厚薄间杂，别有妙趣。

书院藏书中，有王维、傅山等文人逸客的诗作，有孝文帝宋太祖领兵休整驻扎的碑记拓片，有晋商马帮南来北往的遗迹残存，有八路军临时驻扎办公的革命文献，有镖局山贼的野战史话。

这条古道向东通向上党盆地，向西接通晋中盆地，文人墨客多有逗留，武士大将常有光临，帝王将相偶有留足，也是古时飞鸿快报的唯一通道。

在钢筋水泥生活惯了的城市居民，向往山水自然之地。这里距离省城大约两个小时的车程，距离北京、西安也只需四五个小时。夏季潜身于浓荫蔽日的林中崖下，冬日流连在冰雕雪峰的胜景佳境，或夏浴山泉，或冬滑雪场，都别有情趣。

景区开发的同时，由森森主导联络，景区文化的投入建设也在同时进行。有五个文人组成的研发组，在导游词、专题片、史载诗文、古道轶事、志书整理等方面做了大量的工作。先后有十本书出版。接着，几部历史电视剧的拍摄实景，也来到这里。最有影响的是张纪忠版的《西游记》在此地的外景拍摄，使该景区搬上了各大电视屏幕。书院被国家、省市的文艺团体纷纷挂牌为实习创作基地。文学、美术、书法、摄影、戏曲等，各个艺术团体纷纷组织集体实地采风创作。中国报告文学学会成功举办了首届“崖山杯”全国纪实性文学征文活动，并在崖山脚下绿色簇拥的卧龙宾馆举办了颁奖仪式。同时获奖作家游过崖山之后，写出一批诗文作品。中国摄影艺术协会等在这里举办了大型国际摄影作品征稿及颁奖活动，一等奖得主当晚就开走了一辆宝马小轿车。全省冲刺国家“兰亭奖”的书法家们，在这里进行了为期二十天的培训创作活动，产生了一批颇具实力的作品。省美协联合中国美协，组织各省的画界国手和书画院领军人物到此实地创作，央视和几个国家级媒体做了报道。腾讯、新浪、搜狐等网络机构也先后做过专题采访。好几个美术院校的野外写生基地也选择到这里，师生们提着画板、油彩和画笔，坐在崖畔道侧，蹲在石旁壁下，不少省刊的封面封底都有了图与文的介绍。大型画报及一些海外媒体也有大篇幅的专题登载。关于景区的文字和影像，通过不同渠道、不同媒体、不同网络，迅速在全国传扬开来。

眼中，随处都有自然美景；鼻中，随时可以呼吸清新空气；耳旁，倾听着关于眼前物景的传奇史话；脚下，是与山羊野猪同路的原始森林。静观千里山如绿浪，动戏飞泉沐浴身手。一声喊出万山回应，一眼邀来百树合心。空中缆车尽览无余，林中滑道花香扑鼻。高山草甸，集群石林，崖畔宾馆，水中游船，岩下佛家寺庙，沟谷道家茶舍，泉边儒家修读亭廊，乐取所需，美不胜收。

由黑色转为绿色，由地下转到地上，从资源经济变身为门票经济，从醉身美酒转换为醉心美景。小撇子从内心深处对自己这次的选择感到满意，即便就是身前赢利不多，甚至略有亏空，但这种造福千秋百代的大事能做好，自己此生也无怨无悔了。从心灵深处，他是把这当成一项事业来做的。从为了吃饱喝足的拼命奔波，到现代文明的身心需求，这是时代的进步，也是社会的发展，小撇子觉得自己正是顺应了时代的趋势。他这一代人，是动荡变换的一代，是不断求取奋力赶超的一代，是承继历史又创造历史的一代。这一代人，有许许多多错误和过失，有许许多多奋争与跌落，但也有许许多多机会和运气，不管成功与失败，不管苦难与幸福，这一代人承载的使命都是空前的。这一代人，结束了挖洞蛰居的山民生涯，结束了刨荒平地与狼豹争食的莽野时代，结束了车马装卸水面船运的商旅年代，结束了多子多福肩背担挑的原始观念。高楼大厦、人文生态、家用轿车、品茶饮湎、修身养性、习字吟诗、回归自然、贪恋棋牌、烧烤嚎歌，等等，渐渐成为生活的主流。卫星的发射，让人类的视点延伸到宇宙层面。四菜一酒的炕头年夜守岁，转化为举家出游的景区消受。多级同室的复室教学，变成现代化远程教育的多维课堂。

小撇子摸着自己有点变白变软变短的那根长胡须，得空捧起一本企业管理厚书，啃读起来。他让一位书法名家给自己的办公室写了一幅古联："一等人忠臣孝子，两件事读书耕田。"并时不时地请来森森，作为自己的读书顾问。回头峰和小码头，常常成为两人交谈的话题。大马司和他们小时的故事，也偶有谈及。

五十四

故事结局：

解小云被县教育局调回，担任教研室主任。回头峰学校由更为年轻的新任校长接替，在继承优良的教学传统的同时，用现代化的教学理念和办学思路，开展新的教育教学方法，一次又一次地被全省评为典范学校，不断有省内省外的学校派人来学习、研讨。教育系统的"回头峰现象"成为新形势下，探讨教育前景的"码头"。

回头峰煤矿经过扩建修整，成为年产九十万吨的矿井。小撇子的丰盛昌公司集煤炭、商贸、旅游、房产、林果、驾校、运输等为一体的综合服务公司。各部门分设经理，小撇子以董事长的角色，统筹协调各部门的工作。森森辞去原单位职务，担任崖山景区旅游开发公司总经理。几年以后，景区被相关部门考核验收，成为五 A 级景区。史双莉专门负责景区演艺团体的组织演出活动和导游培训管理工作。老温负责景区桑拿洗浴中心的工作。明明的运输公司在景区开发过程中，担任拉出运进的主要角色。

赵子民由副县长升任常务副县长，后又被提拔为石城县人大常委会主任。章成仁在石城满两届任期后经考察拟升任某县县长职务，但在市委常委会议上有人提出异议，说其人在石城工作期间有冒进失误，制造了一些民政矛盾，而且也涉及一定的经济问题。事实没有澄清之前，县长人选暂时搁浅，后经过重新考察确认没有问题，但县长选任期已过，最后提升为市司法局局长。石城县的县委书记和县长分别调回省里担任煤炭厅副厅长和城建厅一个处的处长。

非非煤矿和八骡煤矿被彻底关停，其采区面积划归正在审办的一处露天煤矿。露天矿开采涉及老虎沟六个村的居住及耕地面积，由县乡两级政府协调选址，由露天矿矿主投资建村，实施整村搬迁。涉嫌刑事责任的矿难事主非非至今未归，列为网上追逃对象。经营矿长张天宝，为矿难肇事主犯，由公安检察机关押审，按相关法律处治。小最最在一夜之间再无踪影，玩了个人间蒸发。

史经理的天长顺酒店被其儿子接任，但光景已大不如前。

赵二狗在矿难事故中被炸成重伤，在医院住院期间，口头策划了大马司隆重的安葬仪式，棺材前面让人写了四个巨幅大字"盖世英雄"，锣鼓和响炮阵容铺排得很大，把城郊的一条街道几乎堵了个水泄不通。有知情人讲，安葬大马司的当天，在病床上的赵二狗号啕大哭，惊动了整个住院部。数月后，赵二狗病愈回村。又一年，竞争成为村委主任。任职不满一届，因经济问题被县纪委双规。

小撇子赵成武被省市县树为企业转型的代表性人物，继而被公推为全国人大代表候选人。

2016 年 9 月 20 日第三稿完

2016 年 11 月 14 日校完第四稿

2018 年 7 月 12 日改完第五稿

2018 年 11 月 17 日改完第六稿

2018 年 11 月 22 日再校

“三晋百部长篇小说文库”书目

经典作品

·李家庄的变迁·三里湾	赵树理
·太行风云	刘　江
·汾水长流	胡　正
·草岚风雨	冈　夫
·新　星	柯云路
·游　戏	成　一
·黑　雪	哲　夫
·世界正年轻	高　岸
·玉龙村记事	马　烽
·草　青	吕　新
·吕梁英雄传	马　烽　西　戎
·跋涉者	焦祖尧
·神主牌楼	张石山
·咸阳宫（上、下卷）	林　鹏
·生死门	晋原平
·送　葬	王西兰

·白银谷（上、中、下卷） 成　一
·北　腔 毛守仁
·巅峰对决 钟道新　钟小骏
·母系氏家 李骏虎
·阮郎归 吕　新
·裸　地 葛水平
·甘家洼风景 王保忠
·大清河帅 王　华　王卓彦

·总工程师和他的女儿 焦祖尧
·特别提款权 钟道新
·毒　吻 哲　夫
·龙　族 孙　涛
·五汉街 田澍中
·大梦醒来迟 王东满
·种　子 王祥夫
·水旱码头 刘维颖
·野狐峪 彭　图
·此生只为你 张雅茜

羊哭了　猪笑了　蚂蚁病了 陈亚珍
草　莽 张不代
茶道青红 成　一
国家干部 张　平
抉　择 张　平
旧　址 李　锐
银城故事 李　锐
无风之树 李　锐

抚　摸　　吕　新
天　猎　　哲　夫
权力场　　晋原平
米　谷　　王祥夫
古塬苍茫　　张行健
栎树的囚徒　　蒋　韵
隐秘盛开　　蒋　韵
奋斗期的爱情　　李骏虎
婚姻之痒　　李骏虎
苍黄尧天　　乔忠延

原创作品

·一嘴泥土　　浦　歌
·鲛　人　　唐　晋

·江山无恙　　信应亮
·复调婚姻　　王旭东
·西望长安　　冯　浩
·舜　瞳　　刘志兆

·万里石塘　　晓　夜　树　梁

北岳风·中国原创长篇小说系列

·中国劳工　　张行健
·中国丈夫　　李晋瑞
·肥田粉　　白占全

·柳暗花明	刘山人
·天上有太阳	杜　斌
·玉　香	曹向荣
·乡野里的粉桃花	舒　讯
·一个人的哈达图	阿　莲
·白岸闲人录	毛守仁
·回头峰	孟繁信
·龙岩岭	石　瑛
·阁老梦	常捍江
·羊凹岭	袁省梅
·米粮歌	加根深

（注：作品前加“·”标记的为已出版作品）